U0565961

平儿小窗

高戈迪题

许平 著

山西出版集团
山西人民出版社

图书在版编目（CIP）数据

平儿小窗／许平著 . —太原：山西人民出版社，
2011. 12
ISBN 978 – 7 – 203 – 07523 – 3

Ⅰ . ①平… Ⅱ . ①许… Ⅲ . ①随笔 – 作品集 – 中国 –
当代 Ⅳ . ① I 267. 1

中国版本图书馆 CIP 数据核字（2011）第 249031 号

平儿小窗

著　　者：许 平
责任编辑：吕绘元
装帧设计：张永文

出 版 者：山西出版集团·山西人民出版社
地　　址：太原市建设南路 21 号
邮　　编：030012
发行营销：0351 – 4922220　4955996　4956039
　　　　　0351 – 4922127（传真）　4956038（邮购）
E – mail：sxskcb@ 163. com　发行部
　　　　　sxskcb@ 126. com　总编室
网　　址：www. sxskcb. com

经 销 者：山西出版集团·山西人民出版社
承 印 者：山西出版集团·山西新华印业有限公司

开　　本：787mm × 1092mm　　1/16
印　　张：27. 5
字　　数：310 千字
版　　次：2011 年 12 月第 1 版
印　　次：2011 年 12 月第 1 次印刷
书　　号：ISBN 978 – 7 – 203 – 07523 – 3
定　　价：42. 00 元

如有印装质量问题请与本社联系调换

_2011年6月17日摄于乌镇

序

preface

　　2009 年 8 月，一个陌生的电话打到我家，电话那头说她叫许平，是刘真骅叫她跟我联系的。刘真骅是我的好朋友、《铁道游击队》作者刘知侠的妻子。刘知侠去世后的几年我们还有联系，但后来因为搬家等原因，我们逐渐失去了联系，只知道刘真骅人在青岛，再无别的消息。

　　许平兴奋地说，她完成了刘真骅交给她的任务。听得出，许平是个爽朗的人。这样，我和刘真骅终于又联系上了。刘真骅告诉我，许平是咱小老乡，是个热心的好孩子，在上海若有什么事情需要跑腿的尽管找她。

　　隔三差五的，许平不是电话问候就是登门探望，让我的生活里多了一些温情和感动。她说她家在松江，"松江现在可漂亮了，您来，我做导游，带您到处看看"。我解放初期去过松江一个叫醉白池的地方，以后再未去过，掐指算来将近六十年了。一个甲子，我已是耄耋之人，松江的变化肯定也很大。

　　随着许平看我次数的增多，我知道了她的父母早年参加革命，是随华东野战军到上海的南下干部。她本人受家庭影响，也当了几年兵。难怪她干练，身上有一股子豪气。许平退伍后，先是考入上海师范大学中文系，后又到华东师范大学中文系学习。毕业后，她从事过不同的工作，如今是某报副刊的主编和上海市作家协会会员。

2011 年 4 月，许平再次来看我。言谈之中，她好像失去了往日的痛快淋漓，犹豫之间似藏着什么心思。最后，她迟疑着说出了她的请求。

原来，她今年要出一本散文随笔集《平儿小窗》，请我为她的这本书写篇序言。我这才知道，我的这个小老乡近些年笔耕不辍，已经出版多部作品。《平儿小窗》取自她 2008 年开设的专栏，到 2011 年结集出版她已经坚持了三年。在繁忙的公务之暇，她能保持对文学的坚守，确实很不容易。

虽然因为身体的原因，我早在二十年前就不再写东西，家人和医生也嘱咐不能劳累，但是，说实话，我之于许平，断不可以拒绝的。除了她之于我的关照，还有就是她对文学的真性情、真热爱，尤其是我对《平儿小窗》中的一些文章的赞赏和热爱。比如《精彩"宝马"》和《真情物语》，三言两语就把刘真骅写活了，写立体了，很传神，仿佛刘真骅就在眼前似的。我读给老伴儿听，老伴儿笑出了声，说，这就是真骅，真骅就是这么个人。

按许平的说法，《平儿小窗》是对三年码字的总结，而我更乐意说，是对许平一段人生的回忆和再现。用开阔的视野，她把读者带入了儿时的记忆、不悔的青春以及对家国命运的哲思。在她的文章里，人物是繁杂的，事情是琐碎的，各色人等都可以入文：有全国数得上的名人名家，而更多的是你我身边的普通人、发生的那些平凡事，所以我说她有草根情怀，这也是她的专栏可以坚持开下去，并拥有为数众多的读者的缘由。什么样的文章算得上好文章，在我的理解上说，一条过硬的杠杠就是读者喜欢。

许平的文章写得很实在，很有个性。她的风格就是她的风格，绝对不会让读者误会为是另一个人的。她虽然生在上海，长在上海，但祖籍是山东，因而她的文章就有了齐鲁的气质和江南的妩媚，豪放与温婉相得益彰。她的文章无门无派，因而没有门户之见，更乐于被众多读者认可和接受。

她驾驭文字的能力也令我欣赏。这些千字文，清新秀丽，虽说不上字字珠玑，但是读起来就是那样的痛彻心扉，言犹在耳。幽默、俏皮是她标志性的语言，波澜不惊之中字字打在心上。情是贯穿她文章的主脉，介于散文和杂文之间，感性与理性二者不可或缺，有感而发，不作无病之呻吟。

把才女这个词加冕在她的头上，我绝不会吝啬。我也可以豪不谦虚地说她是我们山东人的骄傲。除了欣慰，我能给予她的恐怕就剩下勉励了。好的文章离不开修炼，在修炼中更上一层楼，无疑是对写作者的一种褒奖。

欣然为她和她的《平儿小窗》写下这些文字，算是我对她的祝福和期许吧。

峻青

2011年4月27日

目 录
ontents

平儿小窗
pinger xiaochuang

天灾人和

年前跟北方的战友嚷嚷："南方没雪。没雪的南方少了年味儿。"

哪料想，这一声嚷嚷，竟招来了鹅毛大雪。

"鹅毛"飘飘洒洒，漫天飞舞。

便窃喜：约三两同道，扫将新雪烹香茶。

又哪里料到，没等我煮雪问茶味，"鹅毛"已飞遍了南方十四个省（市、区），且冻结江南没商量。公路封锁，铁路瘫痪，机场关闭，电停水断，就在所有的游子怀揣欢喜，收拾行囊，换上新装，准备回家过大年的时候，老天爷却把大家彻彻底底地忽悠了。

这个玩笑开大了。

五十年未遇。未遇的这一次创下了无数个之最：持续时间之久、波及地区之大、影响范围之广……从元月中旬持续到 2 月上旬，上海、湖北、湖南、江西、安徽、贵州、浙江和江苏无一幸免。

可怜湖南和贵州：高压输电铁塔被冰雪压塌，电煤告急，城市漆黑一片。可怜京广铁路和京珠高速：南来北往的列车和汽车，或静卧或残喘其上，成了一个巨大的停车场。也可怜郴州和岳阳：数万人没电、没水、没暖气、没食物。更可怜广州火车站：八十万人压缩其中，几将屋顶撑破，几将墙面捅穿……

　　那几日，不敢打开电视，受不了那刺眼的白光和寒心的冷雨，受不了那疲惫焦虑的脸膛和急切忧愁的眼神。

　　但分明，我心被"鹅毛"牵着，牵得阴霾一片。

　　呜呼噫唏。

　　这天被一个画面吸引。一出租司机被记者拽着。记者说："请你说几句，就几句。"司机脑袋摇成了拨郎鼓："说么事啥？"记者说："听说你免费开车，还送食品给乘客吃。"司机不好意思地笑言："这有啥好说的么。如果没有这场灾难，我可能还会唯利是图，偶尔也会宰一回客，为了生计嘛。但灾难面前我不能这样做。我免费开车，把干粮给了乘客，不图别的，也不要求别人向我学习。我只是觉得大难面前，我们就是一家人，一家人哪能不帮一家人。"

　　"一家人哪能不帮一家人"，直白，朴实，打动了我。

　　跟着我的思维就超越了时空。我想到一句话："天变不足畏。"名言。再过些年头，这名言就闻名于世千岁了，是北宋那个人称王荆公、世称临川先生的人说的。我知晓这句话的时候大概刚念初中，都好几十年了。好几十年间除了历史考试我会一笔不落地将它填在某个横线的上方外，不曾认认真真地琢磨它，因为史册白纸黑字地告诉我它是改革家"三不足"之一不足。我从历史的角度认为它只是那个年代那个事件那个名嘴的语录而已，所以我早已将它搁在了记忆书本的冷宫里。但"一家人哪能不帮一家人"的那一刻，我蓦然想起它，我不但想起它，我还在瞬间将它从冷宫里请出来然后果断地让这五十年未遇的"鹅毛"浸透它，再然后我就读出一个字：和。

从不喜欢上纲的我，那刻却那么乐意它是我们民族精神的财富。

和为贵。化成出租司机的话，就是"一家人哪能不帮一家人"。司机未必有多大的学问，但他让我醍醐灌顶：天灾人和，和出的是力量，是无所畏惧……

那刻我挺为自个儿的见解得意。

想那王荆公临川先生留下一句"天变不足畏"让后人琢磨，后人却读出一个"和"，不由得想嘻哈一下：这位唐宋八大家之一的大家认不认可这个"和"呢？当然这纯属调侃，他离世都那么多年了，反正我觉得这个"和"挺靠谱，尤其在这个老天爷开的玩笑中。

于是又给战友电话。这回我没嚷嚷，只作轻声细语：哪天掬茶入壶，跟你聊聊那句快一千岁的"天变不足畏"。

（2008 年 2 月 18 日）

渴望个性

春节前与朋友打赌，看过大年时谁能收到好短信。

什么叫好短信？朋友疑惑。我说："有个性的。"朋友想了想，吐出两个字："悬乎。"

话音还没落地，我的手机就叮咚叫我，性急的狐朋狗友拜早年来了。看完，我没吱声。朋友洞察，有些幸灾乐祸："没个性吧？"

曙光星斗轮回了三五次，大年三十到了。

那天清早我刚起身，十来条短信就清脆悦耳地问我早安。顾不得梳妆，拿起手机兴冲冲。没成想，这一看，说夸张点我手脚哆嗦、心儿打怵：四面鼠歌，八方鼠战，闹鼠灾我掉进耗子窝了。

挺失望。挺失落。

于是一上午，我都在琢磨朋友的那两个字：悬乎。

我得化悬乎为踏实。怎么化呢？要不我先"个性"？

下午，泡上铁观音，伴着轻柔的乐曲，翻阅着手机通信录，陶然然地编织我的"个性"。然后看"信鸽"带着"个性"飞走，便得意洋洋：特别的"个性"给特别的他和她；再然后美滋滋，单等"信鸽"衔回特别的"个性"让我欢喜让我怀念。

没一会儿，一连串的叮咚响起，我手指忙乱，迫不及待……可是，一字不差的回信一二三四条，仓促到连名字都没留甚或连别人的名字都没删除就转发过来的回信五六七八条……

瞬间的感觉是吃了别人嚼过的馍。

失望感和失落感，飙升。

便瞪着手机有些委屈：再不济，那也是我辛苦手指一个字母一个字母的原创，缘何不以礼相待而以群发应付我？

便来了倔劲，怄气：凡是群发，一概不回。

觉得自己在理，不是矫情，不是偏激，渴望"个性"没有错。你想嘛，群发的短信，虽也是祝福语，虽也甜言蜜语柔情万丈，可是能打动你吗？你怎么剖析，都觉得它是批发之货、二手之物；你怎么品味，它都有草率打发、完成任务之嫌，都有虚假有余、诚意不足之疑。

克隆情感、拷贝祝福，这有意义吗？

说你的话，带着你的真诚，哪怕寥寥几个字，没什么，别没个性，这很难吗？不需要甜言蜜语不需要华丽辞藻，只几个字只几个句读，表达你的记挂，得他（她）会心一笑，这不难吧？

正倔着，朋友来电，两句来回，他说："认了吧，这年头，谁有工夫跟你'个性'。"

恰此时，手机叮咚叮咚又叮咚："平儿，过大年了。拥抱你！""嘿，哥们儿，还记得那年一群小女兵，抢着吃饺子的快乐吗？""想起 2003 年春节你在青岛捧着饽饽傻笑的模样。何日君再来？""2005 年的岁末，有一个女人在湄洲湾说了一句话：我们都是妈祖人。妈祖人新年好。"

　　我的那个得意呐。顿时嗓门亮堂上云霄，拎起电话我对朋友说："哪个说悬乎？'个性'来啦！"

　　然后我哼着小曲细品慢嚼"个性"，往事像电影一般映出一张两张三张四五六张生动的脸，然后我陷入甜美的回忆中。

　　暖意上心头。

　　欢喜与怀念，等的就是这。

　　这下心熨帖了。

（2008 年 2 月 25 日）

那年除夕

年前战友问我，还记得那年除夕吗？

我说，怎么不记得。

那年是二十九年前的那年。

那年的冬天，我们在湖北襄樊武汉空军新兵训练基地的寒风里一二一。那时我们是新兵。

那年的除夕，在我们正步走得刷刷齐、军姿军容像模像样的时候，夹着鹅毛大雪来了。

因为第一次离家又是在部队过除夕，所以我们这些小女兵们一个个都充满着期待，老清早就叽叽喳喳地成了喜鹊。

中午伙房加餐。我们排着队唱着歌跟着雪花飘进了食堂。可探头一看，啥，白菜、发糕、猪头肉！我们顿时就不乐意了。

撅着嘴走出食堂，我们一路嚷嚷："都过大年了，还吃那些！猪头肉就算加餐了？"

一直到宿舍，我们还在"义愤填膺"地问苍天：怎么办呢？

我说："要不咱们自己包饺子吃吧？"

这个主意立即得到大家的响应。

可是面粉、馅儿从哪儿来？锅、火炉怎么整？

还有，这事还不能大张旗鼓，要不传到男兵连，哪还能有我们吃的？

整天紧绷着脸的女兵排长得知我们的秘密后，也变得可爱起来。她将我们几个招到墙角，神神叨叨地说："找火头军去呀。"

于是，我们几个悄悄溜进伙房，大哥长大哥短地跟炊事班班长套起了近乎。炊事班班长是天津人，他眨着眼听了半天，然后"马三立"般的说："你们有嘛事？"

至今我也没想明白，那天"马三立"怎么那么痛快地将大白菜、瘦肉、姜、大葱、油盐味精"偷"给了我们，还帮着我们把大锅、柴火"偷运"到女兵排的活动室。完了之后，还跑步回到伙房和面，然后再屁颠屁颠、一身雪花地给我们送来。

那天下午我们先是布哨。三哨，五十米为一哨，以确保男兵不能进入我们的阵地。然后我们悄悄地做战前准备：没有面板，用两个方凳充当；没有擀面杖，找一截旗杆顶替。"枪支弹药"都齐全后，我们门窗紧闭地进入状态：剁肉剁菜，拌馅擀皮，支锅烧火。这个过程本身就够刺激，所以真到了"开战"的时候，我们一个个兴奋得都拿捏不住自己了，不管行不行，都想掀门帘露一小手。这下那些馅儿和面惨了，要么溢在外，要么立不直，包出的饺子歪瓜裂枣没个有模样的。于是我们哈哈大笑，互相数落，互相用蘸着面粉的手，追逐着拍打着。然后我们个个成了花脸，小丑似的，上台就能唱戏。闹腾完了，我们抢着下饺子，也不管水开不开，只管往锅里丢。然后我们盖上锅盖，守着锅，吹着火苗，舔着哈喇子想象即将出锅的饺子如何的热腾腾，如何的香喷喷。有性急的，时不时地揭锅盖："怎么还不开呢？"等到锅里终于欢腾的时候，筷子勺子茶缸脸盆就齐上阵，就手忙脚乱地打捞那些刚探出头的饺子，甚至都顾不得尝尝是否熟透。都想吃那长得最漂亮的饺子，于是我们开始哄抢，好几双筷子同时瞄准一个目标，以致那些本来还有些模样的饺子都开膛破肚地没了形儿。再看抢到的，猴急猴急地往嘴里塞，烫得龇牙咧嘴跺脚蹦高拍屁股直喊妈。就那样，那眼还死盯着锅里的呢。哎呀呀，全没了平日里的淑女矜持相啦。

……鹅毛大雪里的饺子和小女兵们，还有"马三立"，还有火苗筷子勺子茶缸脸盆，甚至还有我们的猴急和龇牙咧嘴，这么独特的不可复制的除夕图，怎舍得忘却？

所以，这天我跟战友说，打死也不忘，收藏得好好着呐，珍贵着呐。

（2008 年 2 月 28 日）

士兵突击

2月14日，《广州日报》在头版头条用半版的大幅照片刊登了一则寻人启事：寻找四名累得"站着都能睡着"的子弟兵。照片定格在广州春运最紧张的2月4日。画面里，四名战士身穿雨衣，或歪斜着或耷拉着脑袋站在广州火车站广场的护栏前，睡着了。当时，广州最低温度只有四摄氏度，天刚下过小雨……

站着都能睡着？

当即，我想到了父辈们的故事。

战争年代，战斗前夕，为抢占有利地形，父辈们常得突击连夜急行军。疲乏至极，有士兵终于熬耐不住，便站着甚至边行军边打起瞌睡……第一次听这故事，我惊愕得张着小嘴："就那么站着睡、睡着走路？"然后我咋呼："怎么跟电影里的英雄不一样呀？"父辈们说，其实谁都不想那样，实在是太累太困，支撑不了了才那样。我对这个回答极不满意：干嘛不来句

"为了实现共产主义而奋斗"，话匣子里不是天天在说这个吗？父辈们说，就是为了共产主义，所以得睡觉，身体是革命的本钱。我当时的小脑袋不懂什么是革命的本钱，但我觉得父辈们没哄我，便信得欣然。

2 月 15 日，四名战士找到了。广州军区驻粤某部二连的战士，都是一级士官，都是表现出色的党员和骨干。

也许不仅仅是我，更多的人都以为他们会因此摆足姿态，这般那般的高调伟大一番，我甚至担心他们对着镜头会慷慨激扬"一不怕苦二不怕死"地来个革命英雄主义的亮相，担心他们翻版了我儿时的"为了实现共产主义而奋斗"的缥缈和虚空。可出人意料，面对媒体，他们冒出的却是"真是太不好意思了"。他们甚至有些害羞：作为战士骨干，我们更愿意将自己威武刚毅的形象展现给人民群众。可是由于已经连续奋战了三十九个小时，确实累得没有办法。从到火车站执行任务开始，背包都没有打开过。

"确实累得没有办法"竟和"实在是太累太困"一个版本！

大实话。

喜。忍不住竖起大拇指：英雄本色。

国有灾情，士兵突击。然，连续三十九个小时不合眼，即使材料再特殊，他也得食人间烟火不是？换班后就地休息，抓紧时间眯会儿，养精蓄锐再突击，合情合理真性情呀；担心形象有损，那也是实诚之言呀。而恰恰是这份性情和实诚，打动了广州百姓乃至全国人民的心。于是乎，各大报纸纷纷转载了"站着都能睡着"的子弟兵……不炫耀，不矫情，不虚伪，老百姓要的就是这份朴实和真挚。

于是想到老子之语："上善若水。"便感慨："士兵突击善若水。水利万物而不争，却几于道，几于德。德可载物呐。"

（2008 年 3 月 10 日）

城门失火

朋友火急火燎地召我。我快马加鞭地赶去。

朋友唾沫星子四处溅。我一头雾水纳了闷。

半天,听清了。艳照门的事。"可这跟你有什么联系?"我问。

朋友双眉打结,杏眼出眶,世界末日似的恐慌:"我女儿呀。"

我差点没把手里的杯子掉地上:"你女儿,跟艳照门?"

又半天,听懂了。朋友念高中的女儿是某明星的粉丝,见自己心目中的纯情玉女进了艳照门,伤心得连书都念不进了。

我倒吸一口冷气。城门失火,殃及池鱼。

之前知道,鼠年前后爆发的艳照门事件让演艺圈失了火,艺人男、艺人天后,后来连富家千金也纷纷卷进了火堆里。之前也听说,香港有四成中小学生在网上浏览艳照,大学生更多。但一直以为那场火烧在北纬二十二度的地方,距离我们很远,没准还没等烧到我们这儿,它就蔫了。

哪晓得这火越烧越旺，肆行无忌，没完没了；哪晓得这火竟让演艺圈高烧不退，竟蔓延到社会，殃及了学生！

可怜的粉丝们。

想起我的一个故事。20世纪的某年月，样板戏风靡。彼时学芭蕾刚会二位转、跨腿转的我，跳《红色娘子军》跳得走火入魔，爱煞了坚强不屈的吴清华。一天带着行头，跑照相馆，说，我要拍张吴清华。摄影师兼化妆师，描眉，抹粉，几分钟的时间，打造了一个"吴清华"；再红帽徽、红领章、红袖章，"吴清华"找南霸天报仇了。打光聚焦，我大吸腿，"迎风展翅"，亮相。摄影师说，笑一笑。我不笑。摄影师又说，笑一笑。我还是不笑。摄影师以为我没听到，第三次说，笑一笑。我不高兴了，急了，串上白毛女的词，说，我是舀不干的水，扑不灭的火；我千年的仇要报，万年的冤要伸。摄影师不解，谁惹你了？这下我毛了，说，你不知道革命样板戏？哪见吴清华笑着报仇的？照片出来，好一个咬牙切齿、满腔怒火的"吴清华"。摄像师说，极像，挂橱窗。刚挂上没多会儿，橱窗玻璃的下半截就布满了乱七八糟的小手印。然后一传十十传百，没几天我就风光了起来。同学都跟我要照片。我就印了一大摞，跟传单似的，一张张地发。后来我演出多了，名儿"大"了，走哪儿都能感觉到背后的羡慕。后来照相馆招架不了了，天天有"吴清华"去找南霸天报仇。再后来老师找"吴清华"们谈话："仇报完了吗？我就纳了闷了，就那么愿意当吴清华？连书都不念了？看看你们的成绩，都滑哪去了！'五好'生也不当了？再这么下去，留级！可别怪老师没提醒你们啊。"

拿着试卷，"吴清华"们大眼瞪小眼，愣傻。半天后"吴清华"们脸

谁能年少不痴狂？天地任我遨游不为谁停留，虽然很多事情我不懂，就做那个追风少年吧。

煞白眼通红："这是我们的成绩？都滑椰树寨去了！"又半天后"吴清华"们齐跺脚："凭什么呀！凭什么我们追随'吴清华冤仇深'？"然后"吴清华"们大彻大悟："不当'五好'生？傻呀我们！"

从此我不再风光过了气。从此不再有人跟我要照片。

从此同学们好好学习，天天向上，唉嗨哟嗬，向前进向前进，心心向着"五好"生。

……

那天说完这故事，我对朋友说，城门失火不见得都是坏事。有时候，烟能呛醒迷糊人的。

（2008 年 3 月 24 日）

天路吉祥

2006 年去梅里雪山。上至四千三百米，高原反应，不省人事，辜负了同行者"这一车人唯你能进西藏"的预言。

擦西藏边而倒的"耻辱"使我耿耿于怀。后来跟进藏干部 X 君聊到这事儿，我依然不能释怀，说，不进西藏不罢休。X 君听了，送我一本书，他写的，在藏岁月，情感真挚，说苍天若是一个画家一个歌者，他一定把最美的画卷最美的音符给西藏。我被感染，更被感动，于是越发想上青藏高原。

这年 3 月，作家 Y 君给我一篇文章，写她西藏之行。说一个傍晚她来到大昭寺广场，广场安静得让她心里感到莫名的舒畅，稀薄的空气也让她产生稀薄的快乐。于是她想，天人之乐一定也是淡淡的。于是她又幻想，世上有一种神炉，可以让我们放进自己的虔诚，然后煨出来的是一股真气，

不为朝佛，不为觐见，只为贴着她的温暖，膜拜属于自己的圣地。

汇聚在云空外，然后众生的良心、真心、善心就化为一片纯净的香云海。于是她还像藏民一样，合掌高举过头顶，然后全身向前扑去……做这些的时候，一名藏族小姑娘、藏族老妈妈和藏族老大爷在不远处陪着她。一直等她完成了所有的动作，老大爷才蹒跚地走向她，摘下礼帽，弯腰向她说了句谢谢，然后走了。然后小姑娘也走了，然后老妈妈也走了。再然后 Y 君看着他们的背影感慨，我为自己叩头，得到的却是旁人的致谢。感慨的时候，Y 君分明感受到大昭寺前的空气中充满了香味的吉祥……那天读完 Y 君的文章，我有点儿激动，又想到 X 君笔下的雪域，便拎起电话央求 Y 君："什么时候带我去西藏？"

不是说着玩儿的，我是真向往。

老爱听韩红的《天路》了："清晨我站在青青的牧场，看到神鹰披着那霞光，像一片祥云飞过蓝天，为藏家儿女带来吉祥……"

《天路》不是韩红首唱，新千年的时候就有人唱了，那时我就知道了《天路》。但喜欢上《天路》，是从韩红开始，那天籁之音，无论是高亢激扬还是缠绵悱恻，给你的，都是连绵的群山、巍峨的雪峰、宽阔的草原和格桑花儿与哈达，还有那手持法轮的慈悲的眼神……那份博大，那份胸襟，那份热烈，那份纯粹，叫你心驰神往，甚或魂牵梦绕。

之后每回听《天路》，我一闭眼就是布达拉宫，就是西藏。那个离太阳最近的地方，那个天荒地老、日月同辉的地方，干净得让我都怀有一种朝圣的心情。

之后每回听《天路》，我还会产生一种虔诚以及悲悯感恩的情怀。我用这种虔诚及悲悯去迎接蓝天，将自己融化。

所以我想去雪域圣地的念头有年头了。

这次 Y 君的感慨又助推了我一下。

也想哪一天，我站在大昭寺广场上，合掌高举过头顶，摒除一切杂念，祈祷，有藏族小姑娘老妈妈老大爷陪着。然后我接受他们的慈悲，又惊又喜又感动。再然后我看着他们的背影，感慨。但我会比 Y 君多个情节，我会在他们的背影即将消失的时候，放声唱："那是一条神奇的天路耶。"

真的，这些日子我老是琢磨去天路感受大昭寺前的空气中的充满了香味的吉祥……

（2008 年 3 月 31 日）

不忘先烈

　　拙文《雨，已纷纷》在《新民晚报》发表是去年的事情。没想到，前两天还有人跟我提到这事儿，说，难得你特意从松江赶去高桥烈士陵园看望先烈，难得你大清早独自一人行在雨丝纷纷中。

　　难得有人记着这事儿，我挺感动。

　　其实我说过的，那次去高桥烈士陵园敬祭先烈，动机很朴素，就为我四十多年前的那句话。

　　四十多年前的一个清明节，甩着两根羊角辫的我跟着父亲来到高桥烈士陵园。那会儿，我还没那棵最小最小的松树高，但我学着父亲的样，也很庄严肃穆地敬礼；那会儿，我还不太记事儿，但记住了躺在翠柏青松下的是父亲的战友我的叔叔伯伯们；那会儿，我很认真很郑重很虔诚、小人大模样地跟父亲说："我会来看他们的。"

　　其实我也说过的，这话一直埋在我心里，从没忘记，因为那天不仅对父亲我还对先烈们这么说的。

其实我还说过的，四十多年后的某一天，是电影《战上海》里一位战斗英雄的原型、父亲的老上级激活了我的记忆。灵魂与其碰撞似的，那一刻决定了我"特意从松江赶去高桥烈士陵园看望先烈"。

我没说的是，那天我披着一身雨雾出现在高桥烈士陵园的时候，龙柏刚刚列队完毕，鸟儿还在唱晨曲。我在鸟儿的晨曲里将花圈敬献给英雄纪念碑，然后三鞠躬，默哀。再然后我给父亲电话。我说："爸爸，我在高桥烈士陵园。"电话那端几秒的停顿。父亲一定很吃惊：女儿怎么去了高桥烈士陵园？我说："您告诉我叔叔伯伯们的名字，我去看他们。"又是几秒的停顿。父亲一定想起来了：女儿四十多年前说过"我会来看他们的"。父亲肯定高兴，他说了一连串的"好"，然后清清楚楚地报出他战友的名字。父亲肯定还很激动，因为他语序有些乱："就解放高桥那一仗……国民党已经不行了，我们都赢了……快六十年了……"

我也没说的是，当年的小松树已经长成大松树了，我仰着脖子都望不到它的顶端。那天我在高大的松树下找到了叔叔伯伯们。我坐在他们的碑前跟他们聊天。我说，我又来看你们了，我这次没像四十多年前的那次不懂事儿。那次我固执地将糖一粒两粒三粒地摆在你们的坟前，说下雨的时候，糖会化的，会渗到地下，叔叔伯伯们就能吃着甜味儿了。我说，这次我没带糖，可也忘了带烟来了。是哪位叔叔，当年您老抢我父亲的那份烟叶，您还说"不会抽烟，要它是个累赘"，下次我一定记着给您捎烟来，放在您的坟前，给您点上，好烟。我还说，叔叔伯伯们，我一直记着你们的故事，高桥之战打了五天五夜，很惨，后来上海解放了，可你们牺牲了……

天若有情天亦老。无法忘却的，是共和国旗帜上你们血染的风采。

我还没说的是，那天都离开墓碑好几步了，我却突然返回，像小时候一样，我合掌为父亲的战友我的叔叔伯伯们祈祷。然后我蹲下，擦拭墓碑上的雨水。我不知道我为什么那么做，但我确确实实那么做了。

　　下意识中，也许我是想以这样的举动与历史对接。墓碑冰冷，但记忆活着，因为我张开十指轻轻一按，就按出一串凝固的枪声。然后我凝固。然后我在凝固中狠狠地表扬了自己：你拽着雨珠赶赴一个跨时空的约定，你握着一个小姑娘的承诺滚滚红尘四十多年都不肯撒手，是难得，是军人的后代。就该这样，到什么时候都不能忘记先烈，不仅仅因为你是军人的后代。

（2008 年 4 月 7 日）

习惯问题

赴朋友家宴。

刚开场，我眼神就歪了。

这一家三口，拿筷子一人一姿势，都不顺溜，都别扭着。夹菜，一夹不成二夹不着三四成了全家总动员，那架势叫我疑心进了才艺大比拼的现场。于是盯住了他们拿筷子的手，诧异他们怎么可以那么别扭着并快乐着！

不由得想起有一回一哥们儿请客，一桌一二人别扭着筷子，跟杂耍似的，叫我愣不敢抬头，怕忍不住笑出声响。弄得我从此有了后遗症，凡参加有"别扭"在场的饭局，心里就不轻快。还弄得我在相当一段时间里，只要想起那场景就觉得好笑，就控制不住地"扑哧"再"扑哧"。

但那天我没"扑哧"。那天我看着这一家三口暗里琢磨，以前没觉得拿筷子是个问题呀，怎么现在冒出这么多有筷子问题的人呢？然后延伸琢磨，竟发现岂止拿筷子，拿笔、写字，甚至坐相、站姿，现如今又有多少人"别扭"你而没商量……

那天带着琢磨回到家，随手打开电视，才看一眼，我就差点儿乐岔气。荧屏里，十来条大汉霸占一桌满汉全席，却至少四五人不会拿手里那两根小玩意儿。

　　这下轮到我别扭：都是吃牛排使唤刀叉长大的？究竟怎么了，祖祖辈辈吃饭的家什，现如今竟拷贝走样到了这个份上？

　　记得我小时候刚学着拿筷子，母亲就教导，拿像样喽，要不人家该说，这家大人，怎么教的孩子。母亲还说，干什么都得有个模样儿。筷子，多小的玩意儿，拿不顺溜，那不叫人笑话！听母亲说，其实我乍一开始也挺犯怵筷子，老不得劲儿。母亲于是连哄带呵斥，你爸枪杆子都拿得那么利索，这筷子还能沉过枪杆子？不晓得是不忍株连母亲还是不服枪杆子，总之我后来学什么都牢记有模有式。

　　这么说来，习惯始于小时候，模样儿又始于习惯。

　　这么想着，就来了冲动：写点儿，关于拿筷子的。

　　其实自打忍不住"扑哧"那会儿起，我就想写点儿。可又一直犹豫，怕这一写，得罪的可不是一两个人，说不定就是几个集团军。更担心，我本善意，却被歪解。弄不好，好心当成了驴肝肺，还说驴肝没味儿。

　　于是问家人："我可不可以说道说道？"家人支持："该说。连筷子都拿不像样，这往小里说是习惯问题，往大里说那可就关系到中国饮食文化的大问题了。"

　　大问题我说不好。那就说小的，习惯问题，以上所言算是吧。

　　总之，别小觑了行为习惯，你培养了好习惯，好习惯就会给你好模样儿，比如站如松坐如钟行如风，它能精彩你自己。

（2008 年 4 月 10 日）

杨光男儿

一直想说说杨光。

那夜守着央视三套至凌晨。

早已过了冲动的年龄，但那刻反常。

我竟成了杨光的粉丝。

那天是《星光大道》年度总冠军决赛。

至少两亿人民看着杨光。

那天杨光病着，但谁都没看出来。

上台，一段脱口秀，观众叫好。

模仿马三立、文兴宇、曾志伟……惟妙惟肖"逗你玩"，评委叫绝。

词曲弹唱，现作现谱，是骡子是马儿杨光"你真是太有才了"，全场欢呼。

真没见过这么逗的，这么乐观、自信、强悍的选手。老毕（毕福剑）

站在他身边，整一个捧哏，笑料全在杨光那边……

八个月时失明，十九岁那年从哈尔滨考进北京残疾人艺术团。为生计，一天演出六场。为节省，住地下室，甚至只吃一顿饭。最穷时，将手机典出。四处碰壁，八面受气，却报喜不报忧。三闯京城，其间失去三位至亲爷爷奶奶爸爸……几多辛酸几多艰苦，只字不提。自始至终，不怨生活，不恨命运。老毕说，你受尽了曲折磨难。他说，这都是从哪听来的？然后一笑了之。

这就叫人不能不心疼。身世多舛，却没有全世界亏欠他的矫情；遭遇不平，却没有苦大仇深的反击；看不见一丝光明，却晴空一片在心中。"生活可以愁眉苦脸地过，也可以开心地过，那我当然要选择后者。最起码我不希望让我身边的人感觉到我不开心。""我的生存能力挺强的。"乐观、幽默、坚强、勇敢、不屈不挠，杨光把苦难做成了甜点。

那晚，杨光凭着《你是我的眼》坐上了冠军的宝座，成了首位登上央视舞台并夺冠的盲人歌手。这是杨光为母亲而唱的一首歌。歌声休止，观众哭了。老毕问，如果看得见，你最想看什么？杨光说，我最想看看妈妈的手……杨光说完，我已潸然。

曾经，在"好男儿"将上海滩闹腾得乌泱泱的时候，我跟电视界朋友抗议："这叫什么事儿呀？就那好男儿？生生地糟蹋了好男儿。"

所以，这回当我说"有个好男儿叫杨光"时，朋友诧异："怎么回事，也成粉丝了，你？"

一直等到大年三十，我告诉朋友，杨光上春晚了。你一定得看，不信你不感动。

后来朋友告诉我，那天看完杨光的表演，心里舒展，喉头却哽塞："杨光，真男儿。"

抽空琢磨自己怎么会粉丝了一回？

不太爱看选秀节目。有一次听某个选手说家庭不幸，看她眼泪噼里啪啦地砸下，我也动容。后来发现怎么那么多的选手都有不幸：父亲车祸母亲绝症……再后来我就觉悟了：不幸有真有假好多是小说情节。不去点评选手为赚取评委同情赢得高分而糟践自己爹妈的行为，记住以后不费眼神不赔感情不淌眼泪就是了。

是无意中看到杨光的，他获得《星光大道》月冠军的那次。

真正的不幸，他却不叫歪，不叫苦，笑着，乐着，从黑暗里寻找光明，并将光明抖搂给大家。

我不能不动容。

这就有了守着央视三套至凌晨的粉丝我。

（2008 年 4 月 21 日）

4 月 28 日

永远不忘 4 月 28 日。

二十四年前的这天，老山前线，闻名中外的老山收复战。

经过三天的血战，我军终于拿下了老山主峰。

峰顶，八一军旗飘扬。像所有战争片里看到的，军旗已被弹火烧碎。

旗手紧握旗杆。看不清他的脸，钢盔歪斜着，遮住了他的眉眼。他的身子四十五度倾斜，似倒，不倒；他的头微微耷拉着，似抬，不抬。他就那么站着，斜挎着步枪，雕塑般。

战场还有硝烟，弥漫着。

似乎间或着鸟儿的哀鸣。

鸟儿在唤他：你醒醒，胜利了。

可他依旧，定格，凝固。

鸟儿哪里知道，旗手不能应它。旗手将军旗插上高地的那一刻，就已经牺牲了。

他不倒，军旗也不倒。他向着祖国站立，军旗向着祖国飘扬。

他和军旗就那么相互支撑着，支撑起一个不可辱没不可侵犯的"人"。就是这个"人"，夺回了我们的尊严，捍卫了我们的领土！

战地记者拍下了那场面。壮烈。揪人心，催人泪。

……

知道这个日子的故事时，我在大学，大一新生。是我的战友告诉我的。战友说，你能想象那有多壮烈。他的手死死地握着旗杆，战地救护队怎么掰都掰不开啊。所有在场的人都受不了，都流泪了。

曾经也是兵的我，在听完战友叙述的当即，也盈眶了。

4 月 28 日从此铭刻我心。

一年后暑假的某一天，我在首都某部队的走廊里看到一张照片。已经走出几步的我忽然觉得那画面似曾相识。踅摸回去，注视着，端详着，心蓦然战栗。那瞬间，我是那么肯定：1984 年 4 月 28 日老山主峰上的旗手！

从没见过，甚至都不知他的姓名，可我就那么坚信。

仿佛身临其境，钢盔、步枪、雕塑般的身躯，还有那布满弹孔的军旗，就在我眼前，耷拉着，斜挎着，支撑着，飘扬着……我的眼睛终于捕捉到了那让我震撼的一幕：硝烟遮不住红旗，红旗是如此稳健地竖立着；他不再是一具肉体，而是一尊雕像。红旗已被他深深地插入主峰，但他不离去，任凭子弹在他身边划过，任凭战友从他身边冲过，仿佛这世界的一切都不再与他有关联，他只要擎着红旗永远地挺立下去……报道说，他的胸部已经被弹片打烂，他的脸部由于近距离的手榴弹爆炸已经嵌满了大小的弹片。

生命早已离他而去，他，是以他的雄魂支撑着身体支撑着胜利的旗帜啊。

那刻我心下起了雨。忽然想到美军在硫磺岛战役中插旗的照片，热血骤然奔腾：中国军人那不倒的身躯带给世界的仅仅是震撼吗？

后来我无数次地见过这张被无数次刊登又无数次感动国人的照片。见一次，我心滂沱一次。

后来我告诉自己，永远记住这个日子。不再流泪，军人不相信眼泪。

再后来我告诉自己，如果哪年的 4 月 28 日我不小心流了泪，那是因为我不愿意，真的不愿意忘记他是谁。

（2008 年 4 月 28 日）

扁担叔叔（一）

五一前，我接到邀请，参加《杨怀远歌谣选》座谈会。

我乐了："好事呀，扁担叔叔出书啦。"

拿到书，更乐了，杨怀远、姥姥还有我，当年那张红遍大江南北的照片也收进书里了。

叫他扁担叔叔，缘于四十多年前。那年我跟姥姥从青岛回上海，乘民主 5 号轮。是夜，大海兴风作浪，姥姥晕船，身上、铺上，吐得一塌糊涂；我嗷嗷叫唤，哭得惊涛骇浪。后来我睡着了，蒙胧中觉得有个"庞然大物"竖在姥姥床前，接着又听到姥姥难受的呻吟，便一个激灵跳将起身，冲"庞然大物"嚷嚷："你欺负我姥姥！"

着实冤枉了他。姥姥告诉我，那夜老的呕吐，小的闹腾，把他折腾得够戗。亲儿子也不过如此呐，姥姥感动又感慨。

其实那会儿我还小，根本不记事儿。

是姥姥的无数次叙述让我记住了这个故事。姥姥说那年那天后不久的某一天，他挑着小扁担搀扶着姥姥和我的照片忽然出现在上海的大街小巷报纸杂志上，这才知道他叫杨怀远，民主5号轮的服务员；姥姥说从那以后我就成了"童星"，大院的孩子们整天价地追随在我身后问"怎么你能上报纸"；姥姥还说，那会儿我臭美得不行，天天吵着做好事，三天两头把家里的馒头包子"偷"出去送小朋友……

几十年后的某一个黄昏，我写下《杨怀远，姥姥，还有我》。我说，我想再见扁担叔叔。

是上海文化界的几位前辈圆了我的梦。2005年冬天的一个早晨，杨怀远来了。

那天阳光灿烂，灿烂的阳光照耀着四十多年后的喜相逢。

那天我刚拿出那张已经泛黄却成经典的照片，杨怀远就惊喜地喊道："原来这个小姑娘在这？"他说他一直记着这小姑娘和她的姥姥，因为那张俨然一家三代被载入史册被永远定格在历史镜头里的照片。他说："我只做了一点点的小事，你们却记了四十多年。当年你们给了我荣誉，今天又是你们给了我欣慰。我谢旅客们啊。"

这不是一个传说。

座谈会上，我端出这个故事。与会者欣喜。鼓掌。再鼓掌。"童星"的感觉又来了。于是我说，谢谢您扁担叔叔，您让我小不点的时候就成了"明星"，一直到如今，我还沾着您的光。但其实您带给我的远不止这些，曾经我伸手携扶不相识的老人，曾经我毫不声张给受灾战友的父母寄去我的士兵津贴，曾经我替忘了带钱的农村孕妇付了门诊费……知道吗扁担叔叔？是您，让我从小知道了什么是助人为乐，怎样做个好人……

（2008年5月5日）

八连精神

那天去父母家，在小区的道上见到好八连的第一任指导员，便想起从前。

20世纪60年代末的一天，大院胡子叔叔给我们讲故事。说有一个连队叫八连，1947年8月6日诞生在沂蒙山区，后来进驻上海这座"东方巴黎"之城，"闻到的空气都是香的"，但他们"拒腐蚀，永不沾"，硬是守着艰苦奋斗的光荣传统。1963年4月25日，国防部命名八连为"南京路上好八连"，同年8月1日，毛主席题写了《八连颂》……胡子叔叔讲完后揪着我们的羊角辫说："记住喽，好八连是上海的骄傲。可贵啊，八连精神。"

其实那时我们少不更事，根本不懂得"拒腐蚀，永不沾"，也不明白八连为什么是上海的骄傲，但我们不让胡子叔叔失望，齐声说，我们记住啦。

没多久我们看《霓虹灯下的哨兵》，仰着小脑袋恍然大悟：原来艰苦奋斗就是补丁袜子针线包呀。于是我们吵吵嚷嚷也要学习好八连。那天我穿了件红色的连衣裙，荷叶边层叠着美丽。"白皮鞋"说："剪了资产阶级的公主裙。"还没等我反应过来，我的裙子已遭不幸。我号啕，舍生忘死地号啕。"白皮鞋"说："哭什么，剪了才能有补丁。"我气急败坏，拿起剪刀："你的白皮鞋，也得艰苦奋斗。"可客厅正中是毛主席像，我一抬头，他老人家正慈祥地看着我，我愣没敢下手。

长大后我们几个都成了解放军阿姨，粗布衬衣帆布胶鞋把我们整得老土掉渣。于是"改良"军装，卡腰，收身，婀娜窈窕。那时部队第二十三条军规不允许女兵烫发，可我们个个把辫梢修理成了羊尾巴。后来在别人的目光里，我们发现"改良"和羊尾巴把艰苦奋斗弄没了，于是特自责，觉得自己革命意志不坚定，辜负了"我们记住啦"的承诺。于是我们拿新裤子换战友洗得发白的旧裤子，整天穿着一二一。后来谁见了都夸："瞧这些大上海兵，一点儿不娇气。"

幼稚、偏激了多年后，我们才真正懂得了好八连，懂得了自己。八连带着革命老区的贫困和坚强走进大上海，同时将一种精神注入了大上海。而当精神成为一种传统一种力量的时候，它又变为城市的一种积淀一种骄傲和一种品牌。于是一个连队连着一座城市，一座城市需要一种精神。而我们，成长在"新三年旧三年，缝缝补补又三年"的年代，艰苦奋斗早已烙在心间渗入骨髓，并常常在不经意间左右着我们的操行。这就是我们为什么对许多事物难以保持长久的热情与痴迷，却珍惜难舍八连精神的缘由。

前几天报上说，好八连走过四十五年，铁打的营盘流水的兵，唯一不变的是艰苦奋斗的传统本色。于是感慨，"补丁袜子针线包"，化为胡子叔叔的话："可贵啊，八连精神。"

（2008 年 5 月 12 日）

血色 5•12

不敢相信是真的，却是真的。

愣了，呆了，傻了，大脑空白。

瞬间想到 1976 年，那个 7 月 28 日，也是血色。

都是 8.0 级，灭顶之灾。

又一次国殇。

心战栗，极度。

打开电视。汶川、北川、绵阳、茂县、绵竹、广元、什邡、都江堰……满目断壁残垣，一片瓦砾废墟。老幼妇孺，青壮少年，僵卧于地，存者惊惧悲怆，亡者面目全非……

惊骇，哀悯，却没了眼泪。

可是，天哭了。哗哗哗，十三亿中国人的眼泪。

都说那儿山美水美人更美，都说那儿民风淳朴百姓善良。一直琢磨着

擦肩而过的转瞬，彼此已站在两个世界上。不要问我为谁流下泪，不愿让谁看见我伤悲。若希望不灭，心中也会点亮星光。

哪天去领略那儿的风光，一直思量着哪日去享受那儿的民俗。可是，轰隆隆，天塌山崩地裂，顷刻吞噬了所有的美丽。

四川、贵州、陕西、甘肃、北京、上海……巴蜀地震，九州同悲。所有的电视都连线着 5·12，所有的荧屏都在疾呼"救人，救人，快救人"，所有的观众都在守候生命，等待奇迹。

惨烈，悲壮。

不忍睹，却又看。

终于潸然，再潸然。

守着荧屏心如焚。做点什么？哪怕一声问候。

忽然想到那儿有我的作者，一个两个三四个，分布在成都和重庆。不曾见面，不曾相识，可那时他们就是我的姐妹弟兄。

打开邮箱找出他们的电话。一声"保重"让他们意外，迅即是颤抖的"谢谢"。然后是惊慌未定的语速："所有的人都被突如其来的地动山摇震慑，所有的人都被悲伤和恐怖笼罩。上千名学生被埋，无数家园被毁，多少孤儿寡母，多少鳏夫孀妇。门断烟绝，四处号啕。惨，惨，惨啊。"

心更沉重。这是我直接听到的来自震区的声音，每字每句都滴着泪水，染着血色。我心抽搐。

想这 2008 年怎么啦？开年一场大雪压南国，南国冻得直哆嗦直流泪。以为 5 月来了蝶恋花，天蓝蓝水清清，祖国山河风光好。哪晓得！哪晓得5·12天呀裂了地呀崩了四川呀哭得昏天黑地泱泱中华大国民呀惊魂难定心悲泣。

老天爷干嘛呀这是？

血色 **5·12**，生何其困苦，死何其悲惨……荧屏前的我，泪水止不住。老天爷这是在考验中国人民吗？

长城脚下，苏州河岸，西子湖边，夫子庙前，大昭寺上，五台山巅……众志成城大中华呀。

我想打个电话告诉老天爷：我看到——原来生活在这片土地上的人民是如此的团结，原来我们对这片土地和土地上的同胞是如此的爱恋，原来这片土地上的国民千磨万击坚韧顽强是如此的坚不可摧。

从来国难兴邦。

今天开始全国降半旗，三天，奥运火炬传递停止。

血色 **5·12**，历史铭刻它。

（2008 年 5 月 19 日）

走好孩子

孩子，你们在哪？

轰然间，山崩地裂，死寂。你们上了天国，在5·12的这天。

昨天你们不是还给妈妈短信说"明年的母亲节我要给您买康乃馨"吗？早晨你们不是还跟妈妈保证"以后再也不睡懒觉了"吗？就几分钟前你们不是还在争论这次考试的答案吗？怎么顷刻间，连同你们的笑闹，甚至恶作剧就全埋进了瓦砾底下；怎么转眼的工夫，你们就变成了一具具冷冰冰的尸体，被湿漉漉的塑料布包裹着，躺在了泥泞的操场上……

从小到大，你们闯了不少祸，可每次，你们都会跟妈妈说："下次再不让妈妈担心了。"这次是怎么了？

你们的妈妈，相互搀扶着，跌跌撞撞来到学校，凄惨地喊着她们的宝贝心肝。天还在哭，地还在摇。黑暗中，妈妈颤抖着手，用手电筒的微光照着操场上的你们。夜晚的冷风中，你们没有长成的身体显得那么的柔弱，那么的可怜。还没有看到塑料布里的头，妈妈就断定那个穿粉色丝袜的就是她的女儿，因为露出的袜边上有妈妈亲手缝上的丝线；那个穿蓝色运动服的男孩，曾经是校篮球队的主力，昨天他还告诉妈妈他的偶像是姚明；还有那个自来卷的漂亮女孩，前几天还跟妈妈说将来要考舞蹈学校……

妈妈跪地号啕，撕心裂肺，悲痛欲绝。

"孩子，妈妈找到了你的书包，快回家吧。"

为什么要躺在你们曾经嬉戏玩耍的地方，却不理会妈妈的呼唤？是怕妈妈没完没了的唠叨，还是躲避无休无止的作业？可是妈妈说，以后再不说你懒虫，也不再呵斥你不用功，妈妈宁可你们调皮捣蛋宁可你们考试不及格宁可你们逃学，只要你们好好着！

为什么你们伤痕累累恐惧万分地离开这美丽的世间，却不理会爷爷奶奶攀瓦砾磕出血的手臂和"孩子，要好好活下去"的揪心？不理会连续几昼夜发疯般挖掘废墟而十指见骨的解放军叔叔，还有那女儿也在废墟底下却强忍悲痛坚守阵地的护士长，还有那么多守望着你们的叔叔阿姨……

点燃一炷香。我为天国的你们祈祷。走好，孩子。雨天，路滑，又黑又冷，你们要手牵手，小心磕着别摔倒。别忘了跟你们父母约定，来生你们还是他们的孩子……

再过几天，就是儿童节了。可是，因为你们的缺席，今年的儿童节会少了很多很多的笑声。

（2008 年 5 月 26 日）

给我一杯忘情水，可我还是禁不住为你们泪洒天堂。

心悔之后

这些日子除了心焦除了心疼除了心揪，我还心悔。

当兵的第二年，首长说，送你上军医大？

我摇头，我想当战地记者。

首长失望，说，军医更好，救死扶伤，尤其在前线。

现在想来，首长是对的。要是当年听话，没准今天我就在震区，用我的手术刀拯救一个又一个生命，保住一条又一条胳膊和腿。

天晓得后来为什么我又改了主意，鬼迷心窍司汤达、奥斯丁，最终成了中文系的大学生。

现在掂量，我又错了。如果当初坚持战地记者，一准今天我就在震区，在瓦砾上在乱石中在泥泞里在帐篷外，情绪激动风尘仆仆不惧危难恪尽职守，挂着相机握着话筒对着镜头报道真相，还泪流满面唏嘘哽咽感伤哀悼痛心疾首……

　　现如今，除了捐款看报纸看电视流泪哀痛外，我还能做什么？

　　不是前线医生，不是战地记者，自己到底无法真的分担同胞的痛苦。

　　……

　　这天，战友打电话给我，说，历史就是这么惊人的相似。这次灾难又有多少"花儿"凋谢，你没打算再写点？

　　一语点醒我。

　　战友说的"花儿"是我小说《花儿》里的人物，原型是唐山大地震时某部队医院的护士。山崩地裂之时，花儿被梁柱砸断了背，被死死卡着不能动弹，唯一的空间就是她的怀抱，而就这唯一，她给了病人。至死，她都那么弯着腰，抱着病人，深鞠躬。

　　写下这个故事，唐山大地震已经过去三十年。发表后，我接到战友电话，说大爱无疆成花魂。花魂震撼了他的心灵，叫他记忆醒了泪儿流了心儿碎了。

　　……

　　恍然。这些日子没干别的，只知道天天伤心抽泣，竟忘了《花儿》，竟忘了不是"手术刀"不是"话筒"却是"中文系"的我还可以做点什么！

　　于是我坐在电脑前。敲键：和5·12有关的日子。字字，句句，段段……

　　不一定大视角，却一定大悲悯；不一定全景式，却一定刻骨铭心；不一定急就章，却一定隽永亘古。比如那鹰姿，至死都那么伸展着"翅膀"，死死护着他的学生，雕塑一般，神圣，壮烈。

......

记录还原生命某个瞬间的真相和意义，这不是我心悔之后该做能做可以做的事儿吗？

期待哪天，电话响起，一个陌生的或熟悉的声音，说，是你写的吗——《和5·12有关的日子》？救死扶伤，"中文系"也可以。

（2008年6月2日）

童年无忌（一）

看六一节目，想起小时候。

好像三四岁的那年，母亲接我回上海。因为不愿意离开崂山水，我一路撅着嘴。母亲说，到了上海可别再挂油瓶了，爸爸会失望的。母亲说完又补充一句，爸爸会来接你，穿绿军装的魁梧的就是，你得叫他。出十六铺码头，我看到一棵枝叶茂盛的大树，欢了，指着叫："爸爸！"（后来才知道那叫法国梧桐）母亲说，这孩子傻了。第二天就把我塞进了幼儿园。

幼儿园上课，老师拿着一张井冈山画，问，这是什么？我抢答，连这都不知道？那不是山嘛。老师看了我一眼，换了一张天安门，问，这是什么？我又抢答，毛主席的家。

表哥比我大两岁，但个儿矮。有一回大院的孩子玩半夜鸡叫，我说，

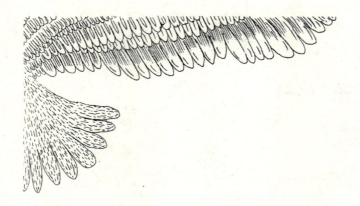

一寸光阴一寸金，寸金难买寸光阴。童年小鸟一去不回来。

你演周扒皮。表哥不愿意。我指着墙根说，那么小的鸡窝正合适你。表哥说，我是你哥。我说，瞧你那小样，好意思当我哥。表哥一咬牙，壮烈钻鸡窝。"玉宝"我也英勇，树枝伺候"周扒皮"露在鸡窝外的屁股。到了晚上，"她真打我"，表哥跟他的姨我的妈告状。他的姨我的妈严厉地看了我一眼，然后挽起袖子拿起笤帚。我急了，说，本是同根生，相煎何太急。

我发烧了，去卫生所打针。护士阿姨平日对我挺好的，可那天没了笑脸。我问妈妈她怎么了。妈妈轻声说，她失恋了，有痛苦。我不懂失恋是什么。正研究着，针扎进了肉里，我龇牙咧嘴，恍然，说，天呐，我失恋了，好痛……苦。

六一节，去动物园。我红色连衣裙，红色小皮鞋，红色蝴蝶结，妈妈说，孔雀见你漂亮它才肯开屏。到了孔雀园，任我怎么红光四射，孔雀就是不答理我。我气急败坏，喂，你们没道理不喜欢我呀。正这时，一男孩过来，"小克勒"似的耸了耸肩。孔雀立马来了精神，搔首弄姿，竞相开屏了。我顿时醍醐灌顶：原来都是母孔雀呀！

隔壁姐姐上学了，天天背毛主席语录。听多了，她没背出我全记住了，尽管我大字还不识一个。有一天，我听到她妈训她背不出来就不许吃饭，于是我挺身而出，说下回我暗号你。到了下回，我躲在她家窗外，一到她卡壳，我就承前启后。结果被她妈发现了，问，窗外是谁？她供出了我。从那天起，每当她走过我身边，我都要阴阳怪气又恻恻然地说，叛徒。

写到这里，忍不住笑出声来。

想起我们那时候最常说的一句话：向毛主席保证，这不是我干的……

那时候我们仗着这句话横扫一切，无敌于天下。我们肆无忌惮地无所顾忌地挥霍着我们的童年，惹出一桩又一桩让大人们又好气又好笑的事情来。我们还理直气壮地昂着脑袋说，这世界是我们的……这些事情，并没有因为时间的流逝而流逝，我们都记得清清楚楚。所以倘若哪天哪个说，这事儿我也有过，那是一点都不奇怪的。不但不奇怪，而今连眼跟前的事儿都记不住的我们，还会想起更多的"童年无忌"来，还会生出恋恋不舍、恨不能回到过去的大大的遗憾。

为什么呢？

有天读报，说某个地方有个卖水果的小伙子高喊："又大又甜的苹果，农民亲自种的苹果！"买主明明知道小伙子的"伎俩"，有市民种苹果卖的吗？但还是爽快地掏钱："来两斤。"

看到这儿我大悟：小伙子卖的是"本色"。我们恋恋不舍的也是"本色"。

高兴了张嘴就笑，委屈了咧嘴就哭，不要任何掩饰，不带丝毫功利，不这样，能叫童年无忌吗？

（2008 年 6 月 16 日）

豆皮情结

那天《新民晚报》说，为迎接 2010 年中国上海世博会，"中华民间小吃保护基地"落户上海豫园，并已相继请到了几种名吃，其中有湖北的三鲜豆皮。

闻之兴奋。咂摸着嘴，品味起曾经。

第一次听三鲜豆皮这名儿，是 20 世纪 80 年代初，那会儿我在汉口当兵。一日，早我几年到汉口的北京兵 Z 很牛气地对我说，带你去老通城，三鲜豆皮，我请客。

记得是汉口中山大道大智路口，Z 告诉我，老通城是湖北老字号的小吃名店，最绝的就是三鲜豆皮。

环顾老通城，没觉得它有什么特别，但就是这个很普通很不起眼的小吃店，那天却让我对它敬了礼。

先是 Z 告诉我，1958 年 4 月 3 日晚上 7 点，老通城门前忽然来了几辆红旗，而后时任湖北省委书记的王任重先进一步，然后转身迎进一位高大魁梧天庭饱满地阁方圆的人。毛主席！所有在场的人又惊又喜……同年 9 月 13 日，毛主席二进老通城，说"豆皮是湖北风味，要保持下去"。那年之后，刘少奇、周恩来、朱德、邓小平、董必武、李先念及外国元首金日成、西哈努克，伟人的到来成了老通城的骄傲。

这故事让我立马刮目"不起眼"，碟中的豆皮跟着也了不得了起来。那天吃了多少张豆皮我早忘了，但记得我终于饱嗝连连的时候，店里一位长者走到我跟前，笑着说，小战士，当年毛主席就坐这儿。

一个惊吓，豆皮噎在了我嗓子眼。我鼓着腮，憋红了脸，使劲抻脖子，终于咽下；激动，兴奋，立正；啪的双腿靠拢，嘎的饱嗝立停；举手，一个标准的军礼！

多少年后我还记得我敬礼的那个瞬间，那份虔诚什么时候想起什么时候感动。我还记得当晚我的日记有这么一句话：今天我向老通城敬礼了，因为我"碰"到毛主席了。我还记得那之后的几天我无论如何拿捏不住了自己，见人就牛气，知道我坐哪儿？

一年多后我调回上海。离开汉口的那天，我执意要去老通城，又执意买了一大包的三鲜豆皮。还是那位长者，还是笑着，说 1949 年武汉解放前夕，国民党在汉民航公司迁往台湾，飞离之前，飞行员集体到老通城吃"最后的晚餐"。待上飞机时，空姐发现，每名飞行员手中都有一大包豆皮……

说到这儿想起 1996 年，好像也是《新民晚报》，说淮海路开了一家湖北豆皮馆。迫不及待，第二天我就工兵扫地雷似的将淮海路从东到西探了个遍……

搁笔之际感慨，曾经的情结，以为过去，其实不然。不定哪个瞬间跳将出来，让你兴奋。兴奋的，不仅为曾经，还为曾经里的文化。

（2008 年 6 月 23 日）

渡边淳一

　　作家 G 君告诉我，要给我一本渡边淳一签名的《紫阳花日记》。

　　我一连串的"谢谢"再"谢谢"。

　　媒体最近接二连三地报道渡边淳一，所以知道他今年与文汇出版社签约了二十一种畅销著作，《紫阳花日记》是第一本，所以也知道 6 月 24 日新闻发布会后，渡边淳一签名签得手酸眼花辛苦却快乐着，所以还知道 6 月 25 日上海书城等候渡边淳一首版首签首印的队伍成了长龙，而渡边淳一体谅读者提前半小时"御笔"，并砚台、笔墨、印章装备齐全，还不忘在已经签好的扉页里夹一纸巾，以免花了墨汁……

　　我不劳而获，自然欣喜。

　　好像是 1998 年，《失乐园》一夜之间游遍中国。我挺纳闷，又挺稀奇，便扎堆买了一本。在《失乐园》里游玩了一天，看出了道道：写情圣手。从此记住了这位日本当代情爱文学大师，唯美的。然后我跟人广告：比琼瑶阿姨的眼泪来劲儿，不看会后悔的呀。

好像是 2007 年，《钝感力》来了，我又粉丝了一次。好好学习后，竟惊诧。写情圣手抛弃了擅长的情感话题，将七十余年的人生悟道浓缩成独特的人生智慧，精绝。连日本前首相小泉纯一郎也说，对近在眼前的事情必须迟钝一点，钝感力非常重要，不要总把支持率的起伏挂在心上。一时之间，洛阳纸贵，《钝感力》成了日本朝野的首爱。而我，从此长了记性，钝感比敏感要强得多，换言之，它是生存于这个时代所必备的能力，若能诚实加钝感，那更妙哉善哉。然后我又跟人广告：向钝感人致敬。

后来知道渡边淳一是弃医从文，曾是鲁迅的忠实读者；后来知道渡边淳一在复旦大学演讲时说，中国人在看我的书的时候，能够理解书里面的一些心理描写以及风景描写。美国也有我的翻译版本，但是他们只注意故事情节，我想这可能是因为中国的一些古诗和日本的一些古诗相通的缘故，所以中国人更能理解我的那些心理描写；这次又知道渡边淳一的"中国情"进一步升级：除了选择文汇出版社作为出版总代理，他还决定为 5·12 中国地震灾区捐款，而且年内还会和一些中日友好作家一起再来中国拜访……

不由得就敬佩起渡边淳一，不仅为他是著名的高产作家，迄今已有小说、散文、传记等一百三十多部作品问世；还为他的一丝不苟善待读者的"中国情"。还有，到底喜欢他的钝感力，记住不为鸡零狗碎伤心，不为蒜皮小事烦神，甚或不为误会误解失落失宠郁郁寡欢，开朗从容淡定洒脱些，更好。这虽有木讷和阿 Q 之嫌，但我还是力顶，因为钝感力真的是我们赢得美好生活的手段和智慧，俗称：好招。

（2008 年 6 月 30 日）

柏杨走了

柏杨走了，已两月有余。

当时就想写。没等动笔，血色 5·12 来了，震乱了我的心。

现在心绪稍平，于是又想到了柏杨。究竟还是想说两句。

很多学者作家撰文纪念他。有说柏杨走了，镜子碎了；有说柏杨走了，还有谁说真话；有说他是一个标本一个标杆；有说他是一代文人的良心，是传统文化的解毒剂。

为什么那么多的人在悼念他，连我的一个朋友也特别建议我在"小窗"里吹点柏杨风。

闻知柏杨，不觉间已二十多个年头了。当初是通过关系才买到《丑陋的中国人》，很薄，封面不好看，纸张也很糙，回家看完，却大受冲击。尔后文朋好友聚首，神话般的传递着柏杨。骂者有之，赞者有之，恨者也有之；看出幽默者有之，看得汗出如浆者有之，看出血泪者亦有之。

说实话，那会儿"丑陋"二字也刺痛我心。柏杨的文字比鲁迅更加直接，更加粗白，打在身上也就更加的吃痛。他的文字不是取之高阁，繁缛晦涩深奥地写给少数知识分子，而是来源于民间的，是写到痛快处恣意汪洋高声骂娘的世俗文字。他没有遮拦，不加修饰，实话实说，痛快犀利。他让你不舒服，让你没面子，却又让你不能不暗中叫好击节称快。读他，就像站在镜子前，身上哪儿脏哪儿丑，一目了然。

后来经的事儿多了，才不得不承认柏杨的"丑陋"一针见血地揭示了中国人身上的沉疴。虚骄、窝里斗、脏乱吵、死不认错、心胸狭隘、自我膨胀、明哲保身……这些具体的丑陋有多少有多深甚至都不是最重要，最怕的是我们无法诚恳坦白、理性明晰地去讨论去揭示它们。因为怕疼、因为怕羞、因为潜意识里明白那些丑陋都是真的，所以我们拼命为自己蒙上一层保护膜——我们总是不愿意知道自己的丑陋。

柏杨直面中国人的丑陋，不断揭示民族性格中的负面因素。他身上有一种强烈的自我反省精神。他的反省本身就是一种呼唤、一种拯救。他对自己的民族怀抱着一种难以割舍的情感。他希望更多的同胞反躬自省，自立自强，挺起脊梁做人。他思想之敏锐、意志之坚定、态度之鲜明，始终是一个保持清醒的批判者。而这，不恰是五四的遗风，中国文人的榜样吗？

柏杨走了。医生说他走的时候平静安详。安详离去的柏杨让我们不能平静。我们悼念他，终于承认，我们最想要抓住最想要挽留的，就是这六个字：丑陋的中国人。柏杨留下这句孤绝的话，等着千千万万人拼尽诚实和勇气，证明他是错的。

噫乎！如果我们不能宣称自己是不丑陋的中国人，那么至少我们应该知道，反思与内省，是任何一个民族都不可轻言完成的必修课。

（2008 年 7 月 7 日）

平儿小窗
pinger xiaochuang

战友兄弟（《曾经是兵》之一）

　　7 月刚探头，有战友就跟我说："该给咱们的曾经写点什么了！"

　　提醒了我。快八一节了。

　　回家翻影集，目光停在新兵连的合影上。看着看着，人就回到了曾经。

　　曾经的那天，湖北襄樊新兵训练基地白雪皑皑，天地一片白。一片白让还没有领章帽徽的我们显得拘谨又稚纯。我们还不知道彼此的姓名，但我们一起高唱"我是一个兵"。

　　第二天我们稍息立正，第三天我们一二一，第四天打背包叠被子……才有了点兵模样，我们就牛皮哄哄：上老山，打仗去！那会儿老山自卫战正激烈。

　　连长是东北人，个高嗓门大，整天"赵本山"却比赵本山严厉："前线？等你们忽悠了真枪真弹再跟我整这事儿。"日落西山，打靶归来，连长

062 |

瞪眼："咋整的，子弹擦靶边差点剃光头？敢情你们跟靶子二人转呐。"万籁俱寂，夜半紧急集合，黑暗里穿错裤子找不着鞋子我们乱得稀里哗啦，连长一跺脚："就这熊样还想上老山？"

尔后我们"卧薪尝胆"。我们立誓"不成功便成仁"。那会儿还没有许三多，我们还不会说"不放弃不抛弃"，但我们知道"一不怕苦二不怕死"。

很快，我们有了"枪杆握得紧，眼睛看得清"的本领；很快，我们有了"敌人敢胆侵犯，坚决把他消灭净"的气势。连长纳闷儿："邪了，才几天工夫，小样儿就出息啦！"

转眼到了军区新兵大检阅。

头天连长战前动员，高八度："不把'优秀'给我拿下，就别回来见我！"调高音却抖，我们知道连长紧张。那天下午我们去了古隆中，咨诸葛孔明以计谋。卧龙诸葛老谋深算施高招，"攻心为上"。回基地，拽出在伙房里喝酒壮胆的连长，我们"要挟"："您要是蔫了，弟兄们要么跟着您窝囊，要么临阵脱逃……"

第二天，检阅场，几十个方阵，一个连着一个。

"首长好！""为人民服务！"——正步走！我们雄赳赳气昂昂！我们英姿威武！我们威震全军！

军首长拍案，连着三声："好兵呐。"

连长差点没乐疯："我的兵咋这么智慧机灵呢！"

铁打的营盘流水的兵，几天后，分别的时刻到了。

难舍难分的泪水哗哗哗。

一句话，一辈子，一生情，一杯酒，战友不曾孤单过，一声
兄弟你最懂。

连长吹响集结号："噶哈，咋整的这是？哭上啦？"

谁料这一声"哭上啦"，惹得我们哇地一下抱成了一大堆，呜呜呜哇哇哇，我们干脆放开了声，放肆地哭，哭得稀里哗啦差点惊着古隆中的老人家诸葛孔明。

连长大声吼："还是爷们儿吗？是爷们儿就给我住声。一个个得瑟的！"

不知哪个说，连长，你咋也湿了眼了哩？

连长使劲揉了下眼："贼讨厌的沙子，钻眼里了。"

又不知哪个说，连长，你眼里不是沙子，是泪，快流出来了。

连长又使劲揉了下眼："整个浪儿都给我听着，叫我哥。今儿没有连长，只有战友兄弟。记住，无论什么时候，我们永远是战友兄弟。"

多少年后想起这帮哭成一团的汉子们，我依然感动。

曾经是兵，是我们的荣光，我们的自豪；曾经是兵，是我们的无悔，我们的怀念；曾经是兵，是我们铭心刻骨的战友加兄弟的永远的名片。

（2008 年 7 月 14 日）

唱歌吃饭 （《曾经是兵》之二）

　　新兵连乍一开始，我们特别反感吃饭。说仔细点，是反感吃饭前的仪式和吃饭中的气氛。

　　跟阅兵会操似的，先是列队报数，然后齐步走向饭堂；到饭堂前立定，然后唱歌，扯着嗓子唱。每每那时，我总想起"鹅鹅鹅，曲项向天歌"。

　　"向天歌"的时候，包子的香味儿从饭堂涌出，顺着风儿钻进我们的鼻孔，我们的肚子顿时唱起了空城计，嘴上的气势顺着就歪了斜了不着调了起来。连长瞪眼："怎么回事，打败仗了？"我们于是抻着脖子吼，拼命吼："我是一个兵，来自老百姓。"连长得意了："这还差不多，军人，要的就这士气。"

　　吃饭的时候不许说话，不许东张西望；吃饭的时候偌大的食堂只允许碗筷碰击和咀嚼的声音。我们怎么也习惯不了这闷头咀嚼张嘴鼓腮的技能，特别是我，吧唧吧唧声老让我联想到小时候跟着爸爸下部队看到的那个猪圈。

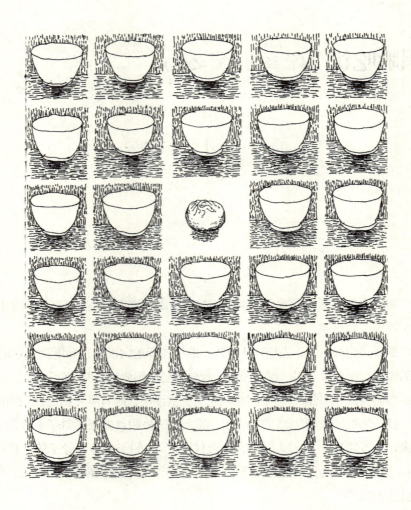

仿佛就在昨天，还在某个阳光明媚的午后，我把青春献给了你。

平儿小窗
pinger xiaochuang

那会儿我们几个偏偏很"淑女"，唱歌软绵绵，吃饭细嚼慢咽。这样做直接而严重的后果是我们常常被连长点名晒场，常常吃不到包子半夜饿醒数星星。连长说，当兵就该有当兵的样。那会儿我们其实不懂这话的含义。我们嘀咕"当兵的样"就是扯破嗓门闷声吃饭，就是撑饱肚子"鹅鹅鹅"？我们说这太容易呀。第二天"向天歌"后我们直扑包子筐，每人抓上仨包子各咬一口放在碗边，然后一小口一小口抿，一筷子一筷子品。

多少年后我还记得那天的事。那天我们中有一人没吃完包子，剩下的那个，馅吃了，皮被扔进了水槽里。偏偏连长那刻走过。连长阴沉着脸，捡起包子皮，在水龙头下冲了一下，然后送进了嘴里。没有咀嚼，连长的喉结只滚动了一下，包子皮就没了。自始至终，连长没说一句话，也没看我们一眼。我们几个当即傻了眼。那天晚上我们无比愧疚而不能入眠，我们批评与自我批评了大半夜。黎明的时候我们忽然长大。套用许三多，我们勉励自己好好唱歌，好好吃饭，当好兵，这是最有意义的事儿。最有意义的事儿，就是好好当兵。

那以后的每次，我们都好好唱歌，好好吃饭。有连长的包子皮垫底，我们不再"淑女"。我们在有声无声之中，开始修炼自己……

多少年后那包子皮那喉结重新跳出我们记忆的时候，曾经是兵的我们特别想念我们的曾经。因为它告诉我们，咱当兵的人就是不一样；因为它还告诉我们，我军严明的纪律、顽强的意志，还有战无不胜的精神，就是这么一点一点铸就的。

（2008 年 7 月 21 日）

面条鸡蛋 (《曾经是兵》之三)

生在军营长在军营，所以打小知道，面条鸡蛋是病号饭。

但真正认识病号饭，是在新兵连。

有一天，新兵 Z 病了。连长吩咐："通知伙房做病号饭。"

炊事班长很快做好了病号饭，连长亲自端到了 Z 的床前。一碗面条、两个鸡蛋外加三四根小青菜。连长说，这是我军的传统，谁病了，就享受病号饭。

Z 看着连长，竟激动得不会拿筷子。一扫而尽之后，她一脸幸福地告诉我，她传统了。

后来 T 病了。炊事班长说，这丫头是上海人，肯定喜欢馄饨，要不做碗馄饨？

T 一看端来的不是面条鸡蛋，小嘴撅了起来。连长闻声赶来，怎么了？T 低着头，连长，我该吃病号饭的。连长说，没错，当然吃病号饭。T 抬起眼，连长，您不会以为我装病吧？连长不解，哪个说你装病？我剋他。T

憋了半天，终于说，那怎么不是面条鸡蛋？

我们几个当时挺紧张，怕连长不高兴。没料想，连长满脸花朵地踹了炊事班长一脚，咋整的？面条鸡蛋，快！然后他双手叉腰，说，面条鸡蛋是什么？是我军的光荣传统。在乎病号饭，就是在乎我军的光荣传统。好样的，好兵！

那以后，我们似乎都挺想成病号。尽管谁也说不清为什么，尽管谁也不明白面条鸡蛋凭什么和我军的光荣传统扯上了关系。

有一天连长告诉我们，我军历史有多久，这病号饭的历史就有多久。战争年代，条件艰苦，面条鸡蛋或许就是最好的营养品。没人规定病号饭就是面条鸡蛋，但就这么继承延续着，现在不是没条件改善，而是谁都不想改善，因为从某种意义上说，面条鸡蛋病号饭已经成为我军发展史的一个见证一个符号。再从某种意义上讲，建军史有多长，这病号饭就有多长。

从此不忘那天：连长的拳头在空中定格成"符号"的时候，我们说"面条鸡蛋属于当兵的人"；接着我们蓦然明白了我们缘何都想病号一次，缘何都想享受病号饭，八一军旗，橄榄绿，润心无声，却隽永，却绵亘；班务会上我们讨论"病号饭和我军光荣传统"，深情追忆长征二万五，满腔崇敬前辈先烈；熄灯前，我日记："病号饭，它已根深蒂固在每个军人的身上，它已深深烙在了每个军人的心坎上，而成了中国军人的骄傲和难以割舍的情结；病号饭，早已不是一个名词，它是我军军魂的一部分，它是一茬又一茬中国军人永远的怀念……"

快三十年了，几乎每个八一，我们都会聊着侃着曾经病号的故事。"真想回到过去，再吃碗病号饭"，我们常会这么说。能理解吗？面条鸡蛋，有时候竟是曾经是兵的我们渴望归队的回归线。

（2008 年 7 月 28 日）

球迷心得

这些天福娃忙欢了。奥运的动静越来越大了。

这天看电视，一大群球迷翘首在浦东机场，等某国球队。我便想起曾也球迷的故事。

是 1996 年，甲 A 联赛。我不可救药地喜欢上了申花。

那时段我每星期要参加上海文博古汉语培训，但还是不忘"约会"范志毅、祁宏、申思、谢晖、吴承瑛，还有那个勤快得不得了的满场跑的外援瓦洛佳，只要有他们的"戏"，我是必在电视机前跟着上蹿下跳喜怒哀乐而走火入魔而废寝忘食。

弧线球，人墙，门球，手球，发球违例，四一二三，吊射，断球，越位，直线球，定位球，凌空吊射，那会儿我足球术语张嘴就来，倍儿清。

现在想来，那时我迷得不轻。记得培训地点在淮海路，每次上课必经一报亭，好多次忘了课本却一次不落《足球报》，以至于后来我一出现，报亭大爷满脸褶子就成了花："给，侬的《足球报》。"有回带报进教室，老师正滔滔《子罕》和《项羽本纪》，我却痛心疾首申花的败走麦城。老师不爽，拎我举例疑问代词宾语前置。我说"吾谁欺，欺天乎"，"沛公安在"？然后加上一句"回答不违例"。老师哭笑不得："我昨晚也看了，2:1，申花输了。"我说："气可鼓不可泄。"

谁晓得申花不争气，最终大意失荆州丢了冠军，连我在内伤了一千多万上海人的心。

听说范志毅举起亚军奖杯的时候，上海至少万名球迷或摔电视机或砸啤酒瓶，砰，砰，砰砰。某老太纳闷，还没过大年，怎么放起了炮仗？

我没砰电视，没舍得；也不砰砰啤酒瓶，不会喝酒。但那刻我也没闲着，化悲痛为力量我"之乎者也"去了。几天后统考，我捡了个上海市文博古汉语统考的状元。虽有瞎猫撞上死耗子之嫌，但还是得意，庆幸自己关键时刻"悬崖勒马"没有"迷"掉平常心……

再过几天就奥运了。有点儿担心普天之下的球迷，连人家宋丹丹都"什么运动让人看得揪心？足球！什么运动更揪心？中国足球！"

前些日子读彭瑞高的《刘翔能承受，我们呢》，"斑斓五环不仅仅是比赛和金牌，还有更加珍贵的东西，那就是包容、参与和理解。在这一时刻，我们不妨以平和的眼光……"窃喜，这不也是我的心得！

何不把2008奥运看成全世界的快乐派对？从"最好的一届"到"有特色，高水平"，再到"赢得口碑"、"平安奥运"，作为东道主的我们，不也日益务实了吗？我们所力图展现的，不也是让全世界会心的开心的微笑吗？

喜悦。因为冷静了的，智慧了的，不仅仅是球迷。此为心得又一。

（2008 年 8 月 4 日）

我也奥运

有天看报，河南一小山村举办一场别开生面的"圣火传递"仪式，村民手举自制的"祥云火炬"，后面跟着一群穿着不一的少年"奥运护跑手"……

有些感动。自言自语，从大都市到小山村，所有的中国人都在奥运。这么大的事儿，倘若我不做点什么，若有所失。

做点什么呢？也情景模拟？

家人说，8月8日晚上8时，什么都别干，静心坐在电视机前，这就"奥运"了。

可是8月7日晚，我家电视机莫名其妙地没了人影没了声响，一秒钟之前众歌星还在里面"北京欢迎您"，忽然就没了动静，连个招呼都不打。

着急。跟自个儿说，无论如何明儿得让那玩意儿复活。我得奥运，等了一百年想了一百年的奥运。

第二天中午，戴着眼镜的维修工来了。看了几眼，"眼镜"说带的

"武器"治不了它。然后一通电话找人换"装备"。一小时后，来了一个瘦高个，换走了"眼镜"。瘦高个掏出新式家伙三下两下把电视机大卸八块，然后深度探查，说内脏里的那东西坏了，换一个得多少多少 Money。我连个咯噔都不打，说："换换换，赶紧换。"瘦高个说没带那东西，得回去拿。

5点过了，瘦高个拿着那东西才来。我心里着急，话却不紧不慢地说，师傅侬要不要坐一息息？然后倒茶端茶，说，咯么侬慢慢交查啊，勿要急，仔细点查哦，来得及咯来得及咯。

一小时后，电视机嘿的一声活了。我高兴，跟着也嘿了声，然后爽快付钱签字。

"谢谢，谢谢"送走瘦高个的时候，电视里面又在"北京欢迎您"。心情便愉悦，便踩着"欢迎您"的旋律走进厨房。

点火，拿铲，忽然觉得外面异样。侧耳听，惊了，电视机又没声了。

这下有点儿慌。拍上拍下拍前拍后，任我怎么鼓捣，它就是没有一点反应。

于是熄火丢下锅铲电话"追击"瘦高个。瘦高个说，半小时后准到。

于是没了掌勺的情绪，我都快成了热锅上的蚂蚁了。

近7点，瘦高个终于来了。我跟见着救星似的："拜托拜托，8点前你无论如何救活它。我得奥运。"

拧螺丝，卸外壳，查内脏，还是那些步骤。

我坐不是，立不安，心急火燎却还笑嘻嘻地倒茶端茶说"师傅先喝口茶"。

然后小声喘气，甚至屏着呼吸，怕稍微的声音也会影响瘦高个的火眼金睛或干扰了他的英明判断。

十分钟，二十分钟……三匹功率的空调下，我却汗渍渍。

终于忍不住，问瘦高个："它的生命体征如何?"

谢天谢地，8点差那么一两分的时候，电视机终于复活。那一刻，总书记正在向全世界招手……

我为自己高兴，还有点儿感动，竟又想到了那个小山村。思量，那样的模仿虽有草根意味，但充满了善意；那样的参与虽不完整，但情感真挚。无缘现场却又渴望体验的中国老百姓，用自己的方式和奥运拉近了距离。我不也是?

(2008 年 8 月 11 日)

好兵菊杰

"身材修长，亭亭玉立，红润的脸颊像一朵山茶花，眉眼俊气，一副清秀的江南女孩子的模样——在她的身上，找不到一丝好武斗勇的特征，恰恰相反，还显得有几分稚嫩……"

这是 20 世纪 70 年末理由的报告文学《扬眉剑出鞘》中的描述，江南女孩子就是当时中国女子花剑运动员栾菊杰，其时，她获得第二十九届世界青年击剑锦标赛亚军，一夜成为全国名人。

是《人民日报》和《新体育》首发了《扬眉剑出鞘》。当时的国家主席华国锋看了，"画圈"了，全国各大报纸纷纷转载了，我也读到了。那会儿我刚进军营。首长说，向她看齐，不想当将军的兵不是好兵。

1984 年 8 月 3 日洛杉矶奥运会上，栾菊杰成为中国奥运史上第一个击剑冠军、被西方媒体誉为"东方第一剑"的时候，我已是大学中文系的学生。老师说，我希望你们能像她那样拼搏进取。

二十四年后，《小崔说事》约会栾菊杰。已不年轻的她告诉父老乡亲：

"参加北京奥运胜败并不重要，重要的是能在祖国举办的奥运会上实现我作为一个剑客的梦想。"

我吃惊与感动参半。而当我知道为了圆这个梦，她自掏腰包参加各地的积分赛，曾为节省二百欧元的房费在机场候机厅枯坐五十多个小时，还遭遇也想获得奥运出线资格的选手的"陷害"时，我想到了"好兵"想到了"拼搏进取"，竟湿眶，竟无以言表我对她的敬佩。

这是一场不为结果的比赛。她坦言："如果不是在北京，我是不会有这个冲动的。"没有谁会期待她再夺冠。眼角皱纹，不再矫健，不再青春，这场比赛的胜负甚至没有一丝的悬念。可是，当进三十二强比赛结束，当栾菊杰从剑套里拿出"祖国好"的红旗向全场致意的时候，所有的人都看到了，那瞬间，一束光芒照亮了鲜艳了灿烂了北京奥林匹克赛场。

仗剑走天涯，老骥披征袍，所为其何？

全场起立。全场感动。

那一刻，理由就坐在赛场的一角，他注视着三十年前自己笔下的主人公，落泪了。

那一刻，我坐在电视机前，看着"好兵"为了"祖国好"不息拼搏进取，动容了。

……

"1978 年 3 月 26 日的晚上。透过车窗望去，西班牙的首都沉浸在深蓝色的夜幕里……她叫栾菊杰，还不到二十岁。"这是《扬眉剑出鞘》说的。

"2008 年 8 月 11 日的中午，中国的首都沉浸在感动里。二十四年前，她是国人的骄傲；二十四年后，她仍然是国人的骄傲……好兵菊杰，已经五十岁。"这是《平儿小窗》说的。

(2008 年 8 月 18 日)

祝福刘岩

福娃送走了 2008 北京奥运，鸟巢安静了。

我却又想到了刘岩，那个为奥运折腰的"飞天"。

于是，抓过键盘就《祝福刘岩》。

心里已经无数次地说着这四个字。从知道她摔伤后，就一直惦记她。

也为老谋子竖大拇指，啧啧他的聪明，实力，太有才。但闭上嘴心里就念叨刘岩，她怎么样了？

也为中国健儿一枚又一枚的金牌蹦高，扯大嗓门唱亲爱的祖国从此走向辉煌。但休止符之后又是刘岩，她好点儿没？

前几天跟作家朋友同乘一车，满车厢的"陈燮霞、冼东妹、杜丽、郭晶晶"，我却冷不丁地又提溜起刘岩，不知她知觉恢复了吗？

几乎天天搜索她的消息。可天天是"她重新站起的可能几乎为零"。

既不是医生又不是专家，我知道自己一点儿也帮不了她。可我就是不肯相信"高位截瘫"的判决。我老说医生瞎掰，哪那么容易就毁灭了一个人，岩石是不会轻易粉碎的。

不止一个两个三个朋友疑惑，你跟刘岩什么关系？

2006年春晚她和杨丽萍、谭元元精彩的《岁寒三友》让我怎样地喜欢怎样地赞美怎样地痴迷。就这关系。

之前我哪里知道《丝路》的A角，是老谋子不给开幕式满分的时候，我才知道黑色一秒。

时而像凝固的敦煌壁画，时而如飘逸的古道丝绸，"飞天"在电子"薄纸"上穿越时空，祈福天上人间。就在她跃离"薄纸"跳落到另一个平台时，平台竟提前一秒移动……"飞天"脸上灿烂的笑容还未来得及收拢，便仰天从三米高的"薄纸"上摔了下去，背部重重地摔在地上的一个轨道上，加上腾跳时的冲击力……黑色一秒，在7月27日，距离开幕式十二天。

老谋子去医院看她，揪心地说，你是我心中最深沉的痛！

何止老谋子。

腿功卓绝，艳惊四座。《岁寒三友》的时候，我惊叹：她简直就是为舞蹈而生的。

可是，鸟巢沸腾的时候，她却孤寂地躺在医院的病床上；如今鸟巢已经平静了，她还躺在那儿煎熬，抗争。

无可挽回，医生无奈地说。可她还摆着胜利的手势，笑对镜头，却分明，两行伤心泪流出眼窝。

我不信她就这么倒下。"文华奖"和"五个一工程奖"的获得者，专家也不忍心判她永远不能站起来。我期待奇迹。

老谋子说："我第一个要感恩的人是刘岩，她把一切都给了开幕式，她是英雄！"老谋子还说："刘岩，如果能看到你重新站起来，这比任何赞扬声都让我快乐、激动！"说这些的时候，老谋子几经哽咽。

那一刻，我的心儿狠狠地哆嗦了几下。

我不能不祝福你刘岩，为你的"一个舞者为了奥林匹克而倒下，我不后悔"，为你的"我要创造奇迹"，也为我这些天对你的牵挂。

（2008 年 8 月 25 日）

"季布"一诺

某天饭局，觥筹交错。

某男却少言。偶尔一两语，也是斯文沉稳有余，随意活跃不足。

有女悄声赞美，此男绅士，不像在座的酒沫四溅缺斤少两没份儿。

散席之际，"绅士"忽然有了腔调："我在郊外新建一庄园。本周末请在座的各位赏光，顺便给我庄园添点文气。"完了还特意补了句："到时我车马伺候。"

腔调低八度，却盖住了杯碗瓢勺的喧哗。霎时毕静，两秒之后，举桌欣喜，问："当真?"

"绅士"不拍胸脯，不甩脑袋，依旧轻声语："君子一言，驷马难追。"

举桌于是鼓掌："好哇!"

"当真"的时候，我眼前镝开了"鹰冠庄园"。想当年，它是如何地叫我开了眼界见了世面，而神魂颠倒，而梦里也当了一回庄园主。铁栏栅的大门，神秘的豪宅，深邃的小道，袅绕的晨雾，还有那油画般的色彩⋯⋯
都成了我记忆里的随时可以放映的镜头。所以举桌"好哇"的时候，我已
把"鹰冠"拷贝成了周末的庄园，心想，且不说能不能"文气"，至少可以
夜阑卧听风吹雨，诗情画意入梦来。

回家的路上，我些许感慨。人家不说"一个不能少都得去"，人家也不
说"谁不到就是看不起我"，人家只道"君子一言，驷马难追"。到底是绅
士，有风度。

日历不紧不慢地翻着，其间有朋友约我那个周末去婺源，我说："不
行。我答应人家周末去添'文气'，我不能失信于人家的。"

眼看周末就到了脚边，喜悦便有些按捺不住。但又有一丝疑惑，怎么
听不见"绅士"的马蹄声。

旋即责怪自己浮浅。男人一诺，值得千金。

周末真到了，还不见"绅士"的车辄辘。我再怎么"一诺"也沉不住
气了。于是电话问那天的"有女"，到底去不去"文气"呀？

"有女"说，我也惦记这事儿，不会泡咱们吧？

放下电话，我心说，千万别"泡"，那是丢份儿的事。

谁料，"绅士"到底泡了晾了忽悠了所有"在座"的。

可惜了我的婺源，那向往已久的地方。

几天后，意外相逢"绅士"。握手，问好，再见。依旧沉稳，依旧低八
度，却只字不提"君子一言"。

便失望至极。

其实原本一直在为他找理由，那个周末有大事要事他得处理呀，那个

周末车马忽然蔫了病了故障了呀，总之不是他失言失信，总之不是他跟"赵本山"学坏了去把"拐"卖。还其实，当他"驷马难追"的时候，我想到了季布，谁不知道"得黄金百两，不如得季布一诺"……所以，真希望他能一二三四地解释那个周末的不能。

这以后不久，除了"绅士"，"在座"的又饭局。说起"君子一言"，举桌笑话。言语几多轻蔑几多小瞧：今后此君之言，十句听九句，剩下一句还得打问号。

便又替他着急。"季布"一诺，却不见信义，这个份儿丢大了。

（2008 年 8 月 28 日）

记忆书包

这天电视喜洋洋地说，开学了。然后画面被五花八门的书包充满。

好看，却嫌豪华有余朴实不足。

于是就想自己小学中学大学的书包。

奇了，怪了，偏偏就跳出了它——老式军用挎包，我们当年的书包。

那么真实，仿佛就昨天我还斜挎着它。

我是"文革"期间上学的。第一天是不是斜挎着它，不记得了，但后来肯定是它陪着我好好学习，天天向上的。

那年代，军用书包风靡学校，没正宗"军用"的，就军绿色帆布"民用"的替代。所以那时同学背的书包几乎都一色儿，甚至连书包里的东西都差不多。

至今记得"军用"里的铅笔盒有铁的、塑料的和木头的之分。图案大多是光芒四射的红太阳，或者是毛主席语录。后来有了一种带拉锁的海绵铅笔盒和磁铁铅笔盒，但这两种铅笔盒并不实用，有点像今天的新款手机，多半是为了炫耀。铅笔的颜色五彩缤纷，最高级的是带橡皮头的六棱的绿色的有华表商标的中华牌铅笔。铅笔刀有竖刀、横折刀、转笔刀三种，有同学用家长的剃须刀片削铅笔，锋利无比，但弄不好就连手指头一起削了。还有垫板和尺子，也分铁的和塑料的两种。橡皮各种形状的都有，"文革"后期，出现了各式各样的花里胡哨的香味橡皮。

"军用"不大，结构简单，只两层。一学期所有的课本包括语文数学自然美术地理和历史都在里面，但从来不感到沉重。

怎么会沉重？那会儿我们的书包装的不只是教科书，更多的是儿时的乐趣和梦想。每天放学后我们斜挎着它蹦蹦跳跳嘻嘻哈哈在回家的路上，那么快乐；我们把它随便扔在路边的草地上，然后滚铁环、打陀螺、丢沙包，那么轻松。对了，那时候男同学的"军用"里还有自制的玩具，石子、弹弓、铁丝枪。女同学看到自己喜欢的糖果纸，会欣喜地捡起，捋平，夹在书本里；还有，为了做个漂亮的鸡毛毽子，哪怕在垃圾堆中发现公鸡毛，女同学也会毫不犹豫地将其转移到自己的书包里。难怪，那时候我们的父母常常会从我们的书包里抖出一地鸡毛或者一层黄土……

禁不住就笑出了声儿，回忆到这些。旋即思忖，从小到大，背过那么多的书包，缘何记忆里只剩下一个军用书包？

没有太多的课余作业，没有额外的培训班，放学扔下书包，奔出家门，呼朋引伴，跳房子，跳皮筋，抓石子……那时的书包装满了我们最美好、最纯真、最真挚的岁月，就像陈年老酒，越久越值得品尝、回味。它是我们这代人曾经的纯粹的生命姿态呐。

（2008 年 9 月 1 日）

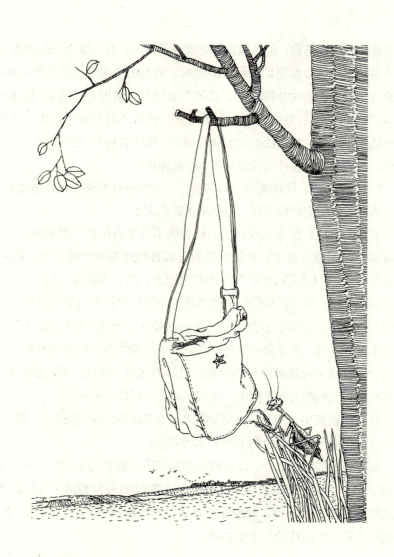

鸟儿倦了，花儿睡了，我们的青葱岁月水木年华可曾找到了回家的路？

曾也"老师"

曾经当老师是我的理想。

后来知道那是妄想。

就以为今生和老师无缘。

却不料，1996年，一不小心我"理想"了。

其实是作秀，至今想起还半分自嘲半分愧疚。

是那年的深秋。前辈找到我，说，给你个机会，当回老师，可愿意？

还没弄明白怎么回事，我就蹦出一连串的"愿意"。

前辈说，是给中学生讲解记叙文。讲义是一位特级老师的，你照本宣科就行。

一丝犹豫，几分疑惑。我问，"特级"为何不宣科？

前辈答，因为要上电视，"特级"普通话不溜。

是个理儿，没有前后鼻音，"王黄吴胡"不分，是挺别扭。

事后才知道：是华东师范大学策划的《名师导学》，总编是一位院士，导学者皆为沪上特级教师，还要刻录光盘，发送到中学。

我哪里晓得这些。

当时我斗志昂扬一连几天照本备战，我拿腔拿调："同学们，下面我们分析……"还挺踌躇满志，当然我还提醒自己，为了你曾经的理想，不说尽善尽美，至少像模像样，更何况你还要在电视里露脸。

记得是在华东师范大学的电视演播室里，化妆师给我涂脂抹粉，很敬佩地说，侬老结棍咯，嘎年轻就是特级了？

我说，我不是"特级"。

化妆师说，侬老谦虚的。这是《名师导学》，来录像的都是特级。

我心咯噔，发虚发慌，暗说"前后鼻音，你闯祸了"。然后我使劲掐手心，叮嘱自己要镇静。

化妆师把一对蚕眉按在我脸上后说"可以了"，然后我和学生还有灯光音箱各就各位，然后制片人说"开始"。

可就在那一刻我腿脚开始哆嗦，先前备战所获的优雅的表情甜美的笑容滚瓜烂熟的词儿……全没了。"结棍"、"特级"让我如坐针毡，浑身刺攘，抖豁豁到"今天的课就上到这儿。同学们再见"。

"再见"之后我如实交代冒"特级"之罪，我恳请制片人"后期制作一定注明我不是'特级'"。我还真诚无比地说："实事求是阿拉不弄虚作假。"

后来前辈安慰我，说，光盘出来了，还挺像回事；后来听说《名师导学》蛮受欢迎，刻录了好几万张；后来给了我一张，可我搁在电视柜上好几天，愣是不敢看；再后来真的老师跟我说，你若真是老师，凭这个，至少评个讲师。

可我那会儿脑子里老滚着一成语：弄虚作假。

羞愧。

从此封杀，不提曾也"老师"。

……

再过两天就是教师节了。想起自己曾也"老师"，自言：当年一不小心，我陷入了"特级门"事件。自语：知错就改，还是好同志。然后一笑：再也不敢了。

（2008 年 9 月 8 日）

仰视"土丘"

观摩松江文化旅游节开幕式，见几个孩童仰着小脑袋叽叽喳喳指点佘山，便想起我第一次游佘山的故事。

四十年前的一天，我跟父亲下连队到了佘山。

那会儿我还小，不知道下连队是怎么回事，但"那里有山"吸引了我。

"这就是山呀？"我仰着小脑袋指着佘山想到了老家的崇山峻岭，然后很失望地说，不就一个小土丘嘛。

父亲下连队，把我丢给了警卫员叔叔。叔叔说，别看不上小土丘，好玩着呢。

记忆里，叔叔带上给养桃子和一壶水，然后我们就出发玩儿去了。一路上我闹着要燕子，闹着拔松树，闹着吃桃子，一直闹到了佘山顶上的教堂前。

那会儿教堂终年关闭，只有解放军才能进得。好像电影镜头，那天我站在教堂外，看着斑驳的大门又茫然又好奇。大门深沉地吱了一声，然后寂静，怕惊动什么似的，无声地开启。那天阳光灿烂，我看到灿烂的阳光里飘拂着岁月的尘沙。然后我抬脚，仔细小心迈过大门。仿佛走进时间的隧道，我甚至有穿越时空的虚幻。然后画面慢慢清晰，我闻到干净的空气，闻到空气里凝固着什么；接着我看到了高高圆圆洁白的穹顶，看到了洁白下破碎的七彩玻璃。然后镜头小心前移，画面最后定格在墙根下的十字架。那一刻有风吹来，裹着山气，穿过无玻璃的窗户。那会儿我还不知道耶稣，还不懂得有一种文化叫宗教，但那份神秘那份静穆叫我屏息肃然。叔叔后来报告我父亲，说："真是怪了，一路闹腾不停，进了教堂跟换了个人似的。"

从佘山回家，我跟小伙伴炫耀说："佘山什么都是天下第一，不是第一也是世界闻名的。"这是孩子话。这个孩子那时还不识字，也没人告诉她"肃静，不得喧哗"，她怎么就不闹腾了跟换了个人似的仿佛知道那是不能亵渎不可轻视的地方？那时候她解答不了叔叔的疑问，她只记得那天下山后她依然仰着小脑袋看佘山，但她已不再嫌它小土丘了。

多少年后这个孩子——我，成了松江人，成了松江人的我已经知道当年在空气里闻到的东西叫虔诚。因为每次旧地重游，我都能感受到纯洁诚实高贵神圣的氤氲袅绕着我。于是我坚信，在佘山顶上，我感受到的是一种文化，一种美丽灿烂珍贵的文化，即便在当年，即便当年承载文化的建筑破了，但文化不碎，文化依然完整，依然让人敬畏。应了这，虽是"土丘"的佘山却让人仰视。

（2008 年 9 月 12 日）

喜欢尚湖

第一次去尚湖，就喜欢上了她。

之后跟很多朋友很多次地提及她。

朋友说我痴迷尚湖。

有一天跟上海作家再到尚湖。

是梅雨时节。沪上一连几天瓢泼大雨，到尚湖，却雨止日出。

经环山公路从尚湖西入口，走在绿树掩映的串湖大堤上，有一种穿越时空的感觉。

便想到了"湖甸烟雨"。说旧时十里虞山之南有一湖，湖间有个村庄名叫湖甸。湖甸村处处竹篱茅舍家家鸡鸣犬吠又碧波荡漾风光无限，而当湖面水汽蒸腾、虞山云遮雾障之际，可见袅袅炊烟与蒙蒙细雨交媾，恰似泼墨山水画，于是有了"湖甸烟雨"。

商末姜尚隐居于此垂钓于此，从此湖名得为尚湖或尚父湖。

一个美丽的传说：清咸丰六年（1856），江南大旱，尚湖干涸见底，时人发现湖底有街道房舍遗址。惊叹千年沉浮，不灭先民生息。又过百多年，1968年起，围湖造田，退田还湖，两大裂变，尚湖又现"晨晖明野树，晚思渺烟波"。

居高俯视，而今的尚湖好比一只蝴蝶，串湖大堤为躯干，环湖大堤构成羽翼。湖中七岛屿荷香洲、桔香洲、桃花洲、枫林洲、鸣禽洲、烟雨洲和渔乐洲，好比蝴蝶翅膀上的七块斑斓，大有飞蝶扑山掠水之势。

匠心出自著名建筑设计大师陈从周。难怪独到！

清风袭来，水波不兴，尚湖既明净又宁静。

泛舟其中，听十里虞山跌落水中，看绵延峰峦静卧烟波。诗词佳句不经意间随波而出："晴湖似镜平，泼眼绿波明。鱼队行堪数，凫雏近不惊。棹移菱叶乱，风静布帆轻。更喜山光好，周遭最有情。"

击楫划桨，鸳鸯沙鸥嬉戏舟边，天鹅苍鹭对歌当空，情盈水天。掬起一泓尚湖水，清如许，醇如酒，人自醉："船放西湖（尚湖）得得行，棹歌声里晚山青。白鸥知我忘机久，几度相逢自不惊。"

放眼望，方塔风铃、宝岩梅林、辛峰城楼、剑门奇石、拂水晴岩、聚沙塔影、维摩旭日、燕谷洞天，虞山美景，半城尽收。

低头思，萧统书台、翁相府第、曾园香荷、仲言双陵、红豆山庄、瓶隐新诗、耕烟旧画、米癫竹径，山水清音，文章不朽。

借得山水秀气，尚湖雅士云集，文人荟萃。仲雍避位断发髻，与民并耕海隅山；吴王夫差极英勇，挥刃试剑虞山巅；言子墨井文孙守，高垄虞峰古树森；尚父湖波荡夕阳，征诛渔钓两难忘；翁相忧国忆当初，回乡升堂在此际；大痴道人峰峦厚，草木华滋山水浅；曾朴归耕课读庐，传世名作《孽海花》；牧斋山庄种红豆，如是绚丽说诗文……"浅深绿水，远近青山"，旷古弦歌，闲庭文章，俯仰皆得。

便感慨：牧斋翁心存曾朴，天池柳如是瓶生，尚湖随船走不休。

夜宿尚湖。

篷底衔杯留月坐，船头濯足看山游。

湖桥串月。如此风光谁与会？人生几度来看此。

夜来风声，雨声。

听半宿的风，品半宿的雨。

似有琴声，间或蛙鼓，清、微、淡、远。

诗思入梦来。

一觉醒来，细雨溟濛。

一望间，烟笼远树浮青盖，云拥高峰湿翠鬟。尚湖是画。

徜徉湖边，仔细听，仿佛归寺僧踏屐而去，扶犁农短蓑而还。尚湖是诗。

欲问耦耕人何处？却道泥滑声中鸟语间。尚湖是歌。

倘若书卷在身，潇湘岂不在眼前？尚湖是史。

尔后小坐，品虞山茶气，恍然而悟：天传史成，厚德载物；美在山水，魂在文化。

天人合一。

这就是尚湖。

怎能不喜欢！

临别欲问老姜父，几时寻钓叟，闲憩碧云间？

却道：福地，何须竹丝，愿者上钩。

（2008 年 9 月 18 日）

美丽等待

　　中秋这天，一拿到《新民晚报》，我就急不可待地寻找那首小诗。我坚信它一定会出现。已经连续三年的中秋，我都会这么等待。

　　这个等待缘于 2005 年中秋后的第二天。

　　那天我在《新民晚报》上读到一个故事。

　　1994 年，在上海拥有了多家餐饮店的陆先生与属兔的女孩婕婕相爱。陆先生说，和婕婕相处的日子是他生命中最快乐的日子。可是到了 1997 年 8 月，就在陆先生筹备婚礼的前夕，婕婕忽然高烧不退。就医，恶性淋巴肿瘤。医生说最多能活两个月。陆先生不甘，啼血倾心照顾婕婕，硬是从死神那儿夺回婕婕十四个月的生命。婕婕是个善良的女孩。陆先生听说山龟可治癌症，特地找人从外地买来，孰料婕婕偷偷将它放生了。父亲给她做伴的小鸟，也被她放生。但对陆先生的爱婕婕从不打折扣，就在去世前，她还从浦东赶往南京路，花了半天时间给陆先生买了两条领带。1998 年，

千年等待，只为今生的一个回眸；纷繁之后，神马都是浮
云？月亮代表我的心，为你种下今生刻骨的伤痛。

婕婕去世，那天正好是中秋节。1999 年中秋节，百般思念婕婕的陆先生在《新民晚报》刊登了一首小诗《悼婕婕远行》："中秋伴月，玉兔回宫，仰天长思，泣言未及。"而后的每年中秋，他都将这首小诗刊登在《新民晚报》上。由于担心版面紧张，每次他都提前一年预定。而那时，陆先生在国外都有了实业公司和地产，但每年中秋节，仍然单身的他不管在哪里，都要回到上海，来到婕婕墓前陪婕婕过中秋……

那天读完这个故事，我长久凝神，然后悲怀。

从此记忆里有了他们。

2006 年、2007 年中秋，我都会小心翼翼地把这故事从记忆里拿出来，慢慢铺展，重读。然后等待，那首小诗。

而每每那时，我依然凝神，依然悲怀。

我不认识他们。

他们决然想不到，一个跟他们毫无干系的人会在每年的中秋等待他们的出现。他们更不能想到，这个人甚至会在举头望明月的时候，祝福天宫里那个叫婕婕的玉兔……

三年里的有时候，我会为自己感动。我知道，当年和我同时读到这个故事的人何止十万百万千万，但我不知道至今还记得这个故事的人能有几多。我还知道，当年和我一样凝神悲怀的人不止百人千人万人，但我不知道这个中秋和我一样拥有一份等待的人能有几何。

等待了 2006 年，2007 年，又等待 2008 年，我就这么执拗着。

没跟任何人提及。独自一人，独自等待，就为苏东坡天上人间十年生死的凄美，被真真实实地演绎在今天；就为默读那首小诗的时候，却分明，听到自己的心律在打战……

　　但最终还是写下这个故事。

　　到底还是想与人分享。

　　纷繁之后，红尘之间，拥有一份等待。几分婉约，几分感动。词意？
诗境？

　　谁能道不美？

（2008 年 9 月 22 日）

那年国庆

　　每年十一，我都会想起那年国庆。

　　那年国庆，我是某军阅兵部队女兵方阵的领队。

　　是那年初夏，我接到通知，去军区阅兵部队报到。

　　女兵是从各个部队挑选的。文艺兵、卫生兵、通信兵、军校学员，身高标准为一米六五，正负不超过三厘米。

　　过去这么多年了，但很多细节还鲜活在我的记忆里。

　　报到的当天下午就训练军姿。教官原是天安门的国旗手，河南人，说话舌后跟硬，爱用单音节，最常用的词是"中"；训练必须上着正装，下穿裙子，足蹬胶鞋，扎腰带；腰带按头的圆周定直径，略粗于头，是为了挺直腰杆，提高重心；训练在毫无遮拦的球场上，火辣辣的太阳只一会儿就把我们烤得半生不熟。好不容易挨到休息，却有训规传来：不许坐不许蹲，只许原地溜达……几天后我们个个成了"亚非拉"，熄灯后下铺说"消灭法西斯"，上铺应"自由属于人民"；有天半夜我梦见自己被淘汰出队，竟高兴得手舞足蹈唱"真是乐死人"。

男兵更惨。罗圈腿的，晚上用背包带把两条腿直直地捆在一起，夜里上厕所，如同僵尸一样一蹦一蹦地去，再一蹦一蹦地回；罗锅背的，愣在你背上绑个T形板，吃饭睡觉都T你没商量，你想点头哈腰都没门儿；还有脚背吊砖头的，手指与裤缝间夹扑克牌的，衣领插大头针的……

所以，女兵泪花挂腮帮，男兵泪花转眼眶，绝对是阅兵训练场的一景。

说实话，我曾蓄谋"叛变"，是"这个兵，领队"救的我。

那天，军区首长来慰问阅兵部队，看了女兵方阵的训练后，最大的首长讲话。一番表扬与鼓励后，最大的首长走到第一排的我的面前，对教官说："这个兵，领队。"

教官替我向最大的首长说"中"的时候，我跟傻了似的看着教官啥反应都没有。我竟连"是"都没说。最糟糕的是，我还忘了展露笑脸向最大的首长敬礼。

阅兵部队女兵方阵的领队，这脸，露大了！

这意外的惊喜意外地掉下来，那么多人却独独砸中我，我能不傻呆了？没跟范进似的疯了我就算意志坚强的。

受宠若惊的滋味，就是那次体验到的。

领队了，就不再稀里马哈了，更不再"自由属于人民"了。好强要强的脾性让我从此成了"法西斯"，天天"四分五裂"自个儿，整得小胳膊小腿伸不了筷子套不了裤子，还觉得挺好玩儿。

好玩儿了些日子，国庆来了。

那天，军旗猎猎，战车隆隆。一片青春正盛、威风飒爽的女儿林前，我军姿如铁……

　　阅兵结束，军区首长又来到女兵方阵。最大的首长左手掐腰右手凌空，说："军中之精华，我为你们骄傲。"然后他走到我面前，拍下我脑袋，说："小鬼，好样的。"

　　这回我没忘敬礼，也没忘笑脸。只是敬礼毕，笑脸后，我特"许三多"地跟最大的首长说："好玩儿，下回我还领队。"

　　是夜，我无眠。"这个兵，领队"、"小鬼，好样的"，兵当到这份上，值了。我越想越得意，抑制不住，躲在被窝里乐，臭美了一夜。

　　从此不忘那年国庆。

　　都说好汉不提当年勇。"小鬼"不是好汉，所以"小鬼"可以提一下当年的勇。

　　　　　　　　　　　　　　　　　　　　（2008 年 10 月 1 日）

精彩"宝马"

去年和今年，我两次见她。

她有很多故事，鲜血和鲜花合成的故事。

她叫真骅，是著名作家刘知侠的夫人，是山东省作家协会会员、专业作家，是中国老年形象大使。

相传唐太宗有八匹宝马，号称八骏，居首的枣红马叫骅。1985 年，画家韩美林送给刘知侠一幅《骅》，喻意明确，墙上一匹宝马，墙下一匹宝马。因为刘知侠曾经说过，他一生有两件事最骄傲，一是写出《铁道游击队》，二是娶了真骅。

都知道她和刘知侠的生死之恋、旷世之情。那场惊动齐鲁大地的爱，那场掀起山东文艺界轩然大波的爱，那次第，怎一个"苦"字了得。

都知道她在刘知侠去世后，做了好几件轰轰烈烈的事儿：刘知侠封笔之作《战地日记》的出版，电影《刘知侠和芳林嫂》和《红嫂》的拍摄，电视剧《铁道游击队》的拍摄，《知侠文集》的出版，等等。

都知道她六十岁那年，一篇《且把花甲当花季》是怎么地吹皱了一池"春水"，让花甲们惊喜夕阳原来拥有别样的美。

都知道她七十岁那年，登上全国首届"银龄美"舞台，捧得"最佳气质"奖而凯旋，让古稀们惊叹晚霞原来如此高雅。

也都知道这些年，她荧屏里、杂志上，学校、部队、企业，总之她三天两头在电视里露脸，总之她成了公众人物和社会活动家，还总之她的粉丝钢丝一大串，见她就捋袖掏本请她签字把名留。

臧克家为她竖起大拇指，迟浩田为她挥毫"晚节花香"。七十二岁生日，市长、将军、作家、影视明星、企业家，三百人为她唱响生日之歌。

无论鲜血还是鲜花，她每一个故事都美丽，甚至传奇。

这次她给我看她的一本写真，都是花甲之后的照片，绝美。那份坦然那份淡定那份自信还有那份深邃，让我蹦出一词儿：精彩"宝马"。

想到她曾经的大难曾经的大爱，便想跟她说，是鲜血和鲜花酿成了这份精彩，所以您内涵深厚，思想深刻；所以您清新若兰，魅力四射；所以您内外完美，永远年轻。

可说出口的却是："女人活到您这份上，是极致。"

特别记住了她的话，在每一次灾难来临的关口，要瞻望太阳；在抚摸曾经的伤痕的时候，要由衷地感谢苦难；要豁达大度，要珍惜友情。她说，女人一生都美丽。脸长皱纹，心永远不能长皱纹；宽容是一种极高的品德，不要收藏积怨……

这话感动了我很久。我说我会好好地把它收藏。

可一转身，我还是把它写在了"小窗"里。

为这我思量了至少三天。

写不写呢？

最终还是决定写。

由衷地感谢苦难，心永远不能长皱纹，不要收藏积怨……我不能独自藏着这匹"宝马"。

我得让更多的人知道有一匹"宝马"叫真骅。

还想告诉我所有的朋友，好好地活着，慢慢地老；精彩地活着，优雅地老。

（2008 年 10 月 13 日）

爱鸟及屋

应邀参加全国妈祖文化研讨会。

看名单，冯骥才也在，于是那天赶早守在会场的大门，仗着他为我《妈祖人》题词的交情，我想"逮"他，约稿。

没等着冯骥才，却迎来了乌丙安老先生。

我国民俗学界的重量级人物，国家非物质文化遗产保护工作专家委员会的权威，国际民俗学家协会（F·F）最高资格会员（全世界七十八人我国仅两人），我景仰的人物。

这次我递交的论文是《"妈祖祭典"应当申报"世界文化遗产"》；之前在乌老的"小屋"（他的博客）里很认真地学习了他有关非物质文化遗产的理论和讲座，很想当面请教他。

却有几分忐忑。

会议开始，乌老发言。中气十足，风趣逗人，妙言五千年的中国文明。

振奋了所有听者的精神，聚焦了所有记者的镜头。

掌声起，再起，久久不落。

叫好之间，翻然明白自己何以忐忑。

我在论文中说：借"妈祖祭典"列入"国家级第一批非物质文化遗产名录"之际作进一步思考，呼吁，我国的妈祖文化界与国家有关部门，应当趁世界性范围内日益重视并大力推进文化遗产保护工作的有利时机，加紧并积极展开申报"妈祖祭典"为"世界非物质文化遗产名录"的工作。

斗胆了。半瓶水咣当，不知深浅，还班门弄斧。

中场休息。乌老走过我座位，又踅到我跟前，说："我看了你的论文。悄悄告诉你，我们已经申报'妈祖祭典'为世界文化遗产了。"

惊喜。嘿，这么说，我没"弄斧"？

"很好呀，应该多思考。拿什么献给世界？中国是一个非物质文化遗产多样性特别突出的国家，除了申报世界非物质文化遗产，我们现在面临的问题，是要增强对非物质文化遗产的认识；最大的误区在于把民族民俗文化还没有经过完整的保护，就撕成碎片加以利用，这是最可怕的，所以我一再强调千万防止打着保护的旗帜进行最后一轮的破坏；我跟西南民族大学几位教授交流，他们了解很多情况，例如藏族雕刻、彝族的毕摩文化，但非物质文化遗产不能只是民俗学家在保护……"乌老滔滔地讲起了课。

不由得敬佩。八十岁的他自称"80后"，"80后"的他还扎在民间文化深处。支撑他的，是对这种文化的深深的热爱；这种热爱，从半个世纪前接触民俗学开始，就再也没有中断……

又不由得感动。瞧瞧，不拒绝一棵小草，什么是高山！

还不由得得意。说，乌老我也悄悄地告诉您，我去过您的"小屋"，真棒！我会常去。

乌老笑了："你这是爱乌及屋。"

我也笑，心说，高山仰止，景行行止。所以不管是爱乌及屋还是爱屋及乌，靠谱就行。

（2008 年 10 月 20 日）

旗袍女人

这天被一档电视节目吸引。

满眼的旗袍女人娉婷随风舒卷在西子湖畔。雾霭朦胧中，檀香丝丝的笑，馨香缕缕的情，旗袍女人成了流动的古典画……

只一眼，就被这幅画牵引，再也离不开。

主持人说，这是上海闵行区古美街道的旗袍沙龙，2007 年 4 月成立，最初四十五人，现在二百多人，都是中老年，五六十岁以上。

这天是沙龙组织的展示活动，有一百位成员参加。

中国人，外国人，男女老少，俊男靓女，盖了半个西湖。没人不啧啧，没人不称美。

内敛，含蓄，恬淡，典雅，端庄，妩媚，温柔，还有高贵，惊动了西湖。

也惊动了我。

曾也情结旗袍。

多少年前，指定旗袍为我的婚嫁衣。为了这个指定，兜底翻遍上海滩。结婚当天，始终旗袍，魅惑，古典，清艳如一阕花间词。

至今，婚嫁旗袍还在，二十年不弃。

打小知道旗袍是中国女人的名字，打小迷恋宋氏三姐妹旗袍的雍容典雅华贵。

这些年，看张曼玉看周迅看黄奕的旗袍，虽也为老街木格窗前的翩若惊鸿而心动，却总嫌疑"翩若"渗着"吊带裙露脐装热裤超短裙"的张扬和轻狂。

将这份嫌疑告诉一位旧时望族的名媛。她告诉我，旗袍是女人衣中之贵族。贵气不在衣料，而在穿衣人。穿旗袍，需要内功！

当时疑惑，这天懂了。

"旗袍沙龙"说，她们都爱旗袍文化，都痴迷旗袍文化。她们坚守这种文化的内涵。她们将这种内涵烙进她们的一颦一笑一举一动中。她们还说，女人要修炼自我，没有内功，哪得内涵？不得内涵，哪有贵气？

偏巧，这天看一部小说，说一个极其漂亮且涵养深厚的女人保留着一件旗袍，在一片蓝的岁月里，她时常凝视它。她说，这是中国女人的真正美丽的记忆，没有什么能替代它。她还说，中国旗袍的美丽是精致的是高贵的，所以女人不能不精致不能不高贵。有一天，已近古稀的她重新穿上它，所有人吃惊：旗袍的颜色虽有黯淡，但那份韵致那份贵气……哪里是你"吊带裙露脐装热裤超短裙"所能张狂的？

静心回味旗袍沙龙和小说，我收获了自己，原来二十年不弃，潜意识里竟也为了旗袍的内涵，还有那一阕花间词的精致……

明白了：到什么时候，旗袍都是中国女人的骄傲；旗袍女人风情万种了这座城市，也崇尚和发扬了中国的传统服饰文化；最重要的是，旗袍象征华夏文明和东方神韵，是诗，是歌，是文化，是永恒……

许多时候，服饰与人代表的是一个国家一个民族的美丽。纵深挖下去，其背后蕴涵着丰饶的文化元素和价值意义，比如中国的旗袍女人。

（2008 年 11 月 1 日）

谢晋睡了

回忆。知道有个导演叫谢晋是哪一年？

"文革"以后，好多影片解放了。那会儿我懵懂，看《女篮五号》，记住了"五号"的矫健和秦怡的美丽，不晓得导演是干嘛的；看《红色娘子军》，记住了祝希娟的吴清华仇恨的目光和违反纪律的一枪，哪里知道谢晋是谁；看《舞台姐妹》，记住了谢芳会说话的大眼睛，还是不把谢导过脑印记。一直到长大，当了兵，才在《高山下的花环》里牢记了谢晋。

因为《高山下的花环》里的故事我熟悉。是那个年代的兵，所以我知道"赵蒙生"的"临阵脱逃"不是虚构的，但我还知道这都是那时候的"军事秘密"。谢晋了不得，真实客观冷静地将这段历史直接地坦诚地艺术地告诉了大家。

他说："我深信一部影片必然倾注导演最大的激情，是艺术家人品、修养的结晶，也是一次生命的燃烧。""拍摄影片，我更多地追求美育作用、警世作用，希望对祖国、对人类贡献美。"

从此敬佩崇拜煞谢晋。

这几年跟上海艺术界的老师时有接触，便时常听得艺术界的事儿。常有人说谢晋的事儿，家事，影事，很多事。说他的为人，说他的艺德，说的最多的：好人谢晋。

记不得哪一年，谢晋回故乡，用家乡话说，我是谢塘家的儿子。说第二遍的时候，谢晋哭了。那一刻他像个孩子，摘下眼镜，当着父老乡亲的面，抹泪。那一刻他哪里是撑起中国电影一片天的大导演，分明只是谢塘家的儿子。

只这句话这份情，我就认定谢晋是顶好的好人。

10 月 18 日，我盯着"著名导演谢晋 18 日凌晨在浙江上虞去世"，大脑空白。谁在忽悠人？

可谢晋是真累了，真睡着了，真不再醒来了。

怨天怨地。不知道他都八十五岁了？不知道他那晚高兴喝高了？干嘛不守着他？干嘛让他独居一室？

谢晋走了，就这么走了，带走了中国电影的一片天。再也不回来了。

几天前和艺术界的前辈通话，说及谢晋，前辈声沉音重："德艺双馨，谢晋才配。"

便想写点什么，一直等到 10 月 26 日，谢晋追悼会。

这天下午 1 时，打开电脑："谢晋追悼会 15 时举行。"现场情况在不断刷新。

写两行字，看一下现场。谁谁来了，谁谁两眼红肿；群众自发地来了，举着"人民的导演"……

再写两行字，再看一下现场。谢晋遗体边放着他生前最爱戴的一顶帽子，人们从他遗体边肃然走过，行注目礼……

我于是起立，默哀。

等到 10 月 26 日，就是为了以这样的形式，寄托我的哀思。

那时有音乐响起，不知名，却很美。

那时有一个声音穿越时空："我是谢塘家的儿子。"

忽然这么想：也许是上帝的意思。走完苦难和辉煌的路程，回到呱呱坠地的地方，回到生命的原点，睡，这觉才彻底踏实了。这是一种福气。上帝不轻易把这个福气给谁，却给了谢晋。

这么说，我们该欣慰，谢塘家的儿子回家了，睡了，踏实了。

（2008 年 11 月 3 日）

"点滴"之光

松江大舞台，又一届上海朗诵艺术节拉开了帷幕。

这天坐在现场，想起了殷之光。

去年这季节的某一天，我代表上一届朗诵节承办方去虹桥机场接殷之光。谁知，那天殷之光带病飞行，高烧，三十九度。我不得不"押"着他直奔医院，打"点滴"。

我说，诗朗诵《周总理办公室的灯光》，让我知道了您；《我骄傲我是中国人》，让我记住了您，没想到认识您竟在"点滴"中。怎么我跟做梦似的，您这么一位名人，著名的朗诵家，现在竟被我"监督"着闻来苏味儿。

那天，一抹阳光洒在他的病床上，他沐着灿烂，看着"点滴"跟我聊着侃着。他说我国是一个千年诗国，从《诗经》、唐诗宋词，到现代诗，一直都有朗诵、吟咏的传统；诗要走出抽屉，走下书架，要让更多的人熟悉和接受，就必须插上朗诵的翅膀。他说人民爱诗，人民需要诗，所以有生之年，哪怕最后一口气，他都要为普及诗歌朗诵事业而奋斗。他说这就是他为什么高烧着还执意要来参加上海朗诵艺术节的缘由……

我冀望他能顺利地登上第二天开幕式的舞台。谁料，第二天下午彩排刚结束，他忽然浑身冷汗，猛打摆子，连坐的气力都没了。我摸了下他的大脑门，慌了，心说大事不妙，看来这下他"执意"不了了。

演出开始了。躺在后台"被窝"里的他急得什么似的，嚷嚷着要我给他拿演出服。我实在不忍，说："要不您不上场吧。"他看了我一眼，不容置疑地咕哝道："那不行，我一定得上。"

无论如何，我不能想到，当我将叽叽歪歪的他扶到台边，当我刚松开他满是冷汗、冰凉凉的手，当我还在担心他能否挺直胸膛能否声若洪钟的时候，"我骄傲我是中国人"已响彻全场。饱满、热烈、奔放、铿锵有力……谁能料到，高烧着、打摆子的他，竟演绎了开幕式上的最骄傲！

在如潮的掌声中他踉踉跄跄地走下舞台，拽住我，哆哆嗦嗦地说："快，'点滴'去！"

第三天，依旧三十九度的他踏上了回京的舷梯。几小时后，我拨通他的手机。"我被抬出首都机场，救护车把我拉进医院，我现在又'点滴'着呢。你呐，以后就叫我'点滴'之光吧。但我告诉你，我很高兴，上海是我的故乡，松江又是个历史悠久文化底蕴深厚的地方，所以，能站在上海朗诵节的舞台上，能为朗诵事业作贡献，即使倒下，也值！"

这边我无语。于无声处，我耳边分明响起"哪怕最后一口气，都要为普及诗歌朗诵事业而奋斗"，"即使倒下，也值"……不由得感动，为来苏味儿里的"点滴"之光。

（2008 年 11 月 17 日）

"道光" 羊肉

前几天在某小镇疯狂吃羊肉，不料当晚羊儿闯入我梦乡，前窜后跳地抖搂我几年前的段子。

是那年春节，东北。

那日良辰美景。我等他帮相聚小二羊肉店。我等三四，平民；他帮五六，领导；我等上海小女，他帮东北爷们儿。

知道东北爷们儿的酒量，所以落座之前我就打好了腹稿，假模假式地评论喝酒姿态。爷们儿也挺会装，啪啪啪，连开八瓶道光二十五，说："不能喝就少喝，随意随兴，咱不讲究。"

起先还能拿捏，翘着兰花指一边滋儿哑，一边轻声细语道："我没酒量的。"可待火锅上桌，一瞧锅里，那乾坤——羊腿、羊头、羊肝、羊脑、羊血、羊肠，整一个全羊宴。我哪里还能装！我哈喇子直流，引出了馋虫。我不待招呼，伸手挑起一块羊肉放入口中。酥软，细嫩，下肚，齿颊留浓香。于是张牙舞爪，直将羊这羊那悉数入腹。胡吃一阵，又嫌不过劲儿。讨来青红辣椒末，将羊肉与其相混相拌。夹起一筷，送进嘴中。鼓腮，大嚼，然后"道光"一口，嚷："辣椒不辣，羊肉不膻，白酒不高，非美食也。"爷们儿甲咋舌："没见这号的，满脸油亮，额头放光，比爷们儿还爷们儿。"

这就上了架，来了劲儿，海喝，自己"道光"，干。然后挑起一羊肝，道白："羊肝美酒玉人来。"再干，再捞起一羊肠，再道白："羊肠小道逢驿使。"

玉人驿使一相逢，我开始醉眼蒙胧。微醺之中追溯上下五千年，纵论魏晋南北朝。

管不住舌头了，满嘴跑火车了："上海人二百五，不喜欢膻味儿，还什么海派黄酒？没了膻味儿还叫羊肉？没了二锅头怎么天上人间？""谁美食家？陆文夫？他陆文夫算什么？赶明儿我也美文加美食。"那劲儿，就差清风醉拳，飞檐走壁了。

爷们儿乙站起："女中豪杰啊。贼能，贼棒。来，我敬你。先干了。"我双眼眯缝："凭什么你先干啊？"旁边爷们儿丙说："这是我们领导。"我顺嘴："领导？不就是帮主吗？"

然后仰脖，咕咚，"道光"穿肠过。再然后瞪着帮主："你不就一'道光'吗？我是'道光'羊肉，比你厉害。知道……苏轼吗？北宋的，大文豪。知道……'陇馈有熊腊，秦烹唯羊羹'谁说的？就那个东坡爷们儿呀。连这都不知道，还先干，还帮主，还'道光'呢？"

举桌惊，帮主愣。

122

第二天说起，我死活不承认。怎么可能？我"道光"羊肉地张狂过？

承不承认，那天的"道光"羊肉都成了我的段子，且在东北某个角落里糗了十天半个月……

话回前几天的那天。不晓得是那天在某小镇吃羊肉吃得太疯狂，还是那天东北某爷们儿又提及了"道光"羊肉，总之那天那时我耳根发烫来着，总之那天那晚羊儿闯入我梦乡了。我醒来琢磨这段子是好是不好呢？琢磨了半天觉得没什么不好。留下个话把，给东北那帮爷们儿闲来的时候磨磨牙，说，嚯，那上海人那架势，"道光"一口，羊肉一块，那叫一个能喝……若这样，那段子就是好段子，至少给阿拉上海人争了点面子吧。

（2008 年 12 月 1 日）

局级邻居

她是领导。明白点说，她是局级干部。

她跟我一个小区。确切地说，我跟她是邻居。

早就知道她，因为她早就是领导。

但不熟悉她，因为布衣跟花翎的距离。

去年初冬的某天，在乌镇的青石小巷里，我和她邂逅。

她说，我看了你写的什么，还看了你写的什么，我常关注你的文章。我说，是嘛，谢谢您。

谢得漫不经心。心语：这是鼓励，领导习惯鼓励人。

今年初秋的某天，平生第一次和她在一个饭局。想起乌镇小巷的鼓励，我酝酿着敬她。

可没等我端杯，她已"张裕"过来。"你的'小窗'我都看，喜欢。"我又是，是嘛，谢谢您。

不再漫不经心，但也没有激动万分。

"张裕"之后，她凌空一个统揽大局的手势，说："各位，建议你们读她的栏目'小窗'。生动活泼，清新自然，亲切感人，还带哲理，很独特的。才女呀。"

有些窘，不习惯当众被夸。更何况，从不承认自己是才女。拎得清的，自己是野渡无人舟自横。

但那个"凌空"划出了一个美好的印象，"局级"真读了，她竟一气报出我五六七八篇的东西。心又语："局级"尊重文学的。

情有所动，底气骤成，便琢磨送她我的《渡舟自横》。

送上家门？太像煞伊嘎事了吧？

寄到她的办公室？有矫情做作的嫌疑吧？

犹豫了一天又一天，底气见天地稀薄，到后来，"渡舟"搁浅在我的包里，跟着我"横"到秋风扫落叶。

这天我晚归，在小区的灯光下看到了她，她正侧着耳朵通话。听到高跟鞋的哒哒，她回头，见我，断了通话，伸手，握手。

一握而消，一个秋季的犹豫。我说，我有书要送您。

好像灵犀相通，似乎意料之中，她说，该给我的。

拉开包链，拿出"渡舟"。我说，我签个名儿。她说，该签的。

扒拉包底，摸到"英雄"。我说，没想到您是真的。她问，什么？我说，喜欢文学。她问，你以为我没有文化？我说，很多领导都很政治的。她说，可不可以政治着，文学着？

翻到扉页。我说，我感谢您。她问，为什么？我说，为您喜欢"小窗"。她说，还有副刊。

拧下笔帽。些许迟疑。女士斧正？太疏远。领导斧正？太客套。

借着路灯，看到她笑眼亲切，像我姐。

来了感觉。刷刷几字：王姐斧正。她姓王。

说再见将分手的时候，她忽然说，你最近的"小窗"是以前的一篇东西改的。

一个愣神。真关注呀，还火眼金睛呀！

彻底信服，为官不薄文！

高兴，为"小窗"，更为副刊。

还高兴，为不薄文的邻居，局级的。

（2008 年 12 月 15 日）

记忆《乡恋》

18 日，这晚我铆在了电视机前。

歌声飘过三十年。

见李谷一，久违了。听《乡恋》，也久违了。

竟心潮澎湃。

有过多少往事，仿佛就在昨天。

20 世纪 80 年代初，电台有一档节目叫《每周一歌》，每周推一首新歌，中午和傍晚边播边教。某一周，"一歌"深沉舒缓、平白如话，缠绵悱恻、柔美婉转、如泣如诉，一反那时的"高、快、响、硬"。

风乍起，吹皱一池春水。"一歌"吹开人们束缚已久的心扉，从未有过的艺术享受和感情共鸣，让人们的情感如洪水破坝一样宣泄而出。

《文汇报》首发消息，说这首歌曲十分优美，得到大家的喜爱。

很快知道李谷一，知道《乡恋》。很快着迷，如痴如醉。

那会儿我在部队。从此不高亢"我是一个兵"，从此天天糅着气声"你的身影，你的歌声，永远印在我的心中……"

那会儿我还会吱嘎小提琴。有一天我牛皮哄哄地跟战友说："我用小提琴拉给你们听。"

战友欣喜，提着小马扎乐颠颠地成了我的"听众"。

摆开了场面，弓上了弦，却发现战友找来的歌谱是简谱。

我说："没法拉，得译成五线谱。"战友挺质疑："你能译？"

其实那会儿我五线谱一般般，从没译过谱。没把握，但给自己鼓气：又不是工尺谱，不就画串"蝌蚪"嘛。

战友地上桌上床上地趴着给我画五线谱的时候，我没闲着。我架着二郎腿以情带声，以声传情："我的情爱，我的美梦，永远留在你的怀中……"

然后我译谱。五线谱画得笔直，一如我们的队列。可我的"蝌蚪"却游移不定，或上或下老错了地方；然后我功架十足，开始吱嘎。最终演奏得如何我不好意思说，反正"听众"听完后半天没回过神来，末了提着马扎，"只有风儿送去我的一片深情"，走了；再然后我收起译谱，对自己说，留着它。

后来听说《乡恋》被禁，李谷一成了"黄色歌手"，暗下吃惊，琢磨我会不会成为"黄译"。再后来的1983年，央视第一届春晚，《乡恋》解禁，李谷一热泪盈眶地跟全国人民唱"怎能忘记你的一片深情"，那时刻，我调侃自己，你想"黄译"也没门儿了。

被禁，解禁，注定了《乡恋》的非常。而我的译谱，也因此成就了一段记忆。前几年搬家，我还整理到，"蝌蚪"有些模糊，纸也有些发黄，却依然《乡恋》着……

不禁感喟：岁月深处的歌声，承载着流年，收藏着往事。无论多远，无论多久，只要它响起，昨天就重现。澎湃，泪眼，为只有人类才有的美感和激情……

（2008 年 12 月 29 日）

副刊 2008

2008 年过去了。

都在盘点。我也盘。

别人盘亲情友情爱情外带财情。

我盘副刊。副刊也有情。

一百五十期。或长者或严师或俊男或靓女，或慈眉善目或言简意赅或逗哏捧哏或轻歌曼舞地跟读者说国事说家事说心事，还说副刊的那点事儿。

一百万字。千篇文。名家名作，曲高，却和者不见寡。可见阿伲草民不仅衣食住行达标，文学欣赏品位也星级。草民草作，调低，却得名家之和。可见名家吃腻了鱼肉大餐，也盯上了田埂地头的荠菜马兰。偶尔，名家草民你吹我唱，东边日出西边雨，权当 PK 过把瘾。细米粗面搭配，喜煞了饭后茶余的万家灯火。阳春白雪，下里巴人，阿拉阿伲都要咯。

其间。猎奇作者，见好就逮。他山之石，为我所用。蔓延了，扩大了，巩固了作者群。外来的、本土的，东西南北中，七八九十位写手，七八九十位铁杆，隔三差五 email "sjbs（松江报社）"。甚者半夜三更，更甚者凌晨二三，皆推敲"sjbs"没商量。雪灾、汶川、鸟巢、神七，大悲大喜天下事，叫人忧愁叫人笑，教人厚德载物教人自强不息；还有上海之根云间事，柴米油盐百姓事，喜怒哀乐，酸甜苦辣，偶尔客串说善待生活说知恩感恩说明天更美好。

字里。文学青年崭露头角。工农兵学商，小说散文诗歌超级秀，古今中外说史论道倍儿棒。文学青年挺谦恭，曰，弱水三千，我乃一瓢之水也。读者喜欢。热心推崇者慧眼，说那篇什么灵气才气俱佳是美文；疑似粉丝者识金，说那"文青"的东东好好耶，好酷噢；伯乐相马者则高瞻，说何妨偶尔的风花雪月，你敢说那不是通往作家圣殿的大道？

顺道。收获沪上七八九十位主流作家的鼎力。套用宋丹丹，"那是相当的好"。拎起电话，单刀直入，"给我稿子"。都"相当"了，"请赐稿"不就显得太客套？人家"主流"也义气，慷慨赠送首发权，常委屈朝花笔会夜光杯当二手。还不济，还吆喝别的主流 email "sjbs"成"相当"，惹得邻区一副刊酸溜溜，你几乎囊括了我区的作家！

捎带。"小窗"。年初上海报界三四位前辈对版主说，谁谁有专栏，谁谁谁也有专栏，多了。你也得开专栏，要不就不是好编辑。版主说，我不是谁谁，也不是谁谁谁，我不行。前辈不谆谆，只道"齐鲁气质，吴越妩媚，上"。一贯大大咧咧的版主，还偏就在意前辈的抬举。一咬牙，一跺脚，开。"小窗"本意在元元。仗着这，侃人生拉家常，感悟你我寻常事。谢读者，宽厚了"小窗"，关爱了里面的小景儿。

副刊2008。一百五十期，一百万字，其间，字里，顺道，捎带……真情奉献给读者。

而为吟安这真情，副刊捻断了三千须。

盘不尽。

就这些吧。

（2009 年 1 月 12 日）

本山大叔

年三十晚上，至少十亿人民乌泱泱地守着春晚等着本山大叔。我也是。喜欢本山大叔的小品是从 1990 年开始。

那年的徐老蔫让我差点笑岔了气，从此成了他的铁杆。

那时我们管他叫铁岭"那旮旯的"。我们说，"那旮旯的"，大俗，入大雅。

1991 年的《小九老乐》，1992 年的《我想有个家》，1993 的《三鞭子》，1995 年的《牛大叔提干》……"那旮旯的"俗，成就了本山大叔。

本山大叔厉害，愣将东北风吹到了大江南北的旮旯里。

年前看洪晃的谈话类节目《亮话》，她说春晚只认赵本山，除了赵本山，别的节目都可以让她睡着。

虽觉得洪晃的话绝对了些，但暗下也得意自己是惦记着本山大叔而期待春晚的。

算上今年，我已期待二十回了。

差点笑岔了气，却是十九次。

至今也没整明白，1994年春晚干嘛不让"那旮旯的"上。为此我耿耿于怀了这么些年，要不我就差点笑岔气二十次了。

有朋友问，笑岔气是啥个滋味儿，你就那么惦记？

我说，所有的烦恼去光光。就这味儿。

我还说，这味儿上瘾。

真话。就期待彻底开怀，彻底放松，捂着肚子乐颠儿的那一刻。

曾跟朋友掰扯赵本山现象。我说真真是佩服煞这个铁岭旮旯里的草民，他怎么就那么靠谱呢？不管什么角色，他都能超越地完成心理塑造，所有角色的心理图谱都是准确的、完整的、连贯的；所有表演中喜剧因素的收纵来去，他都灵活多变，徐疾自如，绝不端着一个既定的姿式应付不同的情节，在一些关键性的戏眼上，他更是有着迅雷不及掩耳的爆力。这些年见过有模仿他的，但无不是学点腔调的皮毛，都不能复现他那种即兴的节奏张力。有一回看朱军的《艺术人生》，正好是本山大叔嘉宾，正好本山大叔说话。他说"喜剧文化就是分寸"。我为这话叫好。细琢磨，本山大叔熟悉产生笑的因素，知道哪些因素特别适合百姓，并充分地感知每一个历史阶段广大中国观众最能感应的喜剧因素是什么，所以他能恰好地绝妙地"分寸"你，叫你前翻后仰笑岔气不说，还叫你无怨无悔地惦记他。二十年了，世上有多少艺术家接受过这么大的时空的评判和考验？

我还曾跟人说过这么一句话，你可以无视赵本山，你却不能无视十亿人民对他的喜欢。

这不，2009 年《不差钱》的笑声还没落尽，苏格兰调情；人家是纯爷们儿；把我爹拍在沙滩上；我一定感谢你八辈儿祖宗，做鬼也忘不了你……已乐颠了中华大地，荡得长江黄河都跳起了华尔兹旋出了一连串的笑窝。

　　而我，被苏格兰调情得又差点笑岔了气，好半天才现实过来。过后我鼓着腮帮嚼着饺子说，本山大叔，牛年第一牛。然后又很宋丹丹地追上一句，本山小品，小品中的第一品，哦耶！

（2009 年 2 月 2 日）

致贾老师

135······7045，您的手机号。

贾老师，丫头问候您。这是我每次给您电话的开场语。我习惯了，您也习惯了。

今天我依旧。

可您不再回应我，因为您去了天国。

但我还是想跟您说会儿话。

······

现在人好称老师。

老师有真有假。

您是真老师。

认识您时，我刚上道，还没入道。是在您的"新闻论"课上。

那天您开场动作是点烟。烟盒置于讲桌上，您随手抽出一支，叼于嘴间，然后拿起打火机，点燃，再然后猛吸一口，随之眼睛闭上，陶醉状，两秒。开讲。没有资料，没有讲稿，大题套小题，小题回主题，却又不跑题。那叫真风范。至今记得那天您例证新闻，说，狗咬人不叫新闻，人咬狗叫新闻；能让女人在瞬间发生惊讶的声音必为新闻；天天吃饭不叫新闻，三天断粮没饭吃叫新闻。归根结底，新闻就是新近变动中的事实的传播。

认识了新闻，也知道了您，新华社华东分社原党委书记、秘书长，新闻界响当当的角儿，贾安坤。

后来您成了我的作者，小编辑与大作者。至今留着您的短信："丫头令我不能不为，只要有题目，我就写。"

再后来我隔三差五地跟您要稿。您就一篇跟着一篇地写。您笑说中了丫头的圈套，误入歧途，想勒马都来不及了。

其实我透心明，身为区县报高级顾问的您，是以这样的方式表达您对区县报的关爱。

2007年秋天，新闻界和作家界的几位前辈建议我开专栏。您是之一。

您可没少唠叨这事儿。

2008年春节，您又提。我记着是大年初五的晚上，您在黄浦江畔，我在佘山脚下，135……7045 PK 133……6995。

您说，副刊编辑，开设专栏是工作责任、热情的一种体现。

我说，我不行。

您说，丫头不为，还是不能为？

我说，压力太大。

您说，军营里出来的怕什么？关键是选题，有了四五题目在手，就可以出台。千字文个把小时便落成了。

我说，要么……试试，不定期？

您说，我拥护！但最好定期，一周一篇，逼着自己不偷懒！

我说，我需要您指点。

您说，介于散文与杂文之间，以前者为主，议论点到为止。

我说，容我再想想，上了阵就下不来了。

您说，送丫头几个字，齐鲁气质，吴越妩媚，上！

于是一咬牙，立军令状，开"小窗"。

那么多的名记名编都对您五体投地，我更服您没的说。

却就此给自己下了套。但不后悔。因为您希望"小窗"成为区县报副刊一特色。因为您说"为读者服务，累点何妨"。

……

说到这儿，潸然。那天听到您噩耗，也这样。

不相信，直到"解放"、"文汇"、"新民"三大报同时黑体讣告您。

但幻觉不断，仿佛您还在。

今日问候您，可您真走了。

悲伤复又来。

打住吧，尽管还有好多话。

心却语：仰视您，敬重您，不忘您，亦师亦友的贾老师。

（2009 年 2 月 16 日）

雷锋叔叔

翻日历，快 3 月 5 日了。

想到了雷锋。他若活着，都快古稀了。

四十六年。雷锋走后，70 后 80 后 90 后，几茬人中有多少人知道他？

某媒体曾报道，说某地区百分之五十以上的孩子不知道雷锋为何许人也。

我信。因为有一年我也问过一个 90 后。90 后说，雷锋，不就那东北人吗？

哭笑不得。能怪雪村高歌东北那嘎 "俺们都是活雷锋" 吗？

就翻日历这天，我还问一小学二年级的小朋友，知道雷锋吗？小朋友摇摇头，说，我知道雷克萨斯。费半天劲，我才弄明白雷克萨斯原来是日产名牌轿车。

有点儿郁闷。

在心底举行一场纪念会，out 了吗？就像阿甘之于美国，雷
锋是中国不老的传说。

想我们小时候，精神生活远重于物质生活。学雷锋的大红花和奖状几乎就是我们精神生活的全部追求。给孤寡老人送炉火，放学打扫教室卫生，捡到钱交给警察叔叔……这样的好人好事被我们争先恐后地写进作文里，人物情节几乎一个样儿，都是小雷锋。有一天，班主任老师终于质疑：街上真的有那么多钱可以捡到吗？立马，全班作文里都不见了钱包，取而代之的是老人孕妇儿童在路口桥头闹市、风中雨中雪中被自行车三轮车撞倒，而我们，都不约而同地将其扶起来……

如今也觉得那会儿挺不可思议，多幼稚，甚至可笑。但很怀念那个时代。那时的孩子以接受善良的情怀为光荣，愿意做好事，愿意用自己的力量帮助别人。

十八岁那年我成了一名解放军，更响应"向雷锋同志学习"。有一天，一个战友看完家信后哭了，说家里遭灾了。我的热血按捺不住地沸腾起来，当晚"窃取"战友家的地址，第二天就跑邮局，毫不犹豫地给战友家汇去五块钱。那时候我一个月的津贴是六块七毛五。到现在我还记得我在汇款单上用的名儿是娜达莎，因为那时候崇拜苏联二战女英雄娜达莎。但我忘了战友的名儿了，只记得她是四川人，只记得她收到家信后跟克格勃似的到处打听："娜达莎是哪个呢？"

至今想起这事儿，我还得意得不行。尤其想到每回战友侦查"娜达莎"，我这哈就偷着乐，心说"小样儿，什么眼力，娜达莎就在你身边都没看出来"的时候，更是情不自禁地笑出声儿。

但有时候我也羞愧。不说 70 后 80 后 90 后，就我这 60 后，就这小学二年级曾在日记里写"今天我帮工人叔叔把三轮车推上了桥。我以后要多做这样的好事，以实际行动学习雷锋叔叔"的我，就这十八岁做了好事不留名儿的我，现在还能有那份纯真的朴素的胸怀吗？

要不是日历，我能想起曾经有个榜样叫雷锋叔叔吗？

岁月磨去的、改变的不仅仅是我们的胸怀。人性最善良的一面，民族道德文化最宝贵的一面……我们丢失的不是一个人，而是一种精神。

（2009 年 3 月 2 日）

"团长"恶战

《我的团长我的团》开播了。

这天遥控电视，吃了一惊。戏里戏外，"团长"在恶战。

眼花缭乱，不知哪儿跟哪儿。

其实对连续剧，我很少看电视，多半依赖DVD。几十集的东西，几个通宵拿下，速战速决。顶烦一天一集不死不活的磨蹭，顶烦一帮纯爷们儿正砰砰来劲儿的时候，忽然闪出大腿细胳膊广告"做女人挺好"。

之所以这次例外，实在是因为《我的团长我的团》。《士兵突击》的原班人马，太具吸引力；演职人员拍戏时有伤有亡，这又多了一层悲壮；最重要的是，我的父亲我的兄长还有我，曾经都是军人，军人情结让我急着见《我的团长我的团》。

没想到，还没看清团长什么模样，却先看到江苏云南上海（东方）北京四家卫视"疯了"。

原来为了《我的团长我的团》，四家卫视集资买下首播权，"桃园结义" 3 月 5 日同播，每天播出两集。可为了进度、收视率，四家卫视背信弃义，说出手时就出手，拉起架势就开战。

第一战：擦边球。5 日零点，江苏卫视无广告首播一、二集，领先其他三家卫视至少十九个小时，首创零点播新电视剧的纪录。

第二战：浓缩剪。5 日晚，东方卫视为赶超进度，将前两集内容删减为一集。

第三战：三重唱。6 日零点，云南卫视为赶江苏进度，三集联播。

第四战：九连贯。6 日上午，江苏卫视宣布，将所有电视剧播出时段让给《我的团长我的团》，每天累计播放达九集。

第五战：昼夜滚。6 日下午，云南卫视宣布，二十四小时滚动播出，每天累计播出十六集。

东方卫视随后抗议，说若是不良竞争继续恶化，东方卫视将保留继续调整播出计划乃至诉诸法律甚至拒绝付款的权利；北京卫视开播最晚，本来就"窝塞"，正憋着一肚子的火在皇城根下喘粗气，红了眼。再而后的 3 月 11 日，上海《新民晚报》很有腔调地发话，说这"不仅影响了东方卫视和北京卫视，也让买下二轮播出权的浙江山东重庆河北四家卫视叫苦不迭，并给观众造成了审美疲劳，也对电视业产生了灾难性的后果"，还爆料东方卫视和北京卫视将在北京共同发起行业自律公约的倡议……

搞不懂。不都"桃园"了吗？不说游戏规则，至少也得侠肝义胆江湖到底吧！

这算哪一出？歇菜。遥控器找不准台标。罢了，还是 DVD 吧。

只是匪夷所思。就为利益的最大化？

人家团长带着一帮弟兄在中缅边境抗战浴血恶战，那叫真爷们儿。

你四家卫视同室操戈，撕破脸骂大街，这算哪路好汉？

不好。寒碜。叫人笑话。

不像爷们儿干的事。

（2009 年 3 月 16 日）

"小窗"印章

"小窗"有了一方印章。

那天他们说要给"小窗"刻方印章，我没太当真。这年头，酒桌上的话随酒劲儿起落，来时豪情万丈，去时义无反顾。

没想到他们说话算数。

真刻了。

欢喜。不单为"小窗"。

我和他们，同为松江一区民，却一年见不着一两回。即便这一两回，也准在会场的走道上，点个头，说你好而已。

不晓得哪根筋搭错了。那天他们"联通"我，说，党校某期的同学聚会，特邀你参加。

是一个雨天，湿答答，冷兮兮。他们说，我们来接你。

上车，挨着"黄埔"落座，心有三分忐忑。习惯了，我老把党校说成

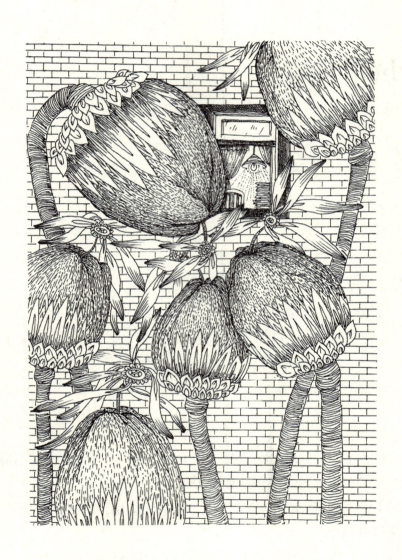

星辰闹成一串，月色笑成一弯，走到打开的窗前，我把灯掌得高高，让远方的你，能够穿过我的心房。

"黄埔"。

"黄埔"某期，跟我浑身不搭界，干嘛拽上我？

几个弯后到一酒楼。与先遣"黄埔"会合，握手，拱手，大家好。

看架势不像鸿门宴，便卸下不安跟着咋呼，拿酒来。

酒过三杯，"黄埔"大 J 学员指着小 J 学员开腔："刻方印章，给'小窗'。由我们监督加提醒，一周后交货。"

"黄埔"某期的皆京戏票友似的喝彩："好！"

我那时正嚼着醉鸡，腮帮鼓得饱满，想叫好，却不能。憋了两秒，鼓掌，吧唧吧唧。

众目睽睽小 J 学员，都知道小 J 学员篆刻有一手。

大概受命于"黄埔"某期，小 J 学员有点儿使命感，还有点儿压力感。他说："只怕刻得不好。"

我吞下醉鸡腾出口腔，说："你行的。早几年你就把笔墨抹到了'朵云轩'，那可是相当的不简单。所以操刀给'小窗'弄个章儿，还不是小菜一碟。"

众人应和："干杯。这事儿就这么定了。"

但我心说这事儿有点儿漂。人家都是"黄埔"出来的，要么带个"长"字，要么扛个"主任"，大事小事天天追到脚跟，忙。

所以说实话，其实那天我是不能当真。弄出个豪情万丈和义无反顾，纯属说事儿。

但说是不当真，其实挺在意。

"小窗"开了一年，我从没想过给它弄个印章什么的。要不是美编，就连现在的小报花也没有。可他们，我一年见不了一两回的"黄埔"，却想到了。

他们说，我们常见"小窗"。

这话说得，平实，朴素，直入心坎。

原来拽的是我，搭界的是"小窗"。

拜拜的时候，雨还是湿答答，心儿却灿烂。

即使没有印章，只他们这话，就足以叫我衣带渐宽终不悔。

可到底是"黄埔"的，季布一诺，果真一周后交货。

四方章，朱文印。疏密有致，纤细秀美，朴实雅洁，正合"小窗"之好。

这就上了"小窗"，并将伴随此后的每一期。谢"黄埔"某期的。

"小窗"印章。何止一段记忆，更有那——不眠的小窗不悔的我。

（2009 年 3 月 30 日）

高考 1977

至少十年不进电影院。这天却义无反顾地坐在了银幕前，代价是中途撂下"铁杆"的一个聚会和喝下一大满杯的歉意酒。

就为《高考1977》。

"铁杆"问，被人要挟？我说，纯属自愿。

路上也纳闷儿。连张艺谋陈凯歌都煽动不了我，缘何这《高考1977》吸引了我？

气喘吁吁满脸细汗赶到影院的时候，场灯已熄，片头音乐已起。

坐下。吁吁未定，魂就被《高考1977》摄了去，很快没了自己。

其实故事一点儿不复杂。1977年，邓小平"今年就要下定决心恢复从公众毕业生中直接招考学生，不要再搞群众推荐"定乾坤，中断十多年的高考得以恢复。其时，在黑龙江某农场的一群知青"疯狂"了。这些被称为知青的年轻人，在本该拿书本捏笔杆的时候，却上山下乡到农场挥锄头舞犁耙，一干就是八年。八年蹉跎，他们压抑彷徨，他们失去尊严，他们痛苦和愤怒。所以，高考恢复所带来的希望，让他们怎样悲怆地去捍卫。

这是一段真实的历史。真实的历史还有，那是中国历史上规模最大的一次考试，一代人为了能够成为"太学诸生"甚至只是报名参加这场考试而不惜赌上性命！

散场就坐在了电脑前，却不知如何敲键，耳边眼前净是《高考1977》。

一个农场，一座车站，一片荒野，一群知青。

它们是真实的。它们在静动明暗中交叠、转换、收缩、延伸，展示1977年那个深秋与初冬的裂变。

它们又是唯美的。一份承诺、一段爱情、一枚公章、一套复习资料，次第出现，愁肠寸断，再现那个岁月的人性复苏。

它们还是大气的。一场露天电影、一场扛包较量、一场火海荒原、一场命运狂奔，如泣如诉，荡气回肠，讴歌那个时代的社会觉醒。

艺术家说它是历史意义大片、心灵意义大片。

社会学家说它是社会功能大片、民生功能大片。

我一介草民，说它是写实大片。历史、社会、情感，是其灵魂；苦难、挣扎、奋起，是其骨架；爱情、友情、亲情，是其血肉；真实、真挚、真诚，是其本质。

我草民一介，还说它是记忆大片。没有上山下乡的经历，也没有1977年的高考，我却在这天的这个晚上，和成千上万的那个时代的人，一起记忆那迷茫激情的青春岁月，记忆那岁月神经的凄美故事，记忆那故事深处的伟大拐点。

这才恍然。原来撂"铁杆"赶"高考"，竟是为了一段残酷悲壮感天动地的记忆。

　　……

　　只要记忆过那个时代的人，都会为《高考1977》流泪。就比如我，一直说自己情商日渐麻木，不再轻易淌泪，哪晓得，这天竟被"考"哭了。

　　记忆历史，也被历史记忆。高考1977，我们共同的记忆。

（2009年4月13日）

也说"武侠"

　　说实话，我不喜欢武侠小说，所以至今它也上不了我的书架。

　　我读大学的时候，梁羽生宣布封笔，因而引得学兄学弟们天天捧着"梁羽生"，从大唐打到宋金，再从明代打到清代，直打得昏天黑地，走火入魔。我挺不待见，说他们不登大雅之堂。不料招来一片白眼，那时还没粉丝一说，白眼差不多就那意思了。

　　2009 年 1 月 22 日，"旧梦尘封休再启，此心如水只东流"，早已"金盆洗手"的梁羽生找到了永远的江湖，走了。

　　三个月过去了，报纸电视还时不时地有他。

　　这就让我不能不上心，便寻来有关他的评论。

　　1954 年，在《大公报》之晚报《新晚报》连载新派武侠小说《龙虎斗京华》；之后笔耕不辍至 1984 年，三十年间一共创作武侠小说三十五部，逾千万字，流行于全球华人社会；《白发魔女传》《七剑下天山》等被搬上银幕；与金庸同被称为新派武侠小说的一代宗师，被喻为"金梁并称，一时瑜亮"；"文心侠骨，统揽孤怀"是他一生追求的风骨。

心有所动，于是找来一本《冰川天女传》。

发现他笔下的情感无性别歧视，受理智抑制，与侠义互融；发现他很尊重女性，给女性洁净的光辉；发现他武侠并重，"武"是手段，"侠"是目的，"侠"是对大多数人有利的行为，所以"侠"高于"武"，"侠"制胜"武"；发现他"为国为民，侠之大者"，崇尚和平、反对暴力，良好地诠释了一个深受中国传统文化影响的知识分子所理解的"侠义"——这是他留给我们的精神遗产。

这使我对他有了十二分的敬意。料定，他有一颗健康的磊落的纯真的心。

于是责怪自己狭隘偏激了这么多年——武侠小说作为中国文学中一个特殊的分支，虽然地位一向有些尴尬，虽然不太可能如主流文学那样登堂入室，得到评论家的青睐，但其在读者中的影响是有目共睹的，甚至可以这样讲，中国的主流文学走向世界，或许还有一段很长的路，然中国的武侠小说早已在海外大放异彩。

不经意间，还发现"武侠"的散文也好。

2008年2月底，他亲自增订了散文集《笔花六照》。相对于他的武侠小说，《笔花六照》是另一种好看、耐读。仅就这本书来看，真是"散"得可以。山水人物、文史诗词、对联掌故、象棋围棋，几乎什么都有。却"散"而能收，又"文"、"野"结合。他的散文，涌动着对生活对事业的热爱与追求，洋溢着对恩师对友人的真情与厚爱；还有山水风情、名流轶事，史料罗掘丰赡，文辞畅达洒脱，可见他国学功底深厚，文史修养笃实，远不止刀枪棍棒、十八般武艺……

再回到"武侠"。金庸说梁羽生宁可无武不可缺侠，这或许就是武侠的最高境界吧。

从此记住：一个人可以不会武术，但不能没有侠气。

（2009 年 4 月 27 日）

廖智鼓舞

有个女孩名叫廖智。

叫廖智的女孩曾是一名舞蹈老师。

那修长的腿，曾怎样美丽地舞蹈。

可现在没了，被去年的 5·12 掠走了。

知道她，是在去年初秋的一个深夜。是偶然的一次遥控，锁定了那个台标。

一个女孩穿一件红色舞裙，翩翩起舞，美。音乐进入高潮，女孩被舞伴举过头顶，女孩双手抓住右脚。一个猛地，"小腿"断离了她；又一个猛地，"小腿"被扔在舞台中央！

裙褶，鲜血一样，哗哗而落。

全场惊骇，气氛凝固。

双膝支撑，女孩跪地："谢谢。5·12 大地震发生后，我最大的愿望就是能在家乡义演，今天终于实现了。我想为家乡父老筹集一笔购买过冬寒衣的善款。"

全场震惊。

而后是她的压轴戏——《鼓舞》。

血色大鼓，血色舞衣。

她在鼓上跪着，甩臂，击鼓。

那么娇小纤细，却似万马奔腾，却似刀枪裂帛。

全场震撼，肃静。

唯有她的急喘："我们的泪已经流干，我们应该迎着太阳前进。活着，就应该活得更好。在恢复重建的关键时刻，我们需要鼓舞，需要力量。"

男女老少，黄发垂髫，所有观众起立、振臂："四川雄起！汶川雄起！"

掌声迸发，经久不息。

……荧屏前的我，早已心雨滴滴。这才知道——在那场灾难中，二十三岁的她失去了才几个月大的女儿。她说："在黑暗中用尽全力终于摸到女儿冰凉的、柔软的、小小的身体。我使劲抓住她，我很想对女儿说句话，可是我的大脑一片空白，我试着张了几次嘴，最后唱了一首《铃儿响叮当》，唱完以后又接连唱了好几首，全是以前女儿听过的歌。"

挺过二十六小时，她获救，后截肢。她说："我自己签字吧。"医生问："你知道什么叫做截肢手术吗?"她说："知道啊，就是把腿锯掉。"

假肢装上没几天，她说要跳舞。谁劝都没用，这就有了《鼓舞》。"我要鼓舞家乡的父老乡亲。"为此她推迟了第二次手术，为此她天天跪在鼓上，练。练得疼痛钻心，死去活来。母亲流泪："放弃吧。"她却笑着：

愿你是麦田守望者，成为追风筝的人。不是因为悲悯而感动，而是因为感动而悲悯。

"每天也就疼三个小时，咬咬牙就挺过来了。"

连续三年上春晚的中国慈善者陈光标大为感动，决定每月给她发工资，但廖智说："我有何德何能呢？我以每户三百块的形式给了几个残疾的孩子，每月定时汇给他们。孩子们的路还长，三百块可以减轻他们很多困难和压力。"

……

5·12，一年了。

想起那个深夜，我满目廖智鼓舞，感极而至东方白。

廖智鼓舞，生命力量；不屈不挠，生生不息。鼓舞的，何止巴蜀父老。

（2009 年 5 月 11 日）

太平猴魁

老公曾是上海黄山茶林场的知青。八年垫底，所以数道黄山名茶，那叫一个倍儿清。

关于猴魁，太平（新明）、猴坑、山阴处、四季云雾、猴子……是它成名不可或缺的元素；而叶肥魁大、茎脉隐红、两叶合芽、扁平挺直、白毫暗伏……则让它早在 1915 年就闻名世界，荣获了巴拿马万国博览会金奖。

有道是：登黄山天下无山，品猴魁天下无茶。

仗着知青兄们，这些年我没少猴魁。于是也知道了很多有关猴魁的故事。

从前的，离我们太远，搁下不说。

说近的。历来，猴魁不张扬，不炒作，养在深山人不知，却一朝出隐惊世俗，从此作为贡品进京。但近水楼台总能先得月，前上海市某位市长嗜猴魁如命，年年猴魁乍飘香，他就一天都不耽搁，必车轮滚滚翻山越岭赶到黄山茶林场。听知青兄们说，没见那么喜欢猴魁的，呷着它，立马眉飞色舞喜笑颜开，跟喝兴奋剂似的。知青兄们还说，这位市长，讲究着呢，猴魁，非太平的，非谷雨前的，不喝。

说更近的。"屯绿祁红"，知道雀舌、六安瓜片、炒青的，大有人在，但极少有人知道猴魁。它的产地太平猴坑，因为山高林密，到现在还不通有线电话，这就难怪贡品难入寻常百姓家。可问题是，因猴魁叶肥芽壮，品相粗糙，"卖相"绝不及龙井白茶碧螺春耐看，所以它常蒙不白之冤。改革开放初期，港澳台开始松动，茶场有个知青费了九牛二虎之力弄到一斤猴魁邮寄给他的香港亲戚。其港亲拿到手一看，不高兴了："给我霉干菜什么意思啦？"

说更更近的。我的狐朋狗友大多见多识广，却也一知半解猴魁。前年端杯见"白毫暗伏"，我突发与人共享的冲动。尽管有点儿舍不得，但还是慷慨赠送他们说"请开尊口品尝之"。暗下我还为自己"有福同享"的美德感动了好一阵子。可一段日子后我问狐朋狗友是否捧得猴魁醉逍遥？他们中的几个面面相觑不好意思地说，猴魁原封未动还处在待品之中呢。我当时脑袋就嗡大了，我的猴魁呀。

说最最近的。去年以来，我发现自己"惹祸"了。因为"有福同享"的美德，我的狐朋狗友们差不多都成了猴魁迷，都知道了我有"八年垫底"，都掐着指头等着春暖花开跟我要"巴拿马金奖"，还都跟那市长一样有腔调有品位，太平的，谷雨前的。我算是被套牢了，年年一开春，连梦里都惦记太平猴坑吃新芽苗苗嫌生迟。

插播一旧闻：前年狐朋狗友面面相觑的时候，胡锦涛总书记把猴魁作为国礼赠送时任俄罗斯总统的普京。这下可好，国茶至尊，更难觅了。

但我觅到了一个理儿。这些年，常进茶馆，龙井白茶碧螺春应有尽有，却几乎见不到哪家拿得出猴坑的猴魁。有一回我在我们这边的一个著名的茶室里的茶单上见到猴魁，挺惊喜。可看产地，差点没笑掉我大牙，猴魁什么时候"移民"到了杭州？

稀罕呐，猴魁。都说人不可貌相，海水不可斗量，茶也一样。

（2009 年 5 月 25 日）

茶悟人生

去年又见"两头尖，不散不翘不卷边"的猴魁的时候，我又忽然想找人分享。

第二天我就提了一斤猴魁进了 Q 老哥的办公室。

我说，猴魁，好茶，送你。

Q 老哥却漫不经心，只在喉结处吭出一个字。然后接下猴魁，顺手搁在饮水机下的柜子里。

Q 老哥的普通话"打浆"，我听不清他说的是"哦"还是"谢"。

我有点儿失落：他怎么不喜出望外，说"好茶！太好啦"？

便有几分不爽。我不好说"它很费钱的，老鼻子贵呀，送你其实我很肉疼的"，我只能说"千万善待它哦，放冰箱保藏哦，慢慢品哦"。

几天后我经过 Q 办，进去问好。

扭头看见我的猴魁竟还在饮水机下的柜子里，和一堆灰头土脸的杯子碟子挤在一起，好一副落魄相。

我顿时急了："怎么你这么虐待猴魁！"

Q老哥这回口齿清楚，一口松江闲话："摆两天啥要紧啦？侬做啥急去急来？"

钢钢地闷啦。敢情Q老哥猴魁盲啊。

急了眼："拜托好不好。这猴魁什么档次你知不知道，无茶能敌的。胡锦涛主席拿它当国礼送给普京的你晓得吧？稀罕得不得了的呀。再说啦，单冲我一片情，你也得好生对待它才是呀。"说完我狠命跺脚，就差把Q老哥塞进柜子里。

又一日。又经Q办，忽闻猴魁香气在袅绕，惊奇，折进Q办。

C老哥在。

C老哥手端茶杯，很享受状，说："侬晓得吧，猴魁。这家伙居然有这么好的茶。"

Q老哥余光扫我，很委屈状，说："这家伙从此盯上了我，天天一早来我这'蹲点'。"

我却喜上眉梢。到底有人识猴魁。

又些日子后，C老哥幸灾乐祸地告诉我："现在他悔不该当初呀，这么好的东西竟成了我的杯中物。"

原来二位老哥公差去安徽，在猴魁的老家，Q老哥活生生地、目瞪口呆地领教了猴魁的无茶能敌。

我信，Q老哥肯定大悔特悔。因为今年雪花还在飘飘的时候，他就来煞不及地跟我嚷嚷猴魁新茶有了没有。

　　我心那个宽慰呀。Q老哥现在比谁都金贵猴魁了。

　　而我，从此也长了记性：好茶千万别送"茶盲"，无论亲朋还是至爱，比如这太平猴魁，否则就太对不起大自然的恩赐了。要么你就舍得银子豁出银子砸上银子，送，持久战，送上八年，不信扫不了他的盲，没准还能送出一个"茶博士"来为茶文化摇旗呐喊。若那样，也就不枉银子的汗水，更不枉大自然的慷慨了。

　　这也算是茶悟人生吧。

（2009 年 5 月 28 日）

童年无忌（二）

不晓得去年"小窗"《童年无忌》让好些个读者记住了。他们问今年六一怎不见"小窗"继续《童年无忌》？

被问得来了劲儿。想起一本书里的但不记得是哪个的"童年的故事"跟我童年的糗事相像，便得出童年无忌是普天下孩子们共同的故事的结论，于是就再翻腾几个写给大家乐儿。

三岁的时候跟着姥姥住在胶东半岛。夏天跟着小伙伴捉截柳龟（知了猴），好不容易看见树上一个小洞，伸手一挖，掏出个屎壳郎。

栅栏里养了一群小鸡，我老想抓个玩玩。可我个小够不着，于是跳跃着扑到栅栏上。可用力过猛，一个倒栽，我掉鸡粪堆里了。

道上有一溜黑黑圆圆的东西，稀奇，捡起揣兜里。见着小伙伴，神神叨叨地说我有好东西。小伙伴看了，捂着鼻子大笑。这才知道那叫羊大便。

可以假装看不见，也可以偷偷地想念。眺望童年，下个路口再见吧。

四岁的时候小表哥也回姥姥家，我不乐意，说，"鬼子"进庄了，打。可怜小表哥被我打得抱头鼠窜。我得意了，大喊"冲啊"，结果冲进了茅坑。

荡秋千正欢的时候，忽然觉得小屁屁好痛，低头一看，一只大公鸡正在我的屁股底下有滋有味地啄香。

五岁的时候回上海被母亲扔进幼儿园立规矩。因不把小子们放在眼里，有一天被他们围追堵截。情急之中我躲进女厕所，在里面号叫，谁进来谁就是流氓。厕所没封顶，我正号着，忽听鸟儿唱歌。抬头，迎面一坨鸟屎掉在了眼皮上。

从幼儿园回家，刚进大院门，忽然小肚肚疼得憋不住，赶紧跑墙角。有阿姨走过，说："你看看你，蹲那就拉，流氓不流氓啊。"我说："你看我拉屎，你才流氓呢！"

六岁的时候想当医生。邻居养了一窝小鸭，我没事就守着它们琢磨。有一天邻居见俩小鸭横尸窝边，拿起一看，血迹斑斑，于是杏眼一瞪："谁是刽子手？"

院墙的那边是部队农场，地里长了很多瓜，我说那是西瓜。小伙伴偷回一个，没洗就剖开。白瓤，咬一口，什么破味儿，这才知道有一种瓜叫冬瓜。

七岁的时候跟母亲犟嘴。我大义凛然说，我走了，找我爸去。以为母亲会撵上我，哪知走出五百米还不见母亲追来。那个伤心呵。只好折回，站在家门口，理直气壮地说，我要我爸的钱，都在你这儿。

替母亲买盐，经过沙石堆，盐袋子掉地上，盐洒了。有些慌张，把盐连同沙石一起装回袋子。回家见母亲淘米，于是拿起盆子跑到大院的水龙头下，想淘去沙石。结果沙石没少，盐全不见了。

八岁的时候学习刘胡兰。手臂被玻璃划了两寸多长的口子，鲜血哗哗。军医吩咐护士，上手术台，缝针。我一听，嗷嗷叫唤，生的伟大，死的光荣——我牺牲了呀。

吃桃子不小心把桃核吞了下去。伙伴说，完了，过几天那核会在你肚子里发芽，叶子会从你的鼻孔、耳朵里伸出来。我乐了，那我肚子里也会结挑子了？

结果桃核没有发芽，糗事却扎在了心里，直到现在。

现在啥时想起啥时还傻乐：那是我干的？我怎么就那么有才呢？

还想有才，可童年早已小鸟一去不回来了。

（2009 年 6 月 1 日）

百岁罗洪

罗洪今年百岁。

媒体叽叽喳喳地热闹了起来。

前些日子跟媒体人谈起罗洪。我说，你们挺不地道，冷落她这么久，现在借"百"打扰她，还不是为了几个碎银。媒体人嘿嘿，说，没你说得那么功利。

也是前些日子。《上海文学》Y编辑对我说，还是看了你的文章，才知道罗洪曾是《上海文学》的编辑。她说的是我2007年写的《亲近罗洪》。我说，真不该呐你。她说，惭愧呵我。

记得我曾问过罗洪，他们来看你吗？罗洪说，过年过节会来的。我问得含糊，罗洪答得简单。

是我心不平。20世纪30年代的作家，朱雯的妻子，巴金的朋友，若不是百岁，有多少人能想起她。

我去看她。她用钥匙启开书橱，我这才知道，王安忆张罗出版了《罗洪文集》。

罗洪还送我《巴金先生纪念集》。她说，谢谢侬来看我。

每次去，她总早早地候在门口，笑得开心，说，许平同志，侬来了。

每次给我信，她也总是以"同志"开言。

作家J君对我说，罗洪的信件值钱了，你得收藏好。

罗洪听了，一笑。波澜不惊。

天天自己起床，自己下楼，自己活动，筋骨、呼吸都得舒展，然后自己上楼，自己早饭，再然后自己看报，至今不用老花镜。她有些得意："我看得清咯。"

偶尔，她也会走到大马路上，悄悄的。拐个弯就是淮海路，看21世纪"十里洋场"，"人交关多，车子也交关多，蛮好咯"。当然，去大马路得有保姆保驾。

她信里对我说："百岁的老人了，看来只能静静地生活，每天在附近散步走动而已。"

这么些年了，她就那么静静地，在那幢公寓的二楼上。

"那里面住着一位从20世纪30年代走来的，被赵景深誉为真正小说家的罗洪。"这是我2002年在《走近罗洪》里说的。

也是前些日子。她给我信："欢迎你来谈谈。你是一个豪爽的人，我喜欢这样的性格。"

这之后就见媒体的叽叽喳喳。于是我给她信，说，就您百年人生和文学情缘写篇短文给我。

不过两天，她回信："过这百岁的关，实在不容易，有些单位要我参加座谈会，谈谈百岁人生，我无论如何不肯同意，好不容易推掉了。要我写点短文，也没有同意。实在是我在漫长的岁月中，虚度岁月，大家的好意，我实在没法回报。现在你要我写篇短文，我也只好使你失望。"

　　顺从她，才是对她最好的敬重。

　　还说媒体，我不也跟着添乱。

　　百年的风雨人生，罗洪早已心静如白莲。

　　以为自己了解罗洪，原来还差这么一点儿。

　　还是前些日子。作协领导对我说，我们都要向她学习，她很早很早就平静了自己。她经历很多事情，包括不公，但是她想得开，看得淡，因此愉快长寿。

　　极是。

　　功遂身退，天之道也。百岁罗洪，大智慧。

（2009 年 6 月 8 日）

父母进京

父亲八秩母亲古稀进京。我保驾护航。

别的地儿可忽略，毛主席纪念堂不可不去。不用父母说，我知道。

打小就知道父亲两次见到毛主席。

1968 年 9 月初，父亲参加全军毛泽东思想学习班到北京。10 月 1 日，学习班到天安门广场国庆观礼，父亲一见毛主席。1970 年 1 月初，毛主席在北京体育馆分批接见毛泽东思想学习班团职以上学员，父亲二见毛主席。

这是父亲无尚荣光的记忆。父亲轻易不提这份荣光，特别的日子会提，比如这次。

父亲说那时他们住在北京公主坟的解放军后勤学院，毛泽东思想学习班分为好多个班，他在南京军区班上海警备区八大队的秘书组；他们没少看电影，老也看不够《列宁在一九一八》和《列宁在十月》；他们还绣毛主席像，父亲至今还珍藏着他的绣品；他们吃周总理派人送来的北京苹果、盆柿和绿皮红心萝卜……

父亲还记得国庆观礼那天他站在广场的东南角，陪毛主席到体育馆的还有周总理林彪许世友等；两次见毛主席，父亲两次热泪盈眶……

父亲甚至还记得那个冬天的雪花大如席，后勤学院的冰柱两尺长，中南海上跑吉普，长安街上雪人笑……

父亲重提这些的时候，抑不住的幸福和荣光。

我知道，父亲想念毛主席。

母亲也是。她说，就想给毛主席鞠个躬。

于是这天我们赶早到天安门广场。

但太阳比我们更早。等待瞻仰的队伍 U 字形，跟着太阳排到了英雄纪念碑前。

看情景，少说得排队两小时。同等，至少两小时的日光浴。

父母却毫不犹疑，只一字："排！"

于是我奔过西大街，存包。返回却被告知相机也不得入内。

彼时父母已暴晒了十分钟，已双颊绯红汗水湿衣。

若二奔西大街，还得十分钟。我心疼父母，说，你俩进去，我在这儿等。

父母蹒跚，随队伍绵延，慢慢脱离我视线。

跟着我就后悔。父母年迈，何况这天热如盛夏，广场又无遮无拦；何况母亲腿有疾，平日行五十米也得歇两回。

这就不安起来。于是一遍两遍三遍地眺望广场的东南角，想象父亲当年站在哪个位置，想象父亲是如何的振臂高呼，还想象父亲是否悄悄擦去激动的泪花，想象……打发了蛮长蛮长的时间，还不见父母出现。

心提到了嗓子眼，我急问警察同志纪念堂有几个出口，得指点后火急火燎钻进人群。

寻百米有余，忽见父亲的将军肚，又见母亲瘸着步。

又喜又怜，奔向父母。

但见父母喘喘又喘喘，满脸汗花尽开颜，好一个心满意足："行了，了了我们的一个心愿。"

是夜气象播报，说是日三十五摄氏度，北京第一个高温日。

我七老八十的父母啊！

无论是战争年代，还是和平岁月，毛主席、共产党，都是他们精神、行为乃至生命唯一的终极的信仰。因为这个信仰，他们幸福。

（2009 年 6 月 22 日）

玉出昆岗

小昆山小，比"土丘"佘山还矮了一大截。

所以我早些年一直不待见它，嫌它真的小。

后来不了。

后来知道了它是三国东吴大将陆逊之孙陆机、陆云的老家。

陆机了不得。陆云也了不得。

上大学的时候读汉魏六朝赋，崇拜煞《文赋》。

后来看唐太宗亲撰的《陆机传论》。读"文藻华丽，独步当时；言论慷慨，冠乎终古……百代文宗，一人而已"，激动了至少一个时辰。得皇帝如此的盛赞能有几人？

再后来读史读文学，见识又多了一点点。知道《平复帖》是中国最早的名人墨迹，祖帖，而今帖在北京故宫博物院，第一号藏品；知道千百年来过手这祖帖的名士方家达官显贵乃至皇家宗室不知几何，故事之曲折之惊险又不知几多，单那个"民国四公子"之一张伯驹的爱国之心、大义之举的倾家荡产，就铺以万言也道不尽。

有一年上海文联的一位领导跟我说他想拍电影《平复帖》。这位领导先前是影视明星，他说要拍《平复帖》那肯定不是戏说。他的原话大概是这样：《平复帖》能传承到今天是个奇迹，一千六百五十多年啊，想想，那么多的朝代，那么多的人物，那么多的事件，天灾人祸，流离颠沛，却……拍，要拍。

又有一年上海楹联学会的领导跟我说，中国楹联文化应始于陆云。陆云是联祖。

那就说两句陆云。东吴灭亡后，陆云跟着哥哥陆机蛰居华亭乡里即小昆山闭门苦读。他儒雅有俊材，容貌环伟，口敏能谈，且性弘静，怡怡然为士友所宗。这不是我杜撰，这是《世说新语》注引《云别传》里说的。太康十年（289），兄弟二人相携入洛。一天陆云在张华家遇到了洛阳名士荀鸣鹤。二人之前不曾谋面。张华以他们是博学之人而建议他们互相介绍时不用寻常俗语。陆云便自报家门："我是云间陆士龙。"荀鸣鹤回答说："我是日下荀鸣鹤。"这是一次联语问答，联祖之说成立。这是我说的。

那之后的一天我登上小昆山，站在山顶放眼望去，群峰错落、港汊交叉、道路横斜、村镇棋布，一派晴红烟绿的景象。然后我看见二陆读书台二陆草堂和二陆故居，看见摩崖石刻"夕阳在山"四个字，那是苏东坡子瞻先生留下的。于是我有了想象，我所站立的地方会不会就是老苏同志当年所站立的地方？那一刻不远处有钟声，是山北九峰禅寺传来的。钟声荡然，沧桑，空濛，叫人恍惚。仿佛陆机手握秃笔走出草堂，吟着"精鹜八极，心游万仞"和清逸洒脱"好清省"的陆云一起走过读书台……正向我走来。百代文宗，旷世《文赋》《平复帖》，还有《与兄平原书》，竟真的出自这小小的小昆山上。

又有一天夕阳在山时，我跟着上海的七八位作家再次登上小昆山。散文家Z君说，千千万万的上海人，完全可以因为陆机、陆云，高傲地把头抬起来。诗人X君缘情而诗：一本书，自吟自读／一页纸，在风中起舞／一支笔，突然站起写字／写"退居旧里，闭门勤学，积有十年"／昨天的草堂／昨天的读书台／昨天门前的那场雪／那根柳丝拴着的蝉鸣／二陆在倾听／倾听自己早已消失又复来的笑声……

那刻我干了点啥呢？那刻我想起2000年抑或是2001年我为小昆山二陆文化建设搜索和整理了至少八万字的史料，A4纸那么厚的一摞。当年我没觉得自己的贡献，但那刻我觉得了。那刻我挺为自己曾为二陆文化建设作了点贡献而骄傲。那刻我还在心里感慨：石龟尚怀海，我宁忘故乡。二陆仅一篇《文赋》，仅一件《平复帖》，就足以让他们的老家永远的伟大。感慨之后一扭头，映入我眼帘的是这么四个大字：玉出昆岗。

（2009年6月28日）

签名赠书

说实话，犹豫了几天，要不要参加文学进社区集体签赠活动。

最终还是决定参加，签赠我的集子《渡舟自横》。

因为这是态度问题。

什么事儿一上纲就没了余地。

但当天一早，我还是动摇了一小会儿：少带几本，万一赠不出去，多寒碜。

不是我矫情。现如今，还有几个人玩文学情调。除非泰斗级，否则哪个把你放在眼里。人家易中天于丹，几百米长队，那才叫一个火爆……

但，出我意料，很多读者比我们早到。

一溜长桌，一溜书。我们各就各位，这就开了场。

不曾想，竟很快里三层外三层，争先恐后。这不是文学夸张。

性情之我，来了劲儿。有求者，必签赠。还学人家渡边淳一，垫张宣

走在城市的角落，打开心中的窗口，给我一个天空，幸福就
会像花儿一样。

纸，免得花了笔墨。没有渡边的份儿，但不可没有渡边的赠德。不仅这，我还双手递给读者，还笑着说："谢谢你接受我的赠书。"这是发自我内心的，独创的，不是渡边的。

埋着脑袋，一本接着一本，不觉额头就签出了汗。

看左右，每位签名者都在狠劲地把笔刷。

走一拨，又来一拨。

忽而听见，"我经常看'小窗'的"。

抬眼，瞧见一名年轻人。

"《松江报》读者？"

"是，常看你的'小窗'。"

如果说听到这话我还心静如水声色不变，那就虚伪了。

事实是，我喜。

我笔墨宣纸伺候然后双手递上，两遍"谢谢你接受我的赠书"。

手里剩下最后一本书的时候，来了俩小伙子。

我说只能满足一本，没有了。这时候想到临出门少带的那几本，我有点儿悔。

"因为上课，我们来晚了。我们是'小窗'读者。"那份期待，太真实。

复喜。

想到爱屋及乌，《渡舟自横》沾了"小窗"的光。

旋而感极。好多次遇到陌生的"小窗"读者，好多次感动从他们嘴里蹦出的"小窗"。

没有比这更能让一个作者感到满足和幸福的了。为这，再怎么青灯素帐，烛影幢幢，他（她）也会乐此不疲衣带渐宽地"作"去"作"来。

庆幸。签名赠书，我接受了一次现行教育。这天不乏读者亲近文学渴望阅读的神情，这天不乏作者与读者因作品而相识而欢愉的场面，这天不乏读者或当即翻阅或揣书而乐的精彩画面—— 一点不寒碜于泰斗级。

管中窥豹，可见一斑。文学仍是我们生活的需要，文学让我们的生活多姿多彩，充满阳光；文学让我们成了精神的富翁。谁说来着，一个民族没有文学是不可想象的。

文学融入生活、美化生活，这实在是一件美妙而有价值而有意义的事儿。又是谁说来着，因为文学，我们走到了一起。

而于我而言，我赠的是书，得到的却是"作"有读者的好心情，和忘了"小窗"二字好辛苦。这是我这天的意外收获。

（2009 年 7 月 6 日）

大师走了

7 月 11 日，季老永别朗润园十三公寓。走了。

国人唏嘘，感怀。

天亦有情。是夜北京狂风暴雨。

报纸、网络、电视，怀念、回忆、追思，痛说：大师走了。

但季老从不承认自己是大师。

但我们就是称他大师。

国学大师、文学大家，等同于百科全书，等同于世纪证人。

他的名字 20 世纪就如雷贯耳。

他却"纵浪大化中，不喜亦不惧。应尽便须尽，无复独多虑"。

九十五岁请辞国学大师、学界泰斗、国宝。"三顶桂冠一摘，还了我一个自由自在身。身上的泡沫洗掉了，露出了真面目，皆大欢喜。"

所谓荣辱不惊。所谓桃李不言。所谓人淡如菊。

一介布衣，言有物，行有格。《感动中国》如是说。

学问好，人品好，形象好，人见人爱；看似土不啦叽，却嵚崎磊落。北大学子如是说。

季老语录：我喜欢的人约略是这样的，质朴、淳厚、诚恳、平易；硬骨头，心肠软；怀真情，讲真话；不阿谀奉承，不背后议论；不人前一面，不人后一面；无哗众取宠之意，有实事求是之心；不是丝毫不考虑自己的利益，而是能多为别人考虑……简短一句话，我追求的是古人所说的"知音"。

季老的"知音"还有他的爱猫和荷花。猫与他如影随形是燕园一奇景，朗润园小池塘的"季荷"又曾怎样地尽显风光。

如今清塘荷韵不再，猫也找不见主人。

世间又少了一位大师。

当我们试图树立季老给世人留下的博大财富时，学问精深，为人朴厚，有深情，季老的三"难能"便提供了一条清晰的脉络。

尽管季老说"我非常平凡，没什么了不起的"，但我们还是说他了不起，大大地了不起。

这世道终究是公正的，群众的眼睛终究是雪亮的。越想当大师，越想以大师自居，人家越不理你的碴儿，即使你照相机摄像机瓣里啪啦地猛露脸，群众还是聚焦稀罕不喜场面不好张扬的季老。

"我的心是一面镜子。我这一面心镜，虽不敢说是纤毫必显，然确实并不迟钝。我相信，我的镜子照出了 20 世纪长达九十年的真实情况。"

他用这面心镜，用九十八载时光，焚膏继晷筑就了十大学术成就和留给后人"有过光荣而这光荣将永远不会消灭的文字"及质朴、淳厚、真诚、平易、谦逊、爱国的品格。

季老是难得的好人，他走了，好人会很难过。

季老大德大智，却隐于无形。

季老从容地走完了大德大智隐于无形的淡泊人生。

其实面对这样的大师，我是没有资格说一道二的。我可以做的，唯有深深地三鞠躬。

还有好好地读他的书。

（2009 年 7 月 20 日）

大兵糗事

八一，想起当大兵时的糗事儿。

新兵连时我们见到的最大的官是四个兜的连长。仗着自个儿是军营长大的，我"教导"全班，见四个兜的就得敬礼叫连长。临近春节，军区参谋长带着一干人来新兵连慰问。见都是四个兜的，我班齐刷刷地敬礼："连长们好。"

八一晚会我报幕。政治部主任说："丫头，今晚军区首长也来，好好表现。"五六个节目过了。该女声小组唱《快乐的女兵》和《扛起我的冲锋枪》了。我飒爽英姿："下面请欣赏……"刚报完，台下哗地炸锅似的大笑，连前排的军区首长也都仰起脖子哈哈哈。我拿着话筒愣傻。主任捉小鸡似的把我提溜到后台："咋整的你，什么扛起快乐的女兵！"

放映电影《紧急下潜》。担心人满为患，电影组长叮嘱我们："悄悄地进庄，打枪的不要。"可没等我们架好机器，就来了好几拨人。"外国片还是中国片？"一次两次我还能守口如瓶。到后来，也不知哪个塞了我一块巧克力。吃人嘴短，我摁开广播立马"叛变"："同志们，好消息，晚上有吃还有看，馒头稀饭大头菜，外加美国大片放。"

　　别人给胡干事介绍对象。胡干事去接站，叫我跟着。到车站，胡干事递我一张帅哥军官照："仔细对照，别错过任何一个可疑目标。"火车进站，不待停稳，我就举着帅哥军官，上蹿下跳，满世界嚷嚷："姐夫，姐夫，快出来，你媳妇在这儿！"

　　高干事乡音不改。有一天他带我们打靶，到了靶场，高干事说，你们先互相碾死（练习）。半晌后，高干事回来问我们都碾（练）了些啥。我抢着报告，我们一练杀鸡（射击），二练偷蛋（投弹），三等着你给我们做稀饭（示范）！

　　正在食堂吃饭，窦干事突然肚子疼。她一头窜进厕所，临了对我说，快去给我拿纸来。我赶紧跑进炊事班，见桌上几张纸，抓起就奔向厕所。一会儿，窦干事五官错位满脸痛苦地回到饭桌上："你给我拿的什么纸呀？"正巧炊事班长捧着一簸箕辣椒粉过来，嚷："奇了怪了，一转眼，我包辣椒粉的纸咋不见了呢?"

过年了,主任把我们几个收容到他家。"这就是你们的家。"主任拿出两瓶茅台,给我们每人倒了一小杯,"喝了就不想家了。"我端杯就咕咚。主任又倒了第二杯,我又咕咚。第三第四第五杯……醺醺然的我指着主任满嘴跑火车:"你谁呀?怎么进的我家?凭什么你还糟践我家的凉白开?"

这类糗事,说不尽。

其实不止我,是大兵,几乎都有。

不仅都有,还都深嵌在心坎里,还都无需约定,只一个细节,就会牵起他们的军魂。

所以将大兵糗事挂于"小窗"。不定哪天,我会接到或收到曾经的战友的电话或 email,说,嗨,当兵的。大兵糗事,我们共同的记忆,多少美好在其中……

(2009 年 8 月 3 日)

荷乡金湖

  参加长三角百家媒体看金湖活动，才知道自己真是孤陋寡闻。竟不知金湖的荷花响当当，竟不知金湖打响荷文化节，竟不知金湖是荷花的故乡。

  一直爱荷。

  最早源于《爱莲说》："出淤泥而不染，濯清涟而不妖。"

  后来读王昌龄、李白、孟浩然、李商隐、温庭筠、周邦彦、李清照、杨万里、苏东坡、柳永、欧阳修、晏几道、黄庭坚、姜夔……我的天，各朝各代的文人墨客，无不把莲爱。连那标榜"糊涂"的扬州一怪郑板桥，也"最怜红粉几条痕，水外桥边小竹门"。

  纯真，清雅，高尚，风骨，吉祥，所有的好都集结给了荷花。

  想不爱它都不成。

  看过西湖六月中，不知金湖是否也不与四时同？

这天午后到金湖，听香到了荷花荡。

一路想象她有多壮观。主人说她有数万亩之势。

可也无穷碧？可也卷香风十里珠帘？

以为能承受芰荷香喷连云阁。

可到底还是成了"刘姥姥"。下车就傻了眼。

连着天呐，接着云呐，荷花荡！

浩浩汤汤，横无际涯，此乃荷花荡之大观也。山寨范仲淹。

可是哪里！哪里又是一个大观所能了得？

喜煞了我。

咔嚓，咔嚓，再咔嚓。笑隔盈盈水。

城在湖中，我在花中，好一个心里美哟。

诗兴起。"莲香隔浦渡，荷叶满江鲜。""荷叶罗裙一色裁，芙蓉向脸两边开。""接天莲叶无穷碧，映日荷花别样红。""小荷才露尖尖角，早有蜻蜓立上头。""攀荷弄其珠，荡漾不成圆。""洛神波上袜，至今莲蕊有香尘。""荷风送香气，竹露滴清响。""水面清圆，一一风荷举。""清水出芙蓉，天然去雕饰。""红藕香残玉簟秋。"

此时不诗歌，更待何时吟？

放眼望：青荷盖绿水，风裙随意开，锦香看不断。

天地和谐，人更和谐。躬逢其间，荣辱皆忘。不禁为金湖叫绝。

在我们传统的文化视野里，荷文化融雅俗，不仅达官贵人、文人骚客，连布衣草民，也绿杨堤畔问荷花。

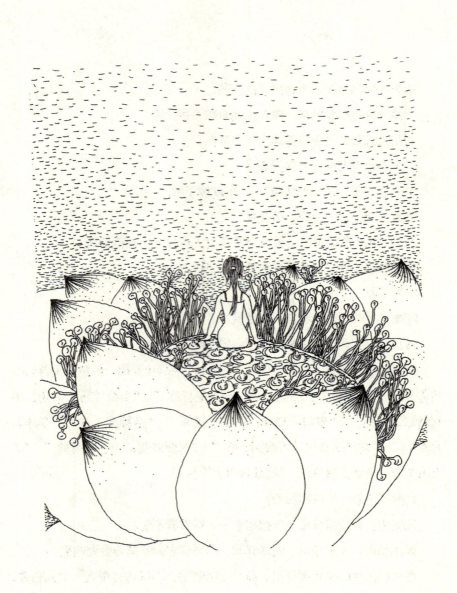

相逢不如偶遇，相见不必邂逅。云卷云舒，相守于阡陌，相
忘于江湖。

所以千百年里，莲子、莲藕、莲叶，无不成为文化符号被注入诗词散文小说戏曲、年画剪纸石雕刺绣木刻之中；而君子之风，刚柔相济，更被视为荷文化内涵的精髓，而象征着民族的理想和民族的精神。

　　现如今，"荷和"并蒂，人与自然和谐。真善美，成就了荷乡金湖。

　　是夜，梦香荷花荡。

（2009 年 8 月 17 日）

真情物语

秦怡住院手术。

刘真骅（刘知侠的夫人）特意从青岛来上海探望。

出虹桥机场她直拨我电话："你陪我去看秦怡。"

于是我就跟着。

车辚辚。这天好大的雨，刮水器很努力地吱嘎又吱嘎。

原来，秦怡手术前给刘真骅电话，说"想念你呵"。于是刘真骅就有了念头，就打定了主意，就飞来了。

一个是《铁道游击队》作者的妻子，一个是《铁道游击队》里的芳林嫂。

早就知道刘真骅跟秦怡的故事，从前的和现在的。

是微山湖土琵琶的和弦。

所以刀拉在秦怡身上，疼在刘真骅心上。

所以只一个多小时，崂山就成了黄浦江。

"不告诉她。我要给她惊喜。"刘真骅说。

因此就不知道秦怡住哪家医院。

于是我联通秦怡家电。保姆说，拉（在）东方医院，不晓得哪里间病房。侬没讲好，大概不把侬进去咯。

我翻译给刘真骅，问怎么办？

刘真骅说："问着办。鼻子下有嘴。"

于是我们车轮滚滚继续吱嘎吱嘎。

至东方医院，很快打听到了秦怡住在特需病房。

然后左拐右拐，到了特需。

我们一摇三摆，来头不小状。竟无人挡驾。

这就哧溜到了秦怡的床前。

秦怡见了，仿佛意料中，不惊不咋，只微笑，欲起身。

刘真骅伸手："躺着。不许动。"

然后两人笑成一对。那样好看的眉眼。那样温馨的表情。

"都过去了。我很好。"

"太棒了，你。"

然后两人双手相握，发鬓相磨，开了话匣。

你什么我什么……一片冰心，共剪西窗。这就没完没了了。

其时秦怡手术刚三天。

一个中国老年形象大使，一个华语电影终身成就奖获得者。绝代双骄，一幅绝美的人物画就那么定格于白墙来苏味儿间。

秦怡谢绝了很多人的探望，但刘真骅不一样。刘真骅拨弦三两声，就把微山湖的风儿带到了秦怡的床前。

于是弹起那心爱的土琵琶，唱起那动人的歌谣……

半小时，只半小时。刘真骅说："行了。放心了。我得回去了。"

拥别秦怡，出特需，刘真骅直奔虹桥机场。

当晚刘真骅给我短信："看了秦怡我受益匪浅。她经受的苦难比我大多了，米寿依然笑对人生……"

彼时雨已停，却下到了我心头——千里烟波，不道云海深。半小时匆匆，只为一个放心，还有一个笑对人生……人之相知，贵在知心。噫！什么是真情？

（2009 年 8 月 31 日）

我写我姨

有篇稿约，为庆祝共和国六十周年。

拖了些日子，不知写点啥好。

有一天看电视《解放战争》，我便想到了我姨。

解放战争期间，我姨参了军。

没赶上抗日战争，这是我姨终身的遗憾。"那个小日本鬼子！"我姨提起这个遗憾就这么咬牙切齿。

我姨愤愤之中也有一点儿生不逢时的味儿。抗战那会儿，她才多大？

但我姨就是军人的命。没赶上抗战，却遇到了老蒋。她到底赶上了革命，成了革命的人。

所以她的革命史，比中华人民共和国史长。

这是我姨一直挂在嘴上引以骄傲的。每次她滔滔不绝的时候，我就羡慕，六十多年的老布尔什维克，好女，好女就提当年勇。

其实成革命人的那年，她也不大，才十五岁。

十五岁就跟着毛主席打老蒋。我不佩服都不成。

曾经我挺不明白。姥姥家在胶东半岛那个美丽富饶的海滨小镇的小村里，靠山临海。山珍海味，再不济的年头，也饿不着那个小村。外边兵荒马乱的，我姨她哪来那么高的觉悟，坚定不移地跟毛主席走？

"你姨厉害，枪子炮灰都不敢惹她。命大。"

这是我姥姥说的。姥姥不无感慨地说："打小你姨就厉害。"

姥姥曾经有过四个儿子，但都没了，推算日子应该都在抗战期间。我姨恨死了小日本鬼子是不是跟这有关系？

那个时候我姨还小，但好强性烈，不受人气。别说她，就谁敢欺负她妹妹（就是我母亲），她张牙舞爪就扑了上去，拼命。听母亲说，差不多村上所有男孩都领教过她的厉害。不仅这，更甚的都有。母亲举例，说有一年才七八岁的母亲捡了邻家掉在地上的一个杏子吃，邻家男人非说母亲偷摘了他的杏子。那年我姨最多也就十二三岁。我姨这就毛了，她堵着邻家的门，蹦着高大声骂："好你个不是东西的东西，俺妹啥时偷摘了你家的杏子，你看见了？你一个大男人诬赖一个小孩，你臊不臊。你给我出来，跟俺妹道歉！"

邻家男人不露脸，我姨就不走，就上蹿下跳，骂。一副不道歉决不罢休的架势。

到底把邻家男人骂出了门。一个四十多岁的汉子，一脸窘相："嫚，我可是吵吵不了你。"

不知是不是那次的厉害，反正从那以后再没人敢招惹我姨。"这丫头，惹不得。"我姨就这么名扬村里村外。

"幸亏你姨厉害。要不谁都敢欺负她们，没有兄弟，就没撑腰的。"姥姥说。

后来姥姥村里来了很多攻打胶东招远受伤的解放军伤员。

姥姥那儿是敌后革命根据地。招远一仗，伤员不少，无处疗伤，就分到与招远邻近的老百姓家里。

于是姥姥收养了五名伤员。姥姥家的氛围就革命了起来。

现在想来，我姨就是那个时候有了参军的心思。

有一天我姨跟我姥爷说："我得跟他们走。参军，干革命去。"

姥姥说姥爷几乎没多犹豫就点了头。

到底是敌后革命根据地，姥爷姥姥思想觉悟都高。

不过姥爷答应我姨革命去还有一个原因。

我姨很小的时候，我姥爷暗地里找人给她算过命。算命人说，你这个闺女将来得当大官。

这话姥爷听了。姥爷于是格外偏向我姨。

偏向的内容之一，就是把她当男孩养。姥爷认为当官的都是男人，所以他得把我姨养成一条汉子。国家需要汉子，小家也不能没有汉子。

偏向的内容之二，就是送我姨上书坊。姥爷那儿不说上学堂，祖辈都说上书坊。

当大官得识字。我姥爷心里明白着呢。大字不识一箩筐哪成。姥爷在乡亲们跟前从不说我姨厉害，他这么说："俺这个闺女胆大，像小子，将来一准有出息。"

姥爷明白这个道理，有胆还得有识。

于是我姨成了村上第一个上书坊的女孩子。

这在当时可是件了不得的事儿。村里可是好一阵的新鲜："一个闺女家念书坊有什么用，大了还不一样嫁人当媳妇奶孩子守锅台？"

我姨不服："凭什么男孩能念书，女孩就不能念。"

我姨聪明，书念得极好。老师也说这丫头将来行。这话传来，又见我姨逐日有文化能替人写信了，村里于是也觉得一个闺女家读点书不是什么坏事儿。

我姨原本可以就那么好好念下去。可没成想因为战争，书坊念不下去了。日本鬼子败了，又来了国民党，世道不太平，哪里还能安心读书。"学校三天打鱼两天晒网，不能正常读书。"

我姨是很要学又很好学的女孩。她想读书。

之后村里就来了解放军的伤员。我姨的心思就活了起来。

我姨跟着姥姥照顾伤员，得空就围着伤员。伤员跟我姨讲革命战争故事，讲共产党毛主席多么英明伟大，讲蒋介石兔子尾巴长不了，总之我姨在那些日子接受了革命教育。

她看到了村子以外的世界。

就那时，华东白求恩医学院招生。我姨打定了主意。

连伤员都没料到，这个妹儿竟要参军革命去。

伤员认我姥姥干娘，我姨就当然地成了他们的妹儿。

"妹儿，你可想好了。上部队可不是闹着玩儿的。"伤员们说。

"我知道。会有牺牲，我不怕。"我姨说。

于是伤员旁敲侧击跟我姥爷透了一丝风。伤员们说："俺这妹儿成，勇敢。"

革命队伍的，说话就是有讲究。不说厉害，也不说胆大，人家说勇敢。

比之厉害和胆大，勇敢这二字有革命的味儿。更有"为有牺牲多壮志"的气概。学问呐。

姥爷那会儿尽管舍不得，但他心里很平静。其实姥爷早就料到，早晚的事儿，这闺女是留不住的，当大官的料。

姥爷说："这个村子是拴不住俺这闺女的。俺闺女不是有胆有识吗?"

就这样，我姨直接去崖前即现在山东省海阳市的郭城报名去了。人家说，得考试。我姨大咧咧地说："那就考呗。"

我曾为我姨参军也得考试很是费解。战争年代，当兵不是说想当就能当的吗?

姥姥证实："那可不。那是医学院，讲学问的地儿。得考。你姨一考就中。"

姥姥说这话很是骄傲。去考试的还有好几个，唯独我姨一人考取了。

我说毕竟读了几年书有点儿文化，我姨当时应该属于知识少女吧。

我姨去崖前报名考试走了将近九十里的路。实际不是走路，是爬山。那儿山连山，山上没有路。那天我姨天蒙蒙亮就出发，到崖前已是傍晚，考完试，就宿在崖前。第二天，天还是蒙蒙亮她就往回赶，到家又是傍晚。

我姨进门先拿葫芦瓢舀了一瓢水，咕嘟咕嘟一阵牛饮，然后抹着嘴跟我姥爷姥姥说："爹，妈，我考中了。连今天算就给我两天时间收拾，明儿一早就得走。"

姥姥当即眼泪就吧嗒吧嗒地往下掉。

姥姥当然很是舍不得。但姥姥有觉悟，不拖闺女的腿。

我姨离家的那天早晨，姥姥淌着泪进玉米地，掰了两个还没成熟的嫩棒子回家煮给我姨吃。姥姥快进门的时候把泪抹净，她不想让闺女带着她的眼泪走。

我姨吃了姥姥的嫩棒子后，义无反顾地走了。

身后就是姥姥一泻千里的眼泪。

6月的棒子真是太嫩，哪能吃。我姨走得实在不是时候，那是个最没东西吃的时节。地里的庄稼都才有个形，都得再等俩月才能成熟。我姨走得早了点，如果到秋天，别说玉米，花生地瓜芋头、苹果柿子山楂，那么多的好东西就下来了。我姨吃上那些再走，姥姥心里还能舒坦些。

我姨就这么成了共产党毛主席部队的人。那是个清风徐徐的早晨。

那天走出没多久，晴朗朗的天忽然就变了脸。阴沉，乌黑，紧接着就雷声滚滚，紧接着就大雨如注。

我姨躲在一棵大树下。一个炸雷，我姨被轰出老远，手里的包袱也滚进了河里。我姨顾不得包袱，里面是几件衣服和一点儿干粮。

山上的雨水迅速往小河里流，小河里的水很快就漫上了岸。我姨蹚是蹚不过去了。她那会儿瘦，身子儿轻，自己也担心被水冲走，就只得爬山。她连滚带爬，那么高的山，一座连着一座。

我姨身上有路条，又叫通行证，是村长开出的。这是那个年代的介绍信，沿途遇到困难需要帮助，只要有它，就一定能得到帮助。

我姨就是凭着这张路条找沿途村庄的村长，吃饭，住宿，第二天一早到达了崖前。

我姨后来在信里没有告诉姥姥雷雨，她只说自己在野战医院当卫生员，救护从前线下来的伤员。她说，伤员为了解放全中国的劳苦百姓，连死都不怕。我要向他们学习。

"我要向他们学习"这话让我姥姥连哭了好几天。姥爷却相信自己的闺女牺牲不了。"她勇敢。"姥爷学会了革命的语言。

我姨真的勇敢。

其实我姨报名的时候并不知道医学院是干什么的，她就冲着能念书去的，进去后她才明白是怎么回事儿。她学战地救护，外伤包扎。到了9月份，济南战役打响了。济南战役是中国人民解放军华东野战军对国民党军重兵守备的山东省济南市进行的大规模攻坚战。我姨报名参加了救护队，用她才学的救护本领抢救战场下来的伤员。

或许，直到那时，她才真正明白革命意味着什么。绝不是堵人家家门，蹦高，直骂得一大老爷们儿没了气焰那般好玩儿。

但她一点儿不怕。死神的无情和残酷每天摆在她眼前，她却把它看成村里那些没少挨她骂的毛头小子。她甚至有些兴奋。她每天一刻都不停，哪里有情况，她就出现在哪里。这让大家纳闷儿，这小丫头，哪来的劲儿，使都使不完。

我姨就该是军人。"打济南,毛主席原本准备两个月时间,没想到,不到九天就拿下了。才那么几天,国民党真熊。"八天八夜的一场大战,让她不过瘾。

这当中,集结在徐州地区的国民党军三个兵团十七万余人,在华东野战军阻援打援部队阵地前面徘徊,不敢北上与华东野战军交战。粟裕认为,这说明敌人是避免在不利条件下与我军打大规模的仗,也说明我军对敌人进行战略决战的有利条件正在逐渐成熟。因此,当济南城内巷战仍在激烈进行,但已胜券在握的时候,粟裕就于 9 月 24 日 7 时发电报给中共中央军委:"建议即进行淮海战役。"中共中央军委经过慎重考虑,于 9 月 25 日 19 时复电,同意粟裕的建议:"我们认为举行淮海战役,甚为必要。"

我姨说:"紧接着就是 11 月 6 日开始的淮海战役。毛主席准备打半年时间,谁料到,至 1949 年 1 月 10 日两个月零四天就告捷。国民党那会儿一点儿不经打。窝囊。熊。"两个月零四天,我姨还是不过瘾。"你不知道啊,国民党有时候用飞机投送军需,错投到了我军基地。饼干,大米,猪、牛肉罐头,我连见都没见过的东西。我们在下面捡这些东西,那个高兴呐。"那时我姨究竟还是个孩子。

当然我姨不过瘾绝不是因为她再也没有机会捡国民党"孝敬"的空投物资。

淮海战役时我姨在第十五野战医院,驻守在一个叫碾庄地方。打黄伯韬,有大批伤员。我姨他们就在那儿收治伤员。清伤,喂饭,端屎端尿,她什么都干。

"其实这都算不得什么。最修炼我的,是不能睡觉。"

那两个多月里，我姨几乎就没睡过一个囫囵觉。"尤其后一个月，我天天睡在战士的尸体堆里。"她说。

　　我听着都瘆得慌："你不怕？"

　　"不怕，都是我们的战士，又都是战伤死了，一点儿不怕。我还帮着民工抬尸体。有一间房子专门停放尸体。"

　　我姨说的停尸房其实就是一间土房。我姨说："是庄稼户的土房，很小。一分为二，一半养牛，一半就给我们存放尸体。"

　　我姨告诉我，一开始她也没有睡停尸房，是当时一块工作的一个"坏小子""逼"的。原来我姨那会儿和另一个女护士一块值夜班，半夜12点开始。"坏小子"天天把闹钟提前三小时，明明才晚上9点，他却把时钟拨到半夜12点。他单等闹铃响，响了就催我姨她们起床值班去。起先我姨总也弄不懂，按说12点到天亮也就那么四五个小时，可她们总是干了好长时间的活天还不亮。这样的情况一直延续了近一个月。我姨生了疑心，她开始琢磨闹钟。我姨就这么发现了"坏小子"的恶作剧。她把自己的发现告诉了搭班的女护士。两人于是商量了一个办法，然后不动声色。第二天晚上9点照样被叫醒了去值班，但值班的地点转移到了停尸房。

　　起先她俩想在停尸房腾个地儿睡地上，可是地上太湿，连铺的那层高粱秸都湿漉漉。再说高粱秸很硬，挺硌人，我姨就只好睡在战士的尸体上。

　　我问我姨，不是值班吗？睡觉万一被发现了怎么办？

　　"不睡不行了。到底年龄小，哪能扛得住连续的缺觉。9点被叫醒，换个场地接着睡，可睡三个小时，12点准时上班，一点不耽误事。再说，我们也想好了，万一被发现，就说我们在看护战士的尸体。这也是实情实话，那儿野狗多。战士们都是为了老百姓能过好日子牺牲的，所以一定要保护好他们的尸体，让他们完整下葬。"

难怪我姨嫌国民党窝囊，熊。若淮海战役再打上俩月，那我姨不就修炼成了天不怕地不怕的女中豪杰。

这就叫我佩服极了我姨。她不是一般的厉害，胆大，勇敢。

淮海战役结束后，我姨跟着部队到了扬州，在那儿练兵准备参加渡江战役。1949 年 4 月 22 日，她跟着部队在扬中铁皮港过江，上岸走了一百多里，到了一个叫三矛镇的地方，在那接收了从南京下来的二百多名解放军伤员。

我姨说："那些日子艰苦得很，人手少，伤员多。最折磨人的是虱子。棉衣里到处是虱子，一团一团的，咬得我奇痒。晚上根本无法睡，抓痒，抓破了皮就长疖子。"

我姨那些日子天天晚上咬虱子。虱子咬她，她也咬虱子。虱子在棉衣缝里都成团了，一咬就是一摊血。她说国民党都拿不了她的命，她不能让虱子折腾死。

我姨硬是挺过了那些日子。一个多月后，他们将伤员转交到地方医院，然后离开扬州到了南京。

我姨当时是第十五野战医院年龄最小的战士，大家都叫她"小不点"。因为学习格外好，又无惧无畏表现突出，所以大家都记住了她。

我要我姨给我好好说说她的故事。我姨有点儿好汉不提当年勇的风范："无非就是刻苦学本领，救护伤员，不怕苦不怕死；无非就是在死尸堆里滚

你的故事，纵然是 Google、百度，也没留下些许的痕迹。在海水的皱褶里，是否有你的从前，像小说一样的人生？

爬，见还有口气的，驮起就走；无非见断胳膊少腿的，眼都不眨一下，包扎，没纱布就从死人身上剥件衣服；还无非人家老说'小不点，快去洗洗脸。那么俊俏的脸，天天黑不溜秋的'，那有什么，我还经常满脸是伤员的鲜血，好几次他们还当我挂彩了呢。"

我姨不细说，所以关于这段历史，我姨在硝烟中是怎样的厉害怎样的大胆怎样的勇敢，就给了我很多的想象空间。但我又虚构不了很多细节，所以更多的时候，我是以电影里的镜头为蓝本。

我姨说："哪跟电影里的那样！"完了再补充一句："《亮剑》有些镜头像。"

这让我想起小时候，那会儿部队大院常放的就是战争片。我记得每每我们扛着小马扎去操场的时候，我姨就不以为然："什么时候我跟你们这些小屁孩说说打仗的事儿。"

一直等到我们这些小屁孩也都穿上军装成了部队的人，我姨也没把打仗的事儿说给我们。这让我一段时间里老是耿耿于怀。但后来除了八一、国庆，我基本就忘了这茬子事儿。再后来我就这么想，等哪天堵住我姨让她叙述革命史。换言之，这个哪天也就是以后。以后再说吧。可直到现在，还没再说。

还是回到我姨的骄傲上。

济南战役、淮海战役、渡江战役，我姨一路跟着革命部队打老蒋，直把老蒋打到了台湾。

渡江战役后，我姨留在了南京。1951 年 1 月，我姨作为调干生调到上海警备区卫校学习，系统学习和实践医护技能，两年，以优异成绩毕业。1953 年 1 月，我姨调到上海警备区公安十六师，跟着部队一路跋山涉水，开拔到浙江沿海一带打蒋介石残余部队和土匪。后来我军逐一解放了浪机岛、头门岛、积谷山岛、上下大陈岛。1955 年 1 月，最后一个敌岛一江山岛被解放。我姨回到上海，从此再没有离开上海……关于这些时段的历史，我只知道个大概，也等以后再说吧。

总之我姨到底没有辜负了我姥爷的偏向。总之我姨注定是胶东半岛那个小镇小村的"大官"。后来我姨一身戎装回乡探亲，整个村子都欢腾了起来！

我姨挨家挨户见乡亲们，每一家都捧出好吃好喝的，都这么说："你是俺村的'大官'啊。"

我姨在老家"大官"了几天，该归队了。走那天的清早，我姨在清风中跟我姥爷姥姥还有乡亲们告别。我姨依然不叫我姥爷姥姥送，独自走了，像当年一样。走到村头我姨忽然停住了脚步。她看见了一片玉米地。她看见几个已经抽穗了的玉米。她立马想到参军离家的那两个嫩棒子，她就是吃了那两个嫩棒子后，走出的这个村头，成了革命的人。跟着我姨就想起来了，那也是个早晨，也是清风徐徐，不同的是，那天后来大雷雨。

那一刻，我姨鼻子一酸，哗哗，把在济南战役、淮海战役、渡江战役中积攒的眼泪全都流了出来。

共和国六十周年之际，有关方面整理那段军史，我姨当然地成为史中人物。我姨说："也不知他们从哪儿弄的资料，很多连我自己都忘了的事儿，他们都搜罗到了。连当时政委表扬我的话，他们也都写了进去。他们说，那是我的战斗事迹。"

我听了这么想，不是电视《解放上海》，我也会写我姨。打小就佩服我姨。钟山风雨起苍黄，百万雄师过大江。我姨是百万中的一分子。小时候我没少在同学跟前炫耀，说："记得《渡江侦察记》不？我姨就像那女队长一样，当船离岸时她撑杆飞到船上，就像燕子一样。"

像女队长一样，这纯属我那时的想象。那是个崇尚英雄的年代。崇尚给了我们无限的想象。想象化成一个个有血有肉的形象烙在了我们的记忆中。这就不难理解，为什么几十年后，当解放上海的冲锋号再次嘹亮的时候，我会在瞬间想到我姨以及她的战斗事迹。

我姨了不得，她战斗事迹的渊源是共和国。

这就肯定了，为纪念共和国六十周年，我写我姨。

（2009 年 9 月 14 日）

敬礼沙河

最近，不仅中国，全世界的眼球都聚焦在沙河。

电视、报纸，凡能出声的，出影的，都在说沙河。

还有互联网，点击沙河，立刻蹦出上千条相关信息。

上千条信息都关乎同一个称谓：阅兵村。

又都说阅兵村集结着中华人民共和国的精兵强将，正日夜强训，为新中国六十周年盛典；还说到那天，世界将震撼！

仿佛横空出世，沙河充满了神秘。其实早在 1984 年，沙河就是国庆大阅兵受阅徒步方队的练兵场。还有 1999 年大阅兵受阅的徒步方队，也是。

沙河那时就成了阅兵村，只是那会儿沙河蛮低调。

今年不了。共和国六十大庆，该张扬时就张扬。

于是全世界知道了沙河。

这天看央视，美联社、路透社、法新社等国家的记者端着相机扛着镜头争先恐后地进了阅兵村。

进村他们就目瞪口呆张口结舌。

OK。非常好。中国军队很棒，很厉害。

除了这些，老外不会用更好的词来表达他们的惊叹。

"**ABCD**"哪能有咱们中国"之乎者也"的深厚和有滋有味，所以不怪他们那刻的词穷语乏。

只是有点儿得意："小样儿，少见识了吧。什么叫铁骨铮铮，军魂烈烈！咱中国大爷让你们开眼了吧。"

老外这天个个猴急猴急，拽着镜头咔嚓连咔嚓，走到哪扫到哪，抓耳挠腮恨没有三头六臂，就差把脚当手来使唤。

哪，哪，战士都站如松，目光炯炯，嘴角带笑，不卑不亢，任你电光闪烁，我自岿然不动。

那刻电视这边的我热血升腾，心潮澎湃，哪里是一个自豪所能了得。

想到那些个老外中的哪个不定就是八国联军的孙子的孙子，我更有了扬眉吐气感："叫你们瞧瞧，中华人民共和国的军队，不战而屈人之兵。"

这就坐不住了。这就蠢蠢欲动了。

是夜星光灿烂。我推门漫步于小区。

小区静悄悄，偶有蟋蟀叫，还有我的脚步声。

见四周无人，便挺直胸膛，压低声音"一二一"。

想当年我也曾一身戎装走过军区检阅台。

正步走。欸，敬礼，"为人民服务"。

甩臂。嚓嚓嚓。啪啪啪。

是夜我很军人样地在小区里狠狠地过了把受阅瘾。

想来军姿不会减当年。

可惜只有星星检阅我。

过完瘾后我自嘲：廉颇老矣，尚能重披战袍驰骋疆场？

这就又想到了沙河。

迷彩飞扬，方阵抖擞；步履铿锵，壮志凌云；气吞山岳，威震江河；盘马弯弓，披坚执锐；汗浇血铸，淬火成钢。

真想去沙河。

知道去不了。

那就等待 10 月 1 日。等待这天，从沙河走出 21 世纪的王牌劲旅，向共和国敬礼，向世界展示中国魂。

而是夜，我能做的，就是在星光之下，先对沙河敬礼。

（2009 年 9 月 28 日）

美好愿望

和妈祖文化结缘的时候，我说过这样一句话：妈祖文化可以文化松江的旅游事业。

准确点说，这是我 2002 年春天第一次去福建湄洲岛妈祖故乡后说的。

妈祖文化界的朋友听后说，这是一个美好的愿望。

2002 年酷暑的一天，我考察了松江天妃宫的原址——上海小东门外北苏州路河南路桥堍。那天，当我站在天妃宫的原址上（原名为天后宫，迁移松江后名为天妃宫），心中掠过一丝悲哀。尽管之前知道是因为市政建设需要，天妃宫的建筑四分到松江青浦等地，但真正面临杂乱零碎败落的现实，到底还是遗憾万分。那天我在狭窄逼仄的楼道天井里寻到了戏台和看楼的遗迹，我将其摄进了我的镜头，收藏起来。时过七八年，我依然记得我所见的山墙、瓦顶、斗拱虽斑驳不堪，但依然透着岁月的沧桑和文化的积淀。我还记得那天我不由得感慨：有谁知道这座重建于 1883 年的宫殿，曾是清政府大使出国起程地，曾拥有广场、对楼、戏台、看楼、厢房、大殿、寝宫，曾香火袅绕、信众蜂拥、辉煌鼎沸？更有谁能知道，她曾有着"神诞之前每日赛会光怪陆离百戏云集"的节日旅游的盛景？

其实光绪五年（1879）出使俄国的大臣崇厚疏请重建上海天后宫，是为了出使大臣祭祀而想，而李鸿章等人带头捐资时也根本没想到天后宫日后会成为百姓节庆娱乐游玩的地方，而成为一种文化载入上海文化史册。而事实上，那时候的妈祖文化经过朝野的共同努力，经过近九百年的发展演绎，早已成为中华民族的民俗民风的一种重要形式，早已根深蒂固在华夏大地上。

从河南路桥堍回来的第二天，我站到了松江天妃宫前，这个从原址迁移而来的大殿其时还是一座空寂的大殿，除了三两游人偶尔光顾外，她几乎被人遗忘。但那天我不悲哀。那天我推开门，端详着冷落了半个多世纪的飞檐梁柱，想象她不久就会恢复妈祖文化内涵就会旗鼓重现游人如织的情景，竟兴奋无比。那天我在日记上写下，它坎坷离奇的本身就是旅游文化的重要元素，更何况妈祖文化是同宗同根同源的中华儿女的民族文化。

……

之后的几个月里，命名松江天妃宫为上海天妃宫，命名松江天妃宫的妈祖神像为浦江妈祖，编辑出版《妈祖圣迹图》《妈祖的故事》，在《世界妈祖庙大全》上宣传上海天妃宫，考察泉州莆田天津青岛等妈祖文化旅游历史悠久辉煌的城市……在时任领导的支持下，我为妈祖文化努力地工作着。

2002 年 9 月 28 日，上海松江第一届妈祖文化旅游节终于拉开了帷幕。妈祖文化终于和松江的旅游事业连在了一起。福建湄洲、天津、青岛、宁波、无锡、台湾、澳门和上海社会科学院、复旦大学的专家学者及妈祖文化工作者参加了上海松江第一届妈祖文化旅游节的开幕式。开幕仪式前，闻讯而来的松江及周边地区的妈祖文化信仰者崇拜者云集在上海天妃宫广场，是时，鞭炮齐鸣锣鼓喧天，好一派欢乐祥和的喜庆。而同日下午举办的首届浦江妈祖文化研讨会，更是为这个旅游节增添了文化内涵和学术价值，上海《学术月刊》还为此出版了《浦江妈祖文化研讨会论文专辑》……妈祖文化就这样在松江旅游文化史上写下了文化松江旅游的第一页。

之后，每到妈祖文化的节庆日，上海天妃宫都要举办纪念和庆祝活动，妈祖文化旅游节也因此连续举办了六届。至 2004 年年底，上海松江的妈祖文化旅游节在全国妈祖文化界已经形成了一定的影响。特别是 2004 年 5 月，天津、青岛、松江三地联手举办的妈祖回娘家的文化旅游活动，更是在全国妈祖文化界引起了极大的反响。松江也因此越来越引得妈祖文化旅游业的关注，2004 年 8 月，福建的海峡两岸旅行机构就有意开辟以上海天妃宫为基点的长三角妈祖文化旅游线……

2005 年初，因工作变动，我离开了上海天妃宫。离去的我仍然心系妈祖文化，我总是心存期待，期待看到妈祖文化续写文化松江旅游事业的篇章。

2007 年，随中国妈祖文化考察团我再次站到了松江的上海天妃宫前。

抬眼望，一景一物恍如昨日，仿佛我正在构思新一届的妈祖文化旅游节，错觉我从没离开过它……便又感慨妈祖文化的源远流长博大精深，便又想到了全国各地妈祖文化旅游节如何地蓬勃，如何地纯化着当地的民风民俗，如何地丰富了当地百姓的旅游生活……于是想到"神诞之前每日赛会光怪陆离百戏云集"的节日旅游的盛景，于是想到我曾经的话，于是些许不甘，些许焦虑。

说与妈祖文化界的朋友。朋友理解。朋友还是那句话："这是一个美好的愿望。"

（2009 年 10 月 6 日）

意外感动

　　中秋前夕的一个下午，快递公司打我电话，验明身份后说有份我的邮件只写松江文联，没有具体地址，问我送哪儿？

　　我报上路名门号，然后顺嘴一问，哪里来的，什么邮件？

　　快递说，广东，月饼。

　　意外。

　　广东快递我月饼？

　　电话都断线了，我还愣在那儿。

　　哪个呢？系哪个制造了这个意外？

　　那个下午就被这个月饼搅了，一直到黄昏。

　　黄昏时分我还在琢磨这年头谁会辛苦月饼千里迢迢跋山涉水？

　　接着快递就来了。

　　迫不及待想知道系哪个让我"咀嚼"了一下午的月饼。

寄件人栏里写着"谁谁"。

我知道那刻我的眉头一定不动声色地打在了一起。

这个"谁谁"系谁呀，靓仔还是靓女？再看寄件人地址，广东某某天后宫。

是妈祖文化界的。

于是我使劲翻阅记忆名册，没有这个"谁谁"。

快递催我，名字电话都没错，总是你认识的，快点签呀。

迟疑两秒，签收。

然后立马拨通寄件人电话。

没等我自报，那头已叫着我的名字说你好。

又意外。

我在明里他在暗处呀这是。

我说不好意思，请问您……

那头笑，说唔好意思啦，那年天津你违约。

这头我恍然。

是2006年秋天的故事。我参加天津全国妈祖文化节，开幕式上推出妈祖文化系列丛书，我的散文集《妈祖人》是之一。当晚，妈祖界的朋友告诉我，说广东有位企业家想认识我。我问为什么，回答说因为我的《妈祖人》。于是约好第三天一块儿晚餐。可是第三天下午因为突发的事情我提前离了津。因此别说见面，我都不知他姓甚名谁。我很歉意，坐上返沪飞机后我拨通妈祖界朋友的电话，说请转告那位企业家，对不起我违约了。

算来这事儿都过三年了，我也忘得差不多了。

今夕是何年？我满腹疑惑。

他说，是这样的。那年看《妈祖人》，我很感动。后来我就决定投资建造天后宫，和你们一样弘扬妈祖文化，做妈祖人。现在我的天后宫落成了，我的事业也更兴旺了。我做了很多慈善事情，受到当地政府以及老百姓的欢迎，我很高兴。我热爱妈祖文化，最初是受你《妈祖人》的影响，所以我很谢你，唔该晒（谢谢）。那年很遗憾，没能见面。要过中秋了，寄上月饼，表达我的心情，妈祖人心连心。

　　意意外。

　　这是我无论如何想不到的。

　　我的《妈祖人》，和一座天后宫，有缘？

　　感动坏了我！

　　我呀，半天说不出一句话。

　　那刻大脑超速运转，月饼，妈祖人，天后宫，这些画面轮回闪现。

　　那头又说"唔该晒，唔该晒"。

　　这头我也想说"谢谢，谢谢"。

　　却没有。

　　又哪里是一个"谢"字所能了得。

　　想象窗外有个镜头正对着我，观众看到的却是一个不知何所言的我。

　　可窗外没有镜头，窗外只有两只鸟儿。鸟儿戛然而止叽喳，和我一样，不发声。

　　如此。收线。

　　好久，我还在感动。

（2009 年 10 月 12 日）

露脸央视

竟也成了中央电视台的采访嘉宾，就在几天前。

之前接到一个电话，一口纯正的京腔，喂，您是谁谁吗？

我说是。

"我们是中央电视台。"

我有点儿警觉，什么事儿？

"我们最近要采访您。"

第一反应：碰上了个大忽悠。

"是这样的，我们宣传一百位感动中国人物，里面有杨怀远……"

立马信了，不用再解释。四十多年前，杨怀远和我姥姥还有我，演绎了一个美丽的故事，故事的名字叫"扁担精神"，好几亿人民都知道。

于是我说行，好的，没问题。

搁下京腔，有点儿飘然，央视采访我？

京腔说，是中共中央宣传部发文，由央视制作感动中国人物电视片，然后在全国各省市电视台播放。京腔还提醒，采访时请一定别忘了带上那张照片。

那张照片，就是 20 世纪 60 年代杨怀远成为全国劳模的时候，各报纸杂志大登特登大宣特宣的照片：杨怀远挑着小扁担扶着我姥姥，我姥姥领着我。

采访的前一晚我找出照片。照片早已发黄，画面却依旧清晰：杨怀远白衣黑裤笑扛小扁担，小扁担挑的是姥姥和我的行李；姥姥慈祥，一身敌后革命根据地大娘的打扮；我呢，左手插在口袋里，目光着地，翘着羊角辫，迈着一字步，小人大模样。

这天主持人在门口认领我，说，杨怀远夫妇已经到了，你得有个准备，听说你到场他俩激动得厉害……主持人话还没说完，演播室的门开了。但见杨怀远夫妇满脸笑花地向我伸出双臂，而我更是见着亲人似的迎了上去。记者见状扛着摄像机奔过来。主持人在一旁说赶紧赶紧，这段留着，即兴的，真实，肯定感人。

几分钟后我坐在了 CCTV 的镜头前。主持人说我问什么你说什么不用紧张。我心里说我哪里紧张我特兴奋我还忒拽我都露脸央视了。

然后我指着照片开始说四十多年前那个冬天那次大风大浪那条海轮那个翻江倒海的夜晚一位服务员和一位老人和一个孩子的故事。我说得肯定生动，因为全场肃静，我都看见主持人抹泪了。末了我说幸亏当时新华社一记者在同一艘海轮上目睹了故事的始终并抓拍了这个画面。我顺带说四十年后我将这个故事写成了散文，并因此和杨怀远重逢，并因此替姥姥对杨怀远说了声谢谢。我还特别说连我自己都觉得不可思议，父亲当年从《解放日报》上剪下这张照片，在我十几岁的时候交给了我，后来我又是军营又是大学，辗转了好多个地方，每次都坚壁清野了很多在如今都是准文物的东西，怎么偏偏就留下了这张纸片？十几岁的我是不可能远瞻将来的某一天我凭着它露脸央视的。

我说到这儿的时候，主持人很范伟地说了声，缘分啊。

那刻我听得杨怀远笑了。于是我跟主持人说，真得谢谢扁担叔叔（我一直这么称呼杨怀远），小时候我跟着他成了"星"，没成想现在我又跟着他"火"了。完了我又很"白云"地补上一句："小崔，把这段掐了。"

于是全场哗地一下，都笑了。

（2009 年 10 月 26 日）

露脸后续

写《露脸央视》的时候我压根儿就没想到会写它的后续。

可都这么些日子了，还有人说我的露脸，尤其这天——这天收到一作家的短信，说"从欧洲回沪的那天，很累很想休息，却鬼使神差地打开了电视。真是奇怪，我很少看电视，但这天看了电视，我很少看央视一套，但这天偏偏调到了央视一套。晓得吧，那刻我眼门前一亮，咦，平儿"——这就让我来了话头且有不说不爽的冲动。

那就有关一下露脸后的那些事儿。

《露脸央视》刊发的当天我就接到朋友们哥们儿的电话问什么时候央视让我露脸他们好守着电视等我出镜。我说不知道。是真不知道。那天节目录制完后我因为有事火烧火燎地匆匆离去，没顾上问。其实也不完全是没顾上，主要是有点儿私心杂念：央视真能让俺露脸？谁不知道央视牛皮哄哄，一不高兴说掐谁就掐谁这是常有的事儿。所以俺不问，俺不闹这个心。

俺这么安慰自个儿：央视为人民英模，俺也为人民英模，所以俺不计较露不露脸。这觉悟俺有。再说啦，那央视什么地儿？寸土寸金，即便给俺露脸，也指不定能有几秒，没准还没等人看清俺几个眼睛就一闪而过了俺。所以乖点，低调，免得人家等半天都没见俺人影，还以为俺跟赵本山学坏了呐。

那天我也鬼使神差。一向不舍得把时间耗给电视的我竟也坐在电视机前，竟也遥控到央视一套，而我并不知道就那天我露脸了（央视记者通知我收看的短信是事后看到的）。所以当名嘴李瑞英说"稍后请看人民英模杨怀远……"时，我听到我的血液涌到了脑门：央视大爷您可别掐了我……

那天还有人鬼使神差。第一个电话来自福建我妈祖文化界朋友。朋友兴奋得差点没从电话机里蹦出来："没想到你牛到了CCTV……什么时候你为妈祖人牛一次？"第一条短信来自我的同行一名首席记者，"首席"竟卡表计算了我露脸的时间（比我预计的多多了）。

还有——第二天的饭局上，狐朋狗友将露脸当时鲜，呫摸滋味咀嚼咸淡，惹得举桌拿露脸下饭；第三天一个素不相识的电话问我何时露脸央视，弄半天才知是"小窗"读者，我挺感动，说"不好意思已露脸了等央视拷贝给我完整版我一定送你看"。

还有……其实这些事儿也不算什么事儿。之所以"有关一下"把它们挂在"小窗"里，当下是为读者，日后是为自己为朋友。期待若干年后，它们会像风铃一样，只要一丝微风，就会发出悦耳的声音。到那时，我会叮铃铃我的朋友们哥们儿，跟他们聊露脸后的那些事儿，听他们开涮若不是杨怀远我想露脸央视门儿都没有……然后彼此哈哈哈。那多好。

(2009年11月9日)

母亲住院

母亲因膝关节坏损不能行走而住院手术，找护工便成了首要问题。

医院有，但不是一对一，得同时护理好几个人。

于是托人打听哪有一对一的。

人说，"不能乱找的，骨科手术后的护理不是什么人都能干的"。

提醒了我们。骨头锯断了，安了个人工的，那不知轻重的万一再把人工的伺弄断了岂不让咱妈吃二遍苦遭二茬罪？

于是全家集结，研讨，最后还是决定雇佣医院的护工。院方说："她们都是经过骨科手术护理基本常识培训的。手术当夜，会睡在病房随时护理的。"

是夜，不放心刚出手术室的母亲，我要陪护，但母亲极力反对："明天还得上班，你回家去，这里有护工。"

磨磨蹭蹭挨到凌晨，见护工已将被褥搬进了母亲的病房，就答应了母亲把家回。

临走很讨好相地再三叮嘱护工多费心。护工不带任何表情地嗯了声。

几小时后就是清早，胡乱抹把脸，抢上班前的那点时间我又赶到医院。

母亲一副委屈的样："我叫口渴她都不应。"

好一阵地心疼母亲，又好一阵地内疚："我不回家就好了。"

母亲很是不平："那用护工干嘛！"

一想对呀，护工干嘛去了。她不是嗯了吗？

临床的阿姨开导我们："你们要给她小费才行的。"

"什么？"我明明听清了。

"另外给她钞票，懂哇？要塞给她钞票的。迪格就叫小费，外快。"

为什么？我气不打一处来，觉得这没有道理："不是出了护工费了吗？"

"不行的。没有小费她们不肯多做的。"

这叫什么话？

但气归气，道理归道理，只要能减少母亲的难受，小费，咱出。

果然就不一样。立马就不一样。护工不但脸上有了内容，连手脚都带着阳光，积极性涨得比当下的房价都快。

又过一天母亲私底下对我说："到底训练过，会按摩，舒服多了。"

见母亲满意，我就兮嘎嘎。掏钱，追加小费。

几天后母亲病房来了一个市区病人。"市区"见护工跑前跑后对我母亲挺周到，便也掏皮夹子请护工多费心。

哪料护工拒绝了。

护工也是私下里对我母亲说："他们小看人，我的技能就值那么几个钱？"

原来是"市区"评估得不准确，掏出的是只够买几粒硬糖甜舌头的小票。护工哪里看在眼里！

这就让我对护工刮目相看。技能就是品牌，所以技工怎么能跟普通工一个价？这是老祖宗的道理，便宜哪能买到好货！

敢情人家护工也有品牌意识。敢情市场经济也让有技能的护工有了"腔调"。

这就释然了先前的气，觉得有点儿道理。交给医院的护工费那是一般护工的基本工资，人家多干了，干好了，再加上有技能，那就得多给。这多给的，俗称叫小费，雅称叫奖金。所以，给护工小费就跟咱领导见咱干好了给咱发奖金一个理儿……

母亲住院，我长了见识。哦耶！

（2009 年 11 月 23 日）

背影长留

接到上海作协扬州笔会的通知。翻日历，不巧那两天已有约定。便有点儿犹豫。

著名作家J君短信说，应该去，扬州是写散文的好地方。

"写散文的好地方"给了我违约的理由。去。

这天准点赶到作协。上大巴，略惊：几多的"著名"，一车的小说散文相。

一路风尘，一路诗。"烟花三月下扬州"、"浅深红树见扬州"、"十年一觉扬州梦"、"人生只爱扬州住"、"商胡离别下扬州"、"二分无赖是扬州"……我想起了李白、欧阳修、杜甫、杜牧。

是夜还"明月皎皎光，促织鸣东壁"的扬州，第二天却蒙蒙细雨，如丝如缕。

去哪看看？

桨声灯影里的秦淮河上，可曾有你的背影；你日日走过的小
巷，是否还在讲述着一页永恒的故事。

顾不上瘦西湖，顾不上文昌阁，"著名"们说，去看朱自清。

走过一条条小径，穿过一座座宅院，然后左拐右拐，到了。安乐巷 27 号，朱自清的故居。

收伞，把雨水留在门外；蹭鞋，把泥巴存在厅外；然后收拾心情而进。

是一座四合院，三间两厢一照壁，青砖瓦房。步入天井，左有柴屋，右有厨房，门边还有一口腌菜缸。正室三间，一明两暗，中堂挂有一副对联：开张天岸马，奇逸人中龙。天井北向，有一小院，内有客房两间，是先生的住处。雕花木床，印花被。书桌上笔架、墨盒、烟斗……

生怕断了先生的灵感似的，我们轻轻地走过他生前坐过的木椅，轻轻地走过他白色全身塑像，还轻轻地走过《荷塘月色图》和"清芬正气传当世"题词。

清芬正气。想起他的《背影》《匆匆》《桨声灯影里的秦淮河》《荷塘月色》，想起毛泽东的《别了，司徒雷登》："我们中国人是有骨气的……朱自清一身重病，宁可饿死，不领美国的救济粮。"

独自出来。雨还在淅沥。雨中的安乐巷十分寂静甚至有些冷清。偶有小贩推车而过，空留下，铃声袅袅。我走过一巷又一巷，然后折回。怕再走下去一不留神拐进青莲巷、居士巷、李官人巷，跟"青莲居士李官人"撞个满怀。

站在朱自清故居的门前，想象当年朱自清或一身长衫或一把油布伞地在安乐巷里来来回回、出出进进，把安乐巷走成了一篇又一篇美文，而他也成了大大的散文家；又想到哪本书上说的，扬州这样的巷子有五百多条，便思忖：如果说扬州是一本诗集，那么，这一条条小巷就是清新淡雅的小令；如果说扬州是一册史书，那么，这一条条小巷就是深邃厚重的典故。

这就难怪"扬州是写散文的好地方"。

忽而生出几分愧意。一路诗的时候，我偏偏没有想到朱自清。贾平凹说："朱自清影响了我一生，来到扬州，朱自清是我想到的第一个人物，因为他是中国散文家特别特别伟大的人物，第一次来扬州就去看了朱自清纪念馆，一进去就肃然起敬。""著名"们也是，不看"二十四桥空寂寂"，却看朱自清却道"扬州是写散文的好地方"……

于是给 J 君电话，说，匆匆而去，背影长留。我去了朱自清的家。

（2009 年 12 月 7 日）

情缘妈祖

参加 2009 年海峡两岸妈祖文化研讨会。

又心潮起伏了好几天。

这年头好说情缘。

可情缘有真假也有深浅。

我是又真又深外加一个又痴。

都说八年了别提它了，可我这儿时常"祥林嫂"。

2002 年初认识妈祖，在她的故乡湄洲岛。

一千零四十九岁的她分明是"灵妃一女子，瓣香起湄洲"，那叫一个真善美。

这就把心儿忘在了湄洲岛。

因此知道，原来从宋元明清到现在，有个情缘叫妈祖。帝王将相是，草民百姓也是。

时常为这份情缘感动。当初写《妈祖人》，那么多人摆事实跟我说张克辉从不给人作序。我却固执，偏将书稿寄给他。他写了。天津人叫冯骥才是大冯，我说书名我想请大冯题。也成了。一位是全国政协副主席、中华妈祖文化交流协会会长，一位是中国文联副主席、中华妈祖文化交流协会顾问，我高兴得一塌糊涂。谁成想还有好消息。北京城里新中国研究《红楼梦》第一人周汝昌先生听说有以散文体写妈祖文化圈内那些事儿的事儿，老爷子一高兴，说，我也凑个热闹提个词。我差一点就得意得忘了形。好在还清醒，张克辉、冯骥才、周汝昌，那都是鼎鼎大名、大名鼎鼎的人物，为嘛？肯定不是为我。

又时常为这份情缘感动。每次妈祖一吹集结号，妈祖人就从长城内外、就风雨兼程地"文化"到她身边。不说别人就说我。上次妈祖文化申报国家非物质文化遗产、这次妈祖文化申报世界非物质文化遗产，上次全国研讨会、这次两岸研讨会，还有上次以前的那些上次……每次我都不辜负中华妈祖文化交流协会理事和上海社会科学院妈祖文化研究中心客座研究员的身份，挖地三尺找资料，挑灯夜战写论文，精心打造发言稿，客串过把演讲瘾，总之不说我呕心沥血，却也愿披腹心输肝胆。

还时常为这份情缘感动。为中华文明，同宗同族的妈祖人团结友爱、情深谊长。不说远的说近的。这天我演讲结束，跟大家说"我得先走一步，咱们下回见"。我在"明天再走不行吗"的挽留中躲到屋里收拾东西和心情。至少半个多小时后我下楼。以为我能"不带走一片云彩"悄悄地离去，却看见，好些好些个妈祖人，竟一半留恋一半期待地等在大堂门口外。

那时西北风呼啦啦，银杏叶呼啦啦。那么冷的天儿。

眼眶潮热，我却摆出一副没心没肺相跟他们拥别。然后赶紧钻车里，对司机说，快开车。

　　车子开出，我回头。隔着窗玻璃，依稀看见妈祖人和风儿和银杏叶一起向我"挥挥手"。

　　我的妈祖我的情。

　　那刻眼眶湿润，视线模糊……竟发现，一不小心，我又忘了把心儿带走。

（2009 年 12 月 21 日）

小编的话

不知不觉，一年过去。

元旦早晨，像往日一样打开电脑进入《华亭风》邮箱，百多篇稿子已在。

一点儿也不意外。一年三百六十五天里，《华亭风》邮箱什么时候打开什么时候有一摞的未读稿子。

东西南北中，那么多的作者等着《华亭风》。

春夏又秋冬，《华亭风》的作者没有休假日。

早想跟他们说：谢谢你们对《华亭风》的厚爱和支持。

但直到这天也没说。

阳光升起，洒在我的桌上。

我就在阳光里，打开一篇又一篇。

看到的，又是那，青灯下的斟词酌句，黄卷边的推敲琢磨。

不忘情于繁华，也专注于穷街陋巷，日复一日赶着同样的梦。在似水流年中，划开一天又一天。

可敬可佩。外面的世界多精彩，可他们依然耐着寂寞，守着文学，耕耘着一块土地。

早就被这份执著感动。

所以我不敢有一天的懈怠。

每天颠颠地赶赴作者的约会。我甚至都不知道他们是鹤发还是童颜，是帅哥还是靓妹。

习惯了，一天不走进他们，我就跟失落了什么似的，一天不踏实。

无论专业作家，还是业余作者，他们都是《华亭风》的神。

有位作协领导评价《华亭风》尊重专业作家。

这是实话，专业给了我们一个欣赏高品位文学作品的窗口。

有位著名作家说《华亭风》业余作者里有高手。

这话让我得意得厉害。我逢人就拿高手炫耀……

一晃一上午过去，太阳早已离开了我的桌子。

还有那么多的未读，还有源源不断的一篇篇。

不安又来袭：时常忍痛割爱了好些个的一摞摞。

很想跟他们说：实在无奈《华亭风》天地小，亏欠了你们，也歉意了读者。

这就又想到了《华亭风》的读者。

阳春白雪和下里巴人都是他们所期待，所热爱。

他们会为一篇美文不惜银子电话送褒奖，他们会为一个错字郑重其事地纠正小编我，他们甚至还会动刀子剪报当藏家。

读者也是《华亭风》的神。

曾在一个笔会上言之凿凿："谁说文学没读者？《华亭风》不仅有，还铁杆，还专一。"

我还说："有一种关注叫'剪报'。这样的关注叫《华亭风》衣带渐宽甘做嫁衣还说值……"

日子真是快，新年说到就到了。

都说新年新气象。我也这么说。

形可变，神却不会变。

一如既往，《华亭风》拥有厚爱、支持和关注。我坚信。

而小编我，拿什么奉献给你，《华亭风》的作者和读者？

为你们鼓掌和加油。与你们一起坚守文学这方净土。

（2010 年 1 月 5 日）

感动 "打包"

2009 年仲夏的一天，上海某文艺会堂的餐厅，我有幸认识了他还有他的妻子。

他，一位世界级的著名的、无数次赢得世界掌声的、多次登上共和国最高讲台的、我先前只能在电视里看到的人物。

记不得那天我们都吃了些什么，但深刻记得一声"打包"。

那天我们谈天说地，好一通地海侃。气氛轻松、随意而真实，但一直到结束，我还有点儿今夕何夕的虚幻：我跟"世界级"共进晚餐？

而就在那时，我听到一声"打包"。

没有人察觉到我的震惊。但我确实有多么的震惊：他看着桌面对他的妻子说打包，然后他妻子起身招呼服务员……

那天我费了好半天的劲，还是不能相信那声"打包"是出自"世界级"

的口中。

"打包"，就这么收藏在我的记忆里。

只是连我自己都没有想到，二见他，会二有"打包"。

是这年的 10 月底，我又有机会与他共进晚餐。

这回我不再虚幻。

我对他说您真是了不得，共和国六十大庆，《祖国万岁》《复兴之路》晚会和盛典阅兵式，我连着三天在央视的镜头里看到您，全世界那么多的国家转播了那三天，您老是"世界级"。

他听了，笑笑，说，海外很多朋友有电话给我，说看到我在花中笑。

肯定那天他还有事儿，因为后来他匆匆地结束了饭局。

那天就在大家起身准备离开餐桌、而谁都没有再看餐桌一眼的时候，一声"打包"响起。

真真切切，自自然然。

这回他亲自：亲自从服务员手里接过一次性饭盒，亲自将剩菜分门别类地搛进饭盒，说，习惯了，见不得浪费。

尽管有第一次，但我还是为这第二次惊诧。

那刻我听到自己的心再次被感动狠狠地撞了一下。

之后我跟好些人讲了这个故事。

好些人都将信将疑：真的吗？这样的人，什么样的大餐没有？

每次我在结束这个故事的时候都会说，真该向他学习。

感动从此常在。即便今天。今天，当我写下这段文字挂在"小窗"上奉献给读者的时候，我的感动还在。或者说，感动还萦绕着我。再或者说，我眼前又重现了"世界级"很麻利地很坦然地将残羹打包，然后提溜着上车的一幕。

　　依然不能将打包跟他联系在一起。但这是一个真实的故事。

　　写到这儿，忽然冒出一个想法：下次再见他，我就对他说，好些人都知道了有一种感动叫"打包"……

（2010 年 1 月 19 日）

闲话《徐阶》

《大明名相徐阶传》（以下简称《徐阶》）出版了。

俺一直说《徐阶》占尽了天时、地利、人和。

还是 2007 年 4 月，有一个叫沈敖大的人到《松江报》嘎山湖。总编说："松江历史上，徐阶绝对是个人物，他应该是松江历史上地位最高的官员。他当首辅，扳倒严嵩，拨乱反正，一举一动牵动全国。你不妨写写他。"

沈先生精通明史，又号称上海滩前八位的杂文家，所以他立即拎清了总编的话。他当时挺有腔调地漫应之："可以的。"

据说沈先生回家就拉开架势上天入地地"搜捕"徐阶，还深入福建"侦探"徐阶的蛛丝马迹，还差点挖着徐阶的族谱世系，总之他那阵子跟徐阶斗智斗勇打得一塌糊涂。

至于怎么个一塌糊涂，不说也可想象。反正当俺拿到他近三十万字的长篇历史小说《徐阶》时，闷脱。

这个从没写过小说的杂文家，竟也弄成一本煞有介事的小说！

记得俺当时把所有的惊叹浓缩成了三个字："侬结棍。"

跟着，《华亭风》连载《徐阶》，又跟着，俺"触火"了。

《徐阶》用了好多繁体字，这就累了小编俺，得一字一字地简化。可碰到刁钻的促狭的繁体字，俺也不认得，这就得查字典。这是细活，耗时间，俺吃力得不得了。不得了的时候，俺就拎起电话跟沈先生发飙："侬做啥要用繁体呀。"

《徐阶》差不多连载过半的时候，上海有家出版社有意出版它。

正琢磨着，北岳文艺出版社有电来，说他们想出版《徐阶》。

《徐阶》有点儿神兜兜：给谁出版，还得看《徐阶》的愿意。

北岳迫切，没过几天就飞了过来，来的编辑曾责编过几本很有影响的书。

总编一听乐了："《松江报》第一次连载长篇，就有出版社寻上门来求出版，好事儿。"

沈先生更是乐得七荤八素：人家给他出版，人家付他稿费，人家为他宣传。名利双收，不答应？岂不戆脱了。

北岳于是带着《徐阶》心满意足地飞回。

沈先生这就鲜格格了起来。他对俺说，《徐阶》书名我请中央党校原副校长松江人李君如写，序麻烦你请丁锡满老部长写。

丁部长原是《解放日报》的老总、上海市市委宣传部的副部长，退下来后还忙得不得了，俺一直没跟他提这事儿，直到沈先生把李君如的笔墨拿来给俺看。

没想到丁部长二话没有，说，好，给徐阶一个说法。

天时、地利、人和，也不知沈先生2009年撞着了什么大运？

"历史的尘埃湮没不了他的光辉，一生的是非功过任凭他人评说。第一部翔实记录徐阶生平的人物传记，第一部全景展示大明历史的扛鼎之作。"——《徐阶》上了搜狐读书网、凤凰网和新浪文化读书网，《徐阶》上架建议为畅销历史人物传记，《徐阶》作为今年重点推出书籍进京了。

沈先生是当代的松江人，徐阶是历史上的松江人；当代的松江人传记历史上的松江人，好。

（2010年2月2日）

年年春晚

今年春晚遭遇滑铁卢。好些个亿的粉丝大失所望，其中有我。

我说节目有点儿平庸有点儿媚俗，我说本山大叔挺让人失望怎么弄了个次品忽悠人，我还说最叫人膈应的是，汇源、国窖 1573 等东东竟搭上刘谦帅哥本山大叔，竟堂而皇之地露脸春晚还差点让春晚"变节"成了它们的直销大卖场。

真叫人闹心有点儿烦。

于是不等新年的炮仗响起，就关了 CCTV。不看了。

却想起了 1985 年的春晚。

1985 年春晚现场在北京工人体育馆，露天的，两个篮球场大的舞台，高台楼阁、小桥流水、灯光闪烁。不会记错，因为那年我就在现场观看。还不会记错的是，那年董文华跟着《十五的月亮》升起，陈佩斯朱时茂

《拍电影》拍出掌声一片……最清楚记得的是，那年春晚砸了。

据说1985年春晚还没结束，就有电话进来狂轰滥炸：场面乱糟糟，广告太多，节目为何给广告让路而随意停下？特别指责的是：铜臭味儿熏得演出失控、节目七零八碎。据说第二天也就是大年初一在人民大会堂的团拜会上，连中央领导见了春晚的导演都铁青着脸劈头盖脸地一通质问："你们搞的什么晚会？"

后来CCTV在《新闻联播》节目中公开承认错误，接受观众批评，表示要认真检查，努力改进。这不是据说，这是1985年3月2日《新闻联播》的真事儿。

其实要不是今年汇源、国窖1573搭乘顺风车，不止我，相信很多很多的人都差不多忘了1985年春晚的那场尴尬。

这就纳了闷儿：春晚今年怎么啦？干嘛重蹈覆辙？春晚不是去年就"不差钱"了吗？

这就操起了心：本来春晚就处在年年失望、好也看你孬也看你的处境中，若再见利忘义，那还会有谁待见！

其实CCTV春晚的地位已经够玄乎的了。2009年的大年三十，"山寨春晚"后来又叫"民间春晚"异军突起，和CCTV春晚同时直播，公开与CCTV试比高低。今年，各地方台民间春晚更是叫板CCTV没商量，硬生生地夺走了CCTV春晚的多少双眼球。

真的叫人捏了一把汗：这道大年三十唯一的文化大餐还能保持多久？

世界上收视率最高的综艺晚会、世界上播出时间最长的综艺晚会、世界上演员最多的综艺晚会，一个文化奇迹、一个电视神话，若跌进铜钱眼里，那就可惜了。

但，毕竟它是我们追求和谐、进步、吉祥的民俗盛典，毕竟它给我们带来过那么多的欢乐和满足，所以不愿意看到它的路越走越窄，所以这些天我老对人说，人家郭冬临不是教导咱们"心里能不能阳光一点"嘛？那咱们还是"阳光一点"吧，还是年年望吧。

（2010 年 2 月 24 日）

同学病危

欢欢喜喜准备过大年的那几天里的一天，收到一条短信。

看后，情绪骤变。

我的一个同学病危。

是日傍晚赴一帮朋友的饭局，却滴酒不沾，却酒令不行。一改往日的醉眼蒙胧，一点儿不生动。

帮主笑侃我："作秀来了？"

我说："我的一个同学病得……很严重。"

连我自己都听出来了，这话的调子有点儿凄楚。

原本想好的，第二天就去探视同学。

可是，第二天清早睁眼我就变了卦。

那刻，我看到阳光透过窗纱晃在我的床头，我却阳光不起来。

可你没能 hold 住，消失在这个世界的尽头。每当心中又想起了你，风中有朵雨做的云。

平儿小窗

pinger xiaochuang

心黯然。

这才意识到：从看到那条短信开始，我的心就伤感就难受就郁郁之又忧思兮。

也不想这样，可偏偏这样。

眼前老是虚幻着一个面黄肌瘦、气若游丝、奄奄一息的画面。

那是我同窗四年、曾经那么健康的同学啊。

"今儿不去吧"，我对自己说，"你控制不了自己的情绪。那么一种场面，没准你一句话都没说就哭得稀里哗啦了。那样不好，很不好。"

之后的一个下午，天空阴霾，我终于决定面对同学病危。

弃车步行，看沿途的大红灯笼。

哪里为看大红灯笼，是想年味儿分散我的郁郁之忧思兮。

谁知一路都在"忆昔豆蔻嘉，同窗度年华。琅琅书中韵，灼灼笔下花。雪案常相勉，萤窗共余暇。月下心中事，江畔梦无涯"。

没有太多的细节。毕竟三十年漫长，记忆已模糊。

但这又有什么关系呢？有一种永恒是同窗啊。

快到的时候，我停下了脚步。整理一下心情，我对自己说，要轻轻松松地进去，要轻轻松松地说"等你好了，我们一块去井冈山"。

井冈山是我们初中时的约定，是读毛主席上井冈山课文后我们共同的向往。

再酝酿一下表情，再对自己说，一定要笑着进去，一定要笑着说"你还欠我一盒巧克力，不许赖，你得还我"。

巧克力是我们高中时的约定，那会儿我说"如果我当兵了你得送我一盒巧克力"，后来我果真红星闪闪飒爽英姿去了。

整理、酝酿了好半天，然后我努力地笑，谁知，笑没出来，一滴泪却流出了眼角。

赶紧闭上眼，不料，却闭出了更多更多的眼泪……

那刻我终于明白：为什么一条短信就让我心如此的沉重？为什么那个明媚的清早我却忽然胆怯？为什么站在新年的门槛上我独咏叹而增伤？

因为我害怕。

我确实有多么的害怕。

我怕在我一个转身之后，同学就没了。

我怕一声"再见"后，我们却再也见不着了。

同在程门立，这是我不愿意失去的缘分啊。

(2010 年 3 月 9 日)

沙尘无情

早晨起床，但见地板、桌子皆灰头土脸。

中午出门，又见行驶的宝马、路虎也都灰头土脸。

晚上电视说，沙尘无情，席卷北方，波及申城。

原来这样。

想起"春风不度玉门关"，似乎看到鸣沙山。

却分明听到沙砾碰击，声闻于天，何等凄凉。

又叹曰：江湖枯竭，那是生命凋亡的墓地。

有人言：两千年前的楼兰古城，曾也一片葱茏，柳枝袅袅，花叶依依；由楼兰向东到河西走廊敦煌莫高窟，那儿也曾河水清澈，碧山倒影，好一个净土梵域，才有了此后凿洞以供养虔诚的僧人和信徒，才有了才赡艺卓、超凡入圣的画师和塑家，才有了莫高窟这样的人类文化瑰宝；再向东，黄河上游陕西岐山、凤雏周代发祥之地，物阜民富，在一座祭祀坑中发现了上万头牛作殉葬的牺牲，可见那时那儿曾是广漠无垠、水草茂丰的草原，直到汉代陕北墓葬出土的画像石刻，上面有着种种的林木花草、奇禽异兽，断非先民对着如今的黄土高原、沟壑沙丘虚构想象所可得；再向东，华北和中原，直到宋代，那儿还有着绵延不断的森林，鲁智深大闹的野猪林，不正在从汴梁到沧州的充军路上吗?

不禁战栗：中国半壁河山的植被哪里去了?

有文说，而今沙漠正以每年二千四百六十平方公里的速度向东进军，最大的目标是吞噬整个北京城。距北京郊区延庆县界十公里河北境的怀来县，已雌伏着大可一千多亩的沙漠。因为谁也不记得它是何年何月霍然坐大，巍巍然竟高达二十四米，所以人们称它为天漠。更可怕的是，天漠还在日长夜大……

记得古罗马那不勒斯附近的古城庞贝，在维苏威火山爆发的瞬间被湮灭。

谁敢说瞬间不再有。

天漠跳了几十年的华尔兹，慢步前进，不动声色，却在一夜之间换成了快步舞，在人们惊觉的时候，它已兵临城下。

曾读一文：一位在戈壁沙漠考察的探险家说，一天他在沙漠上吸烟，竟成"大漠孤烟直"，燥热的大地没有一丝微风。忽焉，似有动静；忽焉，似闻远方沉闷的吼声；忽焉，惊沙坐飞；只见无数的沙丘旋卷为沙柱，像怪兽奔突、变大、逼近。然后日色黯淡，沙柱化为百丈沙浪，汹涌着，狂啸着。沙漠真正站立起来的时候，大地是深夜一般的黑暗，那是无穷大的妖魔鬼怪和恶兽，"旱魃为虐，如炎如焚"，所向披靡，横扫一切。

似曾相识呐。这天京城漫天细沙随风向变幻造型，犹如大漠倒悬；这天皇城根下处处是"蒙面大侠"，为防万一，路灯只得加班跟踪……

今日灰头土脸，明日呢？

真担心哪天醒来，何止地板、桌子、宝马、路虎，整个申城都变得面目全非……

沙尘无情。怨谁？

（2010 年 3 月 23 日）

清明即事

清明这天，一早就坐立不安，老想干点什么。

莫名的，就想到了阁楼里的那些杂物。

多少年没清理了？

捋袖束发，这就摆开了架势。撕的撕，扔的扔，横扫一切。

正酣畅，却住手。见一工作手册。捡起，封面四字：佳句摘录。

自嘲：初学写作的玩意儿，扔。

又莫名的，再捡起。犹豫间，两张对折的信笺现出。

展开。目光起：

小许：你好。

3 月 5 日的来信已收阅。

记不清这是文学青年的第几封来信，表白自己爱好文学和搞创作的愿望了。我十分赞同你的打算和做法，要常砺不懈，

手中握着你的信笺，让冷雨淋湿我的思念。那不再熟悉的笑容，在我心底依然清晰，你在天堂还好吗？

持之以恒，攫取知识是靠"积微"，久而久之，越积越多，就会达到一定的水平。学山无径勤为路，艺海无边苦作舟。除此而外，是没有捷径的。

人生一世，在时间里生活几十年，最多一个世纪，这在历史长河中只是极短暂的一刹那；在空间里，占地球那么一丁点儿的位置。一个人若要把精神生活和物质生活都过得更有意义些，更丰富多彩些，那么，就不能浑浑噩噩地混过一生了事。你说呢？……下周为张抗抗的一篇十四万字的小说我要去杭州，同她交换修改意见，待返沪后再约期见面。

握手。

谢泉铭
1984 年 3 月 10 日

无可名状我当时的惊诧：谢泉铭老师的亲笔信？二十六年前的？

瞬间我复活了记忆。

是我中文系一年级的事情。那年 2 月的一天，在绍兴路 74 号上海文艺出版社的楼上，我端坐在谢老师的跟前，那是我第一次见他，为我的一个中篇小说。

其实那时的我挺混沌，哪里真懂小说，却斗胆让谢老师为我"做嫁衣"，那时他是《小说界》的编辑。

记不得那次谢老师都跟我说了些什么，只记得他慈眉善目，我因此不知天高地厚地写信跟他切磋，应该就是那个"3 月 5 日"吧。

3 月 5 日我给谢老师写信，我的习惯，写信总在晚上，那么付邮最快也就是第二天。按这个时间推算，我的信到谢老师手里是 8 号或者 9 号，也就是说，谢老师在收到我信的第二天或第三天就提笔给我回信了……连我这么一个连尖尖角都还没有露的"小荷"，谢老师都这么当回事，可见他的师德何其高何其大。这也就不难理解为什么有那么多的人敬重他怀念他了！

就几天前，我知道王安忆、叶辛、赵丽宏、王小鹰、季振邦、田永昌等作家去青浦福寿园祭奠谢老师。

真是又惭又愧又疚，那天看到作家们去福寿园祭奠谢老师的消息时，我除了一闪念"哪天也去看望谢老师"外，竟压根儿没想起这封信……二十六年过去，我差不多都忘得一干二净了这事儿。

哪里料到！

难怪这天一早就坐立不安，就老想干点什么，就上了阁楼，就看见了工作手册，就发现了两张对折的信笺……谢老师的关心和辅助，度过二十六个春夏秋冬，竟还在！

这天坐在阁楼的地板上，手里拿着谢老师的信，最初叩响文学之门的日子和那日子里的慈眉善目及谆谆教诲，十年前谢老师倒在一个文学评选会上留给世人的最后一句话"太累了"，还有彭瑞高说"也许我们不能说如果没有老谢，我们至今还将在黑暗中摸索；但是我们可以肯定：在把我们带出文学隧洞的人中，老谢手里的火把是最亮的。也许我们不能说，如果没有老谢，文坛会缺失整整一个师团，但是我们可以肯定，一个文学编辑旗下聚起那么多青年，老谢这一生本身就是奇迹"……我全想起来了。

天意呐。我告诫自己，铭记1984年3月10日，再也不敢忘。

（2010年4月7日）

周末二游

狐朋狗友有个狐朋狗友拥有两座茶山。

周末狐朋狗友吹响集结号：上山扫叶煎茶去。

于是车轮滚滚。

这天蒙蒙漠漠更霏霏。

四座却灿烂，一片沸欢声。

皆为纯茶客，又都疑似文化人，便一路茶经一路诗。

说苏轼汲江煎茶，卢仝茶中亚圣；说元稹茶，香叶，嫩芽的《一七体》；还说七碗茶诗独自品，唯觉两腋清风生。

独我无经亦无诗，只在一隅暗思忖：新芽如何一粟叶间藏？三碗能否搜枯肠，求得文字五千卷……

不觉到山下。

见狐朋狗友的狐朋狗友满脸笑容却满目歉意：谁令骑马客茶山？天不

作美春晚来，倾山倒谷不见芽。

举头望，果然白云带雨冷风飕飕浸茶树。

打道回府。半道停车坐爱"乌毡帽"，齐声吆喝店小二："拿酒来。"

将进酒。

对酒当歌。

三碗四碗五六碗，众人皆醉：钟鼓馔玉不足贵，但愿长醉不复醒，此等醉意，何须太白有？我微醺：醉玲珑，醉清风，谁说佳茗似佳人？我解俗人泛酒助茶香。

雨霁风卷桃花色，心便夭夭又灼灼。

想去桃花潭。知道去不了。便撺掇："去看桃花节？"

众人诧异，也想来出"口渴求饮"戏？可你非崔护，哪有桃花茅舍等着你，更休想绛娘嫣然一笑的"请用茶"。

我说也怪桃花运的想入非非，也嫌"人面桃花相映红"的雅不足来俗有……可偏偏有个故事叫桃花潭。唐天宝年间，泾县豪士汪伦听说李白旅居南陵叔父李阳冰家，欣喜万分，遂修书一封曰：先生好游乎？此地有十里桃花；先生好酒乎？这里有万家酒店。李白欣然而来，汪伦便据实以告之：桃花者，实为潭名；万家者，乃店主姓万。李白听后被汪伦的盛情所感动。适逢春风桃李花开日，群山无处不飞红，加之潭水深碧，清澈晶莹，翠峦倒映，李白与汪伦诗酒唱合，留连忘返。临别踏歌古岸时，李白题下《赠汪伦》："李白乘舟将欲行，忽闻岸上踏歌声。桃花潭水深千尺，不及汪伦送我情。"如今，诗仙、豪士逝者如斯，但桃花潭却流芳千古，《赠汪伦》也成千古绝唱……

红了樱桃，绿了芭蕉，沉醉不知归路。牵一片白云，我欲乘风归去，何日是归期？

故事美，人心美。于是驱车，上高速，上高架，且把桃花节当做桃花潭。

　　忽见油菜花扑面来：横一块，竖一块，金灿灿，黄澄澄。众人欣喜齐声唱："一条大路哟通呀通我家……"

　　转眼看见桃花节。谁料车像流水马像游龙，谁料摩肩接踵不见桃花只见人头。

　　哎呀呀，哪有桃花如雨又如霞！哪见桃花潭踏歌岸边阁！

　　回吧。

　　些许遗憾。

　　又释然：周末二游，虽上山扫叶不见茶，虽桃之夭夭不见花，却远足踏得一个春，却顺手偷得一日闲。不也挺好？

（2010 年 4 月 20 日）

劳模情缘

几乎所有拿到《海上楷模》的朋友都大大地奇怪：你写包起帆？

潜台词我懂：世界第一大港的副总裁、著名的抓斗大王、世界公认的发明家……你八竿子都打不着的人物！

我说："我跟劳模有缘。"

说来话挺长。

20世纪60年代，全国劳模杨怀远那张经典照片：肩挑小扁担手挽一老一少，那一少，就是我。

大人们说我一夜之间成了"小明星"，跟着杨怀远上报纸上杂志上画廊上墙头，总之"杨怀远在哪儿你在哪儿"。大人们说还是个小屁孩嘛事不懂的我几夜之后"红"了，"红"了的我整天被疑似粉丝们当然也都是些嘛事不懂的小屁孩们追着问"劳馍馍香吗"，而我则挺明星范儿地说"羞，连劳模是什么都不知道！哪里是馍馍，是小扁担"……

大人们还说我那会儿臭美得不行，到哪儿都揣着照片，专找跟我差不多大小的孩子显摆："看清喽，这是我。我上报了。"

其实那会儿我还小，根本就不记得我曾经那么"牛"过曾经那么有腔调。但记得后来我长大了，戴上红领巾了，知道有一种光荣叫劳模了，才大彻大悟：原来我上报纸上杂志上画廊上墙头都是沾了劳模的光呀。

热爱劳模，尊敬劳模，崇拜劳模，这缘，就这么结下了。

再说《海上楷模》。

是《海派文化丛书》编委会交给我的任务。为上海城市文化的记忆，也为上海人民的记忆，写上海工人阶级的杰出代表包起帆。听说写劳模，又是连续四届的全国劳模，我当时连睫毛都没眨一下，就响亮亮地"哦"了下来。

某日《海派文化丛书》的作家们在文新集团顶楼开会。著名作家L君悄悄教导我："得有思想准备，你这本书难写。"我明白他说的难在何处。我说："那我就迎难而上。"话音未落，我又追上一句："我跟劳模有缘。"

第一次与包起帆面对面，是2009年初夏的一个傍晚。

6点，他准时到，是在上海延安西路200号文艺会堂的一个屋子里。

跟照片上一模一样。中等身材，眼镜，略微蓬松的头发，还有那"包氏一笑"。

见面前我做了点儿功课。看了包起帆的照片，印象深的是他爱笑。他的脸上笑容常在。开朗，阳光，轻松，真诚，还有点儿豪放。我给这笑起了个名字叫"包氏一笑。"

奇了怪了，第一次见包起帆我竟然没有一点儿的陌生感。

我大咧咧地说："包老师，见到您很高兴。"

叫包老师的一刹那，我犹豫了一秒。称呼他什么好呢？做功课的时候，他那么多的头衔弄得我有点儿记忆障碍。记了这个，忘了那个，或者就是反串了抓斗大王物流大王标签大王。

一秒之后我决定叫他老师。老师有真有假，包起帆是真老师。

坐定，直奔主题，《海派文化丛书》准备写他。

包起帆很认真地思考了一会儿，然后说："给我点时间，我给你准备一些现有的资料。你先看看，然后列个采访大纲。"

然后我们就很随意地聊呀侃呀，说人生道感悟。当然那不是采访，那纯属嘎山湖。

包起帆很健谈，这跟我的想象有点儿距离。

搞科研发明的都沉默寡言不善言辞严谨内敛。恐怕不止我，很多人都这定向思维。

所以那刻我老有恍惚，他是谁？

抓斗大王呀。

我反复问自己，又反复回答自己。包起帆，世界都不能不佩服的抓斗大王。

两小时后我跟包起帆说再见。

那刻上海万家灯火璀璨，就跟我的心情似的，里外喜洋洋：这样的人物，这样的感觉，《海上楷模》何愁不成？

日子一天又一天。我掐着指头做加法。到第十天我拨通包起帆的手机，我说包老师您好，我是谁谁。

电话那头好像有点儿嘈杂。包起帆有点儿歉意，说不好意思，我飞北京了，参加七一大会……

这边我赶紧说，没事没事的，包老师您忙。

思想有准备的：越有成就的人越事儿多，身不由己。我理解。

又掐着指头做了好些天的加法，又叮铃铃摁响了包起帆的手机。

这回我还没"包老师您好，我是谁谁"，那边就传来"请飞往×××的旅客注意，我们抱歉地通知您，您乘坐的……"

我还能说什么，空姐都说抱歉了。我对包起帆说，没关系的包老师，等您回来联系。

实话实说，当我第 N 次说"包老师您好"的时候，我紧张了。说确切些，我真怕包起帆说"不好意思"。他那一不好意思，我这就什么辙儿都没有了。

可是，果然。

果然我第 N 次的那天他又不在上海。跑得更远了，忘了是哪个国家，反正出了国境！

这期间，有曾经也千回百转地"捉"过包起帆的记者告诉我他的一个经历。说某年某月某天说好是包起帆接受这位记者采访的日子，可临到头包起帆变卦了。记者有点儿意见，约了几次都是包起帆违约。记者又有点儿怀疑：他真忙成那样？于是记者打探包起帆的行踪：是年是月的 26 日，包起帆上午虹桥机场起飞中午 12 点到达湖北宜昌，然后一个多小时的中巴颠簸，他赶到宜昌的一家公司，就生意问题和对方谈判；一个多小时后，他又出现在另一家公司，继续另一项谈判；然后他赶赴机场，于当晚 8 点飞到广州，10 点到达蛇口。27 日上午他在蛇口招商港务公司作报告，下午和这家公司洽谈拓展合作等事宜；当晚 7 点，他在蛇口风华大剧院作报告，两小时后他在下榻的宾馆接待曾和他共事过的蛇口人。28 日清晨 7 点，他到蛇口育才小学参观，然后赶往机场回沪；下午他出现在办公室，叮铃铃，接电话，拨电话，或发号，或施令，忙那些堆积在案的事儿……几天后，他又出现在山东莱州湾畔的龙口市……包起帆真的忙乎其忙。包起帆真的很难"捉"到的。这位记者说。

我听了，脑袋嗡地大了。

这可超出了我思想准备的范围了。

我心悬了起来：包起帆连提供现有资料的时间都没有，那后面的采访怎么办？

到那时，我才真正理解了 L 君何以特意说"你这本书难写"。

左思右想，没别的办法，只有"捉"。

为《海上楷模》，当然也为我的劳模情缘，"捉"他没商量。

都快摁坏了"联通"，电话短信连轴打不停地发，终于约定 7 月的某日我去他办公室取资料。

这天挺热。

下午 3 点，上海北外滩的东大名路，上海国际港务公司，二十五楼。

我到了，却不见他。

他的助手端着可乐和笑脸相迎，说："包总在开会，在讲话，马上来，您稍等。"

我说："好的。"

然后我坐下，端起可乐就咕咚，冰镇的，爽。

然后环顾"包办"，看见墙上一幅油画。

画面是包起帆：一件淡黄色的短袖衬衣、一副茶色眼镜、一顶安全帽，还有一脸"包氏一笑"，还有天高海阔，还有抓斗。

那只抓斗，赫然悬在蓝天白云之下。

他的办公桌很大。布局很大众化，电脑、传真机、电话机各占一方。电话机两台。桌面有几个文件夹和几支笔。文件夹翻开着，大约有文件等着包起帆签发。电脑开着，屏幕在不停地闪烁和变化着画面。

不一样的是墙的另一角是一个小型会议桌，只供三五人会议，和很多企业老总办公室的会议桌相比，它显然小多了。但正因为小，它给人以便捷轻巧感，仿佛可以跟着包起帆，随时为即性的会议服务似的。这也就给了我想象，不知包起帆在它上面速战速决了多少个突发的棘手的问题或事件。

他的窗外，那真叫一个气象万千——黄浦江、明珠塔、摩天楼，还有蓝天白云，还有码头一座座，吊车一辆辆，集装箱一排排，巨轮一艘艘——东方第一大观，竟全在"包办"之窗前。包起帆只要伸展双臂，就能拥其入怀。

那刻我忽然意识到，天有多高地有多厚，上海滩的包起帆何等了得！

跟着我有些质疑，我竟站在世界第一大港副总裁的办公室里？

正那时，包起帆进来了。

"哎呀呀，让你久等，真是抱歉。"包起帆话在我前，手也伸在我前。

本来我想先说"打扰了，不好意思"，本来我想先伸手跟他致意，为我每次电话短信"捉"他时的发自内心的歉意……

其实每次电话或短信时我都想跟他解释，想说，我不得不"捉"您。但我老"捉"得不是时候，老是在您很忙的时候问"包老师我要的资料好了吗"，所以我老是有打扰了您的歉意……但事实是每次电话或短信时我都没有机会说这些话。因为我每次都能通过话机感觉到包起帆的忙，他的语速、他的动静，都无不传递着他正忙着。于是每次我总是不好意思占用他太多的时间，而三言两语匆匆收线。于是每次我都这么想：等见面再跟他表示歉意吧。

谁知见面，我都没来得及张嘴，他却抱歉了。

一秒之差，他抢了先。

这让我有了新发现：包起帆很善于抢时间抓机会。

不仅这，他还很善于剖析人的心理状态。

这天跟在包起帆身后进来的是两名各抱着一摞 A3 纸的年轻人。包起帆对我说："资料全部复印好了。"

"好了"二字直入我耳。随即嘭的一声，年轻人将 A3 纸码定在那张小会议桌上。我立马明白，A3 纸上就是我要的资料。

包起帆招呼我过去，说："从 1979 年到 2009 年，我的三十年，齐了。"

那刻我突然释然：这么多的资料，即便不忙，也得费上十天半个月才能整理出来。

那刻顾不上歉意了，光顾着高兴了。

心儿开了花："捉"到才是硬道理。

那刻忍不住放眼窗外，那气象，怎不叫人精神振奋，豪情满怀。

那刻包起帆说："对不起，拖了不止一个月吧？希望没有影响你的任务。"

这话感动了我。以为他忘了在延安西路 200 号文艺会堂对我说的"给我点时间，我给你准备一些现有的资料"。确实一个多月过去了。他竟记得？用文学语言形容，这位世界第一大港的副总裁，天天忙得像一只上紧了发条的钟摆，哪里有一刻的清闲！科研、技术、设备，太多太多的事儿要他操心，都是大事儿，比如推进上海港的科技进步，比如加速上海港与国际的接轨，再具体点说比如几十亿的集装箱码头建设，比如……总之无论拎出哪一个，都是世界级。所以他忙得也够"世界级"。上午在上海下午在北京第二天又到了深圳和汕头第三天……每天他得说上多少"世界级"的话！可他居然还这么清楚地记得虽不是随意说的但也肯定进不了他"世界级"备忘录里的一句话！

这就让我有了摩拳擦掌的冲动。谁都不知道那刻我想到了什么。我第二次想到了许三多。不抛弃不放弃，努力完成任务。我要完成的任务就是这位世界级的人物，而这些资料将是我完成这个任务的重要条件之一。当然按常规我该先采访包起帆。可因为他的"世界级"的忙，我不得不不按常规出牌。文艺会堂第一次见面之后我就想采访他。没能成。在我一次次说"包老师请安排时间让我采访您"，而他一次次说"能否再等些日子"之后，我就知道即便我有三头六臂，也无法将今日海角明日塞北后日塞纳河的他"捉"住。于是我很识时务地改变战略，仗着"给我点时间，我给你准备一些现有的资料"，我开始隔三差五地跟他要资料。一次又一次。先是要，后来就变成了催。催要之间，我发现日子过得嗖嗖地快，这让我有了一寸光阴一寸金的感受，到后来我一见太阳落山心里就发慌，《海上楷模》何时能动笔？

说实话，这期间我对自己是否能完成这个任务有了怀疑。起初我很踌躇满志地以为，"世界级"的分量，已经使这本书成功了一半，若我再努力更努力些作文，那完成这本书应该不会太难。但我忽略了一个十分关键的问题，这问题恰恰就是他的"世界级"。因为"世界级"，他不能像我以前的笔下人物那样，能够在一个宽松充裕的环境和时间里回答我十个二十个三十个甚至更多更多的问题。他有心，但他无时间。对此他常常在电话里很无奈地说"真是对不起，再等些日子"。这真的让我逐日地焦虑起来。好几次我想退却，我说服自己退却的理由也很正当：再激情充沛的作者也经不起这样的激情消耗。但几次话到嘴边我都咽了回去，我终究没有这么做。这得感谢我的劳模情缘，感谢我对劳模的热爱、尊敬和崇拜。还有，曾经军人的我，骨子里绝对潜伏着不认输不打败仗的执著。这让我提笔开始作文的时候很为自己骄傲。当然，除了情缘和执著，我还得感谢某一个黄昏。这个黄昏让我毫无缘由地想到了抓斗。那刻我蓦然来了犟劲儿，我对自己说，再难，也没有包起帆发明抓斗难！我就这样跟包起帆较上了劲儿。就那个黄昏我第一次想到许三多。不抛弃不放弃，这不也是包起帆的精神之一嘛。这么想着我就发现我在不知不觉中已经开始向包起帆学习。

从这点说，我最该感谢的是包起帆。

那天的那个瞬间我的内心就这么丰富多彩地却又声色不露地翻腾着，就像"包办"窗外的黄浦江，看似平静，其实滔滔。这些包起帆是不能看到的。他肯定不能知道我在心里是怎样的偷着乐了一回又是怎样的偷着自勉了一次。他看到的只是我面对一摞 A3 纸的眉开眼笑。所以他也笑。他说："希望这些资料能派上用场。"

抱着 A3 纸告别包起帆我欢天喜地驾车往回赶。不料却遇到了塞车。外滩堵得一塌糊涂。若在往常，我的心情不定怎样的急躁不安。但这天不。这天我心情格外得好。

车外，因为修路，尘土飞扬。飞扬的尘土很快给我的车窗蒙上了一层薄纱。透过薄纱我看到对面临时幕墙上的世博会徽标海宝。海宝很友好地朝着我笑。这让我又多了一份愉悦。于是拧开车内的音响，不知名的舒缓的美妙的曲子立即袅绕在车内，我就在那袅绕声中迫不及待地翻阅 A3 纸看起包起帆来。

有一天，我很认真地模拟采访包起帆的情景：一杯茶，几缕茶雾。我看着杯子里的茶一点点沉淀，看着热气一点点飘散。然后我问这个那个，好多个问题。然后他边回忆边回答我的好多个，用他上海口音的普通话。我就在那一忆一答里捕捉他的心迹，知道了他很多很多的连媒体都不知道的跟抓斗跟创新无关的那些事儿。其间的偶尔，我会打断他，插播即兴的问题或好奇，然后再等他的回忆和回答。这样或许会断了他的思路，他或许会问"我刚才说到哪儿了？"但是没关系，他的思维很敏捷，逻辑很清楚，他一定能很快地接上话茬，继续他过去的故事⋯⋯

　　模拟这些的时候，外面正刮着台风，叫什么莫拉克？我老也记不住这拗口名儿。但我记住就在那风中，我给包起帆发了一条短信，问，包老师什么时候您有空？我要采访您⋯⋯

　　不是亲历，我是不能相信一个人竟可以忙到这个程度的。

　　历经十次二十次的"失败"后，我终于无奈地接受了这个事实：与他面对面交谈的想法简直就是一个奢想，一个美好的奢想。

　　于是我只能变等待为出击。我开始上天入地地搜索"包起帆"。我开始走火入魔地猎取"包起帆"。那些日子，我的书房到处吊着"抓斗"，到处堆着"集装箱"，我就跟个情报特工似的，嗅觉灵敏，哪有包起帆就潜伏到哪里⋯⋯

　　2009 年 9 月 29 日晚上 8 点，我收看央视一套的国庆晚会《祖国万岁》。

　　晚会精彩纷呈、气势恢宏。

　　精彩恢宏中，我听到主持人说："从九百六十万平方公里的土地上走出一个又一个感动中国的人物。"然后幕布拉开，走出感动中国人物的代表。

　　接着我就看到了包起帆。

　　惊喜。几乎同时，我起身，鼓掌，情不自禁的动作。

　　我激动，掌声吧唧吧唧。我在意念中希望包起帆能听到我给他的掌声，能看到我在向他致敬。

　　可镜头瞬间而过，包起帆被鲜花淹没。

　　但我还是捕捉到了包起帆挥舞鲜花时的笑脸，那被我称为"包氏一笑"

的笑脸里溢满了幸福。

第二天，2009年9月30日，还是晚上8点，还是央视一套，音乐舞蹈史诗《复兴之路》。

在三维数字影像、全景化立体空间、多重美学意义上的时空交错的艺术的完美结合中，我又看到了包起帆。他坐在"感动中国"席，抑或是"劳模"席里。镜头对着他的时候，他笑得正灿烂。

10月1日，甲子中华人民共和国盛典，阅兵式，我又见到包起帆。

观礼台上，深色西装，头发跟着五星红旗飘舞……镜头两次扫到他。两次我都见他抻着脖子伸向左前方，看徒步方队，看装备方队。他肯定激动得厉害，因为我看到他在使劲地鼓掌，使劲地"包氏一笑"。

这回我不鼓掌，也不说好羡慕。这回我想给他短信，想说"我代表上海人民向您致敬"。

这么想着我就有了创意感。如果那刻北京天安门城楼下的金水桥边的包起帆的手机突然振动，锲而不舍地振动，他会打开看吗？倘若镜头里的包起帆正在看手机，而显示的那条短信恰是黄浦江畔的我发出的，那镜头这边的我除了创意感，会不会还有制造了一个甲子童话的成就感？

但我很快扼杀了我的这个创意。创意很美，却不靠谱。

谁能游离包起帆那刻的目光？

三天三上央视。上的又都是举国欢庆举世瞩目的镜头！他应该是全上海这三天最牛的一个人吧？

不发短信，可我不能不感慨。就几天前，我短信约包起帆说我要采访他，请他安排时间。他回信说等他北京回来吧，他要去参加国庆观礼。没成想之后三天里我三见包起帆。虽然他在北京，虽然每次都是我对他笑，我为他鼓掌，而他一次都不知道，但我依然高兴。同为炎黄子孙，同为祖国母亲祝福，同样的幸福，同样的骄傲，同样的感动。这样的感受不是我面对包起帆就能有的……

是夜。北京焰火晚会结束。我坐在电脑前，开始敲键《海上楷模》。

彼时北京还在欢庆，还在莺歌燕舞。彼时我的窗外偶尔还有礼炮响起。

彼时北京依然星光灿烂天安门依然绚丽璀璨。彼时我案前的桂花吹得满窗香。

2009年10月的某天傍晚，我赶往上海大学。包起帆在那儿有场报告会，叫《创新铸就事业，发明改变人生》。

路况很堵，车速极慢。

担心迟到，便有些焦急：我要聆听他的报告。我需要他生动的表情生动的语言和生动的回忆。我想通过这些，揭秘他何以受欢迎何以受追捧何以当红几十年至今依然红彤彤？当然我也很想知道他的喜怒哀乐他的风霜雨雪，希望这样可以把一个真实的、全面的、立体的、动态的劳模形象呈现给大家，并以此丰满丰厚上海劳模乃至中国劳模的文化形象……

踩着钟点走进上海大学报告厅。

进门就见包起帆。

没等我说"您好"，他已伸出双手说"对不起"。

又被他抢了先。

一时语噎，我说不出话来。

不是一个"平易近人"所能表达我当时对包起帆的感觉。

也不是一个"感动"所能表达我当时的心情。

都不是。

坐定，来不及收拾心情，包起帆的报告已经开始了。

开场他就吸引了我。

尽管之前我知道包起帆已经无数次地登上演讲台和报告台，知道他甚至上百次地在全国各地滔滔不绝地纵贯他三十年的成长历程，但因为是报纸资料告诉我的，所以隔了年头有着距离，只有平面感没有立体感，终究是不能产生动感和实感。而这天不同了。这天我有了现场感和真实感。

第一次亲眼目睹讲台上的他，第一次亲耳聆听他作事迹报告，尽管之前有文艺会堂的嘎山湖，但我还是没有想到一副敦和样的包起帆，真打开话匣竟也是位侃爷。

那天他从十七岁当装卸工说起，一路潇潇洒洒，谈发明抓斗，谈创新企业，谈劳模情深，真个叫行云流水，一气呵成。

他的语速很快，但不乏抑扬顿挫；他的思维严谨，但不乏幽默诙谐；他时而理论加实践，时而引经又据典……总之他那会儿何止一位抓斗大王、一位企业精英、一位劳动模范，他分明还是一位演讲家。他的演讲叫创新。他的创新摄人心，撼天地。

敛气屏息，聚精会神，连眼都不眨一下，那天那时我就那么紧跟着包起帆的演讲，投入到他的创新和发明之中，听他如何铸就事业，看他如何改变人生……蓦然，我发现：与其说我在听包起帆的报告，不如说我在感受他发明创新的人生；而与其说我在感受包起帆发明创新的人生，更不如说我在感受他的装卸人生。

从无名小卒到鼎鼎大名，从小人物到大人物，其间的三十年，他一直在装卸自己。每一天，他都在边装边卸，边卸边装，装中有卸，卸中有装，浑然一体；每一段，他都在不断地装备自己，又不断地卸给社会，循环往复，三十年以至无穷。他的人生，不就是一个装卸的人生吗？而透过他的装卸人生，我们不就能感受到更多更多，比如我们中华民族的一种精神一种人生价值文化的取向吗？

这天，我就那么看着听着包起帆，感慨着。我还感慨他的说话水平。文艺会堂那次我虽然删除了科研人严谨有余浪漫不足的印象，但我的内存里多少还留着搞创新的人敏于行而讷于言的模式……我错了。包起帆善于表达勤于表达。这让我又对他多了一层的了解多了一分敬意。

一个表达能力强的人，一定和他的知识渊博思维敏捷和经验丰富分不开的。而现如今，面对一个开放的社会、交际的社会，口语沟通表达能力不仅仅是知识渊博的象征，它更成了一种竞争能力而被社会重视和推崇。这就不难理解，能言，善言，敢言，包起帆他何箱不能装，何船不能卸？这就更不难理解，满腹经纶，机智风趣，为什么包起帆能运筹于帷幄之中，决胜于上海之外，中国之外！

这天，好几次，我在心里为包起帆叫好；又好多次，我在心里为包起帆叹绝。

每一次叫好，我都有点儿惊讶：他就是那个曾经在码头上扛原木的装卸工？每一次叹绝，我都有种错觉：他真的就是那个站在新千年的世界领奖台上，让全世界为他梦想成真而鼓掌的包起帆？

我不能不感佩：党的十四大、十五大、十六大、十七大代表，1997 年被评为全国优秀共产党员，2007 年被评为全国道德模范，还有先后两次获得全国五一劳动奖章……任何一个荣誉都是光芒四射、红焰万丈。而 1989 年、1995 年、2000 年、2005 年连续四届的全国劳模荣誉，更是以不同身份——工人发明家、科技工作者、企业家而成为中国的凤毛麟角；技术型、知识型、创新型和与时俱进型而当之无愧地成为感动中国的人物。

而于我，便是在这一次又一次的叫好和叹绝中，慢慢地体会一位已经光焰了三十年的劳模的内涵，而将之前固态在我心目中的劳模标准不断地刷新。当然，不断刷新的不仅仅是我对劳模标准的认识，还有我对这一认识的感悟与感动和我的劳模情缘。

（2010 年 4 月 28 日）

百年梦圆

去年，好像在 9 月，那天我跟着几位作家采风建设中的上海世博园区。

登高临下，"东方之冠，鼎盛中华，天下粮仓，富庶百姓"的中国馆赫然。

小说家 W 君仰天大叹："陆士谔的百年之梦啊。"

陆士谔? 这名我挺陌生。但料定此人跟世博有点事儿。

两个月后的 11 月 12 日，温家宝总理在第七届世博国际论坛开幕式上说："1910 年一位叫陆士谔的青年创作了幻想小说《新中国》，虚构了一百年后在上海浦东举办万国博览会的情景。"

然后媒体铺天盖地全是陆士谔。网络说他是中国的凡尔纳，是最牛的小说家，是周易预测的研究大师。台湾中天亚洲电视台称他是算命半仙。上海电视台《世纪圆梦》说他是旷世奇人，说《新中国》是旷世奇书。央视一套的《百年世博梦》称他是天才小说家、天才幻想家……

一个人一个世纪的等待，只为有一天梦想能够照进现实。

陆士谔红火了。

我就一个反应：不可思议。

我必须认识陆士谔和《新中国》。

上海世博会倒计时一百天的时候，《新中国》再版。

《新中国》主人公陆云翔（即陆士谔）预言，一百年后，在上海浦东要召开一个万国博览会，中外游客都要来。有一天他与妻子游历上海，惊讶地发现，租界的治外法权已经收回，昔日趾高气扬的洋人见了中国人彬彬有礼，而街头的新生事物更多，以往经常碰撞行人的电车也改在地下行驶，"把地中掘空，筑成了隧道，安放了铁轨，日夜点着电灯，电车就在里头飞行不绝"。更让陆云翔惊讶的是："一座很大的铁桥，跨着黄浦，直筑到对岸浦东。""现在浦东已兴旺得与上海差不多了。"妻子告诉他，大桥是为开博览会才建造的。然后陆云翔被门槛绊了一跤，醒了，方知梦幻一场。妻子说："这是你痴心梦想久了，所以，才做这奇梦。"陆云翔却答："休说是梦，到那时，真有这景象，也未可知。我把这梦记载出来，以为异日之凭证。"

神不？

我甚至都惊讶得脊背冒汗。

惊魂初定，涌上心头的是敬佩。

晚清，国运衰微、时局动荡，知识分子热衷乌托邦的理想世界，幻想小说于是大量出现，陆士谔是也。

蘸着浓墨写下这些的时候，陆士谔的内心一定充溢着快乐：他未必就真的相信有朝一日这一切会在他的祖国出现，他和妻子也看不到上海举办世博会的那一天，因为从"预言"算起这个日子的到来还要等待整整一百年。

其实又何止乐观，更让人惊叹的是陆士谔的勇气。《欧洲时报》写道："1910 年，代表中国的清王朝已病入膏肓，中国五千年的国运处于前所未有的低谷。然而，就在这个时候，中国的知识精英并没有丧失信心——这也许是中华文明能够独步世界并最终成为人类历史上唯一衰落后可以再复兴的原因。"

百年梦，圆了。

（2010 年 5 月 3 日）

妙音洗凡

知道洗凡有年头了。

少说三十年。

三十年前我是一个兵。在武汉。有一天去古琴台。翠柳拂屏，碧水如镜。我看到龟山西麓山野小径边钟子期的一抔黄土，我听到月湖东畔高山流水下俞伯牙断琴谢知音。那时年少不更事，诧异一介樵夫，竟也阳春白雪成知音？

才下琴台知音，却得天台妙音。

妙音的故事叫洗凡。

故事说，昔日吴越忠懿王能琴，便遣使以廉访为名（实为物色良琴）至天台宿山寺。夜，使者闻檐外有瀑布声。晨起视之，见瀑下淙石处有一柱。使者曰："若是桐木，即良琴处在是矣。""以刀削之，果桐也，即赂寺僧易之。""俟一年，斫成二琴，献忠懿，其一曰洗凡。"

就从那天起，记住了天台的方广寺的石梁飞瀑，想了洗凡三十春。

两年前在天台山下和石梁飞瀑擦肩，而过了洗凡。

为此遗憾了七百三十个日月星辰。

今年再行天台，立誓不见洗凡不罢归。

这天终于登上天台山。

山路十八弯。

见一寺，正是方广寺。又闻瀑布声，便私念：乃忠懿之使者留宿之寺也。

出寺门，见珠帘挂悬崖，笙箫荡空谷。石梁飞瀑是也。

喜：直落深潭，声传数里。妙音洗凡，我来识。

缘潭行。附近大树参天，问山人，答曰梧桐。

喜上喜：果真果然良琴处在是矣。

是日读《天台报》，正巧有文演绎洗凡。说洗凡后归御府，南渡初，流传至词人叶梦得檐下。说改朝换代洗凡到了末代皇帝溥仪的堂兄溥侗之手，数年后溥侗又转送一古琴世家。说新中国成立后洗凡跟着世家移居美国。说 2009 年皇帝古琴的 CD，正是洗凡演奏所成。总之所有的"说"就为了说洗凡妙音旷世，却为天台之桐所孕育。

虽不年少诧异却依旧，下山即刻请教同行的文化达人，问"为何天台之桐能成妙音？"

达人说，天台之桐，佛国仙山之物，木质坚硬，又经千岁洗礼，水分已尽；而方广寺空旷清幽，不闻红尘喧嚣，金石飞瀑之声昼夜鼓荡，取其桐木制琴，必得天地之精华。

站在你的出生地，隔着天长地久的时空，谛听你流淌出的故事，那是我最真的期待。

半知半解，是夜辗转不能入眠。

推窗望星空，仿佛洗凡来：时而泉水叮咚，时而万马奔腾；时而沧桑，时而悠扬；间或迷雾、流泉、飞瀑……

忽见子期现，吟和伯牙琴：善哉乎鼓琴。巍巍乎志在高山，荡荡乎意在流水。

似有回声：巍巍乎，荡荡乎。

顿悟：高山流水，天地造化。樵夫是，桐木是。如此，子期知音，洗凡如何不妙音？

（2010 年 5 月 18 日）

青歌文化

青歌赛第十四届来了。

起初俺不关心这个"十四"。因为没有余秋雨。

都知道名牌考官余秋雨大师上一届青歌赛后撂下一句"下一届肯定不做（考官）"。也都知道央视就着大师的余音牛皮哄哄地宣布，为展示纯正音乐而取消这届青歌赛的综合素质考核。

没了余大师，没了综合素质考核，青歌赛还有什么看头？

谁知某晚顺手遥控到了 CCTV–3。眼球一亮：谁，那是？余秋雨！怎么他回来了？

很快知道，原来连央视也始料未及，"十四"团体赛因为余大师的"下岗"而寡淡无味，而板砖不断，而收视率大减。这哪成？央视头儿立马腾云驾雾飞落上海滩立马"三顾茅庐"诚邀余大师出滩"上岗"。

果不其然，余大师一开腔，观众乌泱泱地来了，其中就有我。

关公能战秦琼，李自成能"满城尽带黄金甲"。至于你信不信，反正我是信了。

锁住 CCTV-3，每晚端坐四小时。大师儒雅，博学，啧啧啧，精彩。歌手抓耳挠腮，牛头不对马嘴，哈哈哈，好玩儿。

　　大师问："杯水车薪"是什么意思？

　　选手答：用一杯水作为给车夫的工钱。

　　问："百步穿杨"是什么意思？

　　答：百步之外射中了杨六郎，形容敌人之凶残！

　　问："一日不见"的下一句是什么？

　　答：好想你。

　　问：孙悟空上了天宫后，玉皇大帝封他做了什么官？

　　答：九品芝麻官。

　　问："满城尽带黄金甲"是何朝代的哪位农民起义领袖写的诗？

　　答：秦朝。李自成。

　　问：《清明上河图》的作者是谁？

　　答：齐白石。

　　问：我国第一部诗歌总集是什么？

　　答：《史记》。

　　问：有位诗人写过一句"沙场秋点兵"，请说出他的名字。

　　答：晁盖。

　　还有铁木真焚书坑儒，莫扎特弹的古钢琴是电子琴，李白吟诵苏轼的"明月几时有，把酒问青天……"还有岳飞的《满江红》成了建安"三曹"之一的作品，法国是文学家歌德的祖国，法国的首都是伦敦，《红楼梦》的作者是司马迁……

疑似捧和逗。疑似关公战秦琼。大牙笑掉。

大师不笑。大师温和告诫："不会没关系，别乱说；除了把歌唱好外，还要多学一些文化知识。"

来了看图问答题——（图是三面国旗：1. 新西兰、2. 英国、3. 澳大利亚）请说出这分别是哪个国家的国旗？

答：1 是中国，2 是日本，3 是法国。

这回大师变了颜色，快快又戚戚："英联邦国家的国旗你不认识可以理解。可我们中国的国旗……日本侵略我国那么多年，那太阳旗也不认得？"

这回余大师终于急了："你们不读书也就罢了！但是……"

……

这回俺不啧啧也不哈哈了。俺心里说不上是个什么味儿。俺创新一词儿——青歌文化。俺挺为青歌文化汗颜。

青歌手大多是 70 后 80 后，他们没摊着上山下乡和十年动乱，他们赶上了幸福像花儿一样的好日子，他们大多揣着大学文凭，可他们的文化怎么可以如此不济呢？

（2010 年 6 月 22 日）

湘湖探海

山色空濛雨亦奇的午后，我等载茗船行于湘湖，无"文"不话。

我等之一说："山簇簇，柳阴阴。湘湖和西湖是姐妹湖，湘湖早于西湖，湘湖是姐姐。"

我等又一说："山屹于水，水环着山。太白永兴，知章老归，文人墨客铸诗魂。"

我等再一说："何必山水与墨客。湘湖只一个卧薪尝胆就了得。"

于是我等皆越王："置胆于座，坐卧即仰胆，饮食亦尝胆也。"瞧见没，那，城山，越王睡柴草尝苦胆的地方。

过长亭，暮潮平，四面青翠，越王城是也。

汝忘会稽之耻耶？食不加肉，衣不重彩，目不视靡曼，耳不听钟鼓……

湖主开腔："又何止勾践，跨湖桥文化更了得。"

我等戛然，大眼瞪小眼。

知道良渚文化知道马家浜文化知道河姆渡文化不知道跨湖桥文化。

湖主说："五千年良渚，六千年马家浜，七千年河姆渡，八千年跨湖桥。跨湖桥是长江下游迄今发现最早的新石器时代遗址。"

不说河姆渡是江南新石器文明之根吗？

湖主说："跨湖桥是根之根。这不是传说不是戏说是史说是正说。河姆渡有的，这里有；河姆渡没的，这里也有。彩陶、骨针等制作工艺居然超过了河姆渡。更叫绝的是，跨湖桥还出土了三孔和单孔骨哨，悠扬的乐声早在八千年前已然在此响起。你们上海博物馆老馆长黄宣佩考证说跨湖桥遗址与附近各新石器遗址风格迥异，在文化血缘上没有彼此影响的痕迹，跨湖桥遗址应是一支单独的文化类型。他还说江南文明起源绝非以前认识的那般简单，很可能有多个源流谱系……"

至跨湖桥博物馆。我等收敛"文"话，一足跨进史前，轻声挪步，见一"舟"在中央。

湖主说："中华第一舟，八千年前的。那时这里海退或成陆地或成湖泊，先民于是来了，来到这里繁衍生息。约六千至七千年前，海侵再来，这里又成了海，先民于是就走了……"

我等惊叹：这一舟，竟是江南先祖之源？

哗啦啦，似有涛声来。

谁见过前浪推后浪？

后浪拍出千古谜：先祖哪里来？是偶然乘筏驾船，顺江而下至此？还

这不是木鱼石的传说，很老的木头会唱歌。不似诺亚方舟，却也沉淀了八千年的江南文明。

是躲避灾难迁徙而南下？先祖又去了哪里？缘何跨湖桥与河姆渡、马家浜"邻居"却不"沾亲带故"，却又与长江中游的新石器文化遗址颇多相似？

谁能解？

载茗船行归路晚。城山渐远水色溟。流莺暗处问：越王可曾尝胆把舟卧？

暖风轻。我等却肃然：一舟横穿八千年！湘湖探海，上溯千年，江南文明史从此改写。

（2010 年 7 月 13 日）

八一有约

　　湿答答的黄梅夜，看《天地民心》。

　　正为嘉庆会不会要了祁隽藻的小命而紧张得手心湿答答的当口，进来一条短信。

　　不睬。人命关天，鬼头刀已经举在了半空中，长辫颅已被按在了断头台。

　　戏外的魂魄正惊得没处搁的时候，却见戏里一路烟尘滚滚来。圣旨响彻：刀下留人。

　　就是，皇帝哪会跟一个孩子治气？祁隽藻那会儿才多大。

　　心甫定，想起短信。

　　号码陌陌生，语气却谦谦，说"有事想求得您支持，您方便接电话吗？"

　　没留姓名，叫我知己不知彼。不待见这号的。

这世界，太多的空白需要你填写，太多的精彩需要你描绘，
咱当兵的人，就是不一样。

但这夜这时例外。谢嘉庆不计祁隽藻"过"，要不哪有横亘嘉庆道光咸丰同治的"四朝文臣"、"三代帝师"？

　　于是接通电话看哪个找我。

　　"我是武警某支队的谁谁谁。我有邮件在您邮箱里，您看看就知道了。"

　　这情节有点儿小说味儿，玄幻。当即我撂下祁隽藻，他正指着嘉庆的鼻子大骂会试舞弊皇帝桀纣。

　　在众多的邮件里找出一件，直觉就是谁谁谁的。

　　果然是。一封信，一摞稿。

　　"……我给您投过稿，好几次，您都录用了，这很激励我。之后我给《解放军报》《人民武警报》投稿。您可以上互联网搜索我，上面有我写的部分稿件……因为世博会，我们支队新组建了一个中队，我带兵当指导员去了。这次有求您，就是为我的兵。我发现不少战士酷爱写作。我走过的路让我深知，一个人在辛勤耕耘的过程中，都渴望有人拉一下、帮一把……我对战士怀有深厚的感情，我很想为他们的成才创造一些条件。而作为指导员，我更是有责任有义务帮助他们。再过几天就是八一建军节了，我辅导并组织战士们写作。他们的文笔或许还很稚嫩稚拙，但他们很用心很努力。他们需要鼓励，更需要展示的平台。所以我就冒昧地给您打电话……"

　　情节不复杂，关键词"战士、写作、平台"还有"八一"我记住了。

　　感动无声来。

　　烈日炎炎下的汗流浃背，夜深人静中的咬文嚼字，那次第……正想象无限时，听得嘉庆在传旨：重开会试。

震惊了我：好一个山西举子祁隽藻，靠一己之力，做了一件扭转乾坤的大事儿！

跟着我也"下旨"：何妨稚嫩与稚拙，谁敢说这一摞稿里不会出个"举子"？

更何况，一句"我对战士怀有深厚的感情……我更是有责任有义务帮助他们"早已湿了小编我的心。

于是回复谁谁谁：且听《华亭风》武警战士军歌嘹亮个个响当当，且看《华亭风》咱当兵的人就是不一样。

八一有约。谨以此，我给八一敬个礼。

（2010 年 7 月 27 日）

签名售书

去 2010 年上海书展签售《海上楷模》，是《海派文化丛书》新书发布暨签售会。

得到这个消息的时刻，我正跟一帮狐朋狗友美酒加雪碧地打发夏夜。

我告诉他们说，通知我去上海书展签售呐……

上海高烧四十摄氏度的这天下午，我坐在延安中路上海展览中心 2010 年上海书展的中央大厅。

放眼望，一天世界的书啊书人啊人。我掉进了书海和人流里。

坐在签售台上，三个月青灯黄卷的孤寂没了，九十天午夜敲键的辛苦也没了。

有的是兴奋。还有点儿紧张。

正使劲深呼吸的当口，听得主持人说签售前请作者说一两句话。然后就点了我的名。

这太有被袭击的嫌疑，事先没人告诉我作者要讲话。

至少五秒，我大脑一片空白，思维短路。

恨没有"英雄救美"的刹那，我忽然清醒：我干嘛来的？

"人们爱一座城市，很多时候是因为这座城市有着许多属于人民的记忆。几十年来，我们忘记了很多名字，却没有忘记劳模，我们经历了无数次的激动，却依然被劳模事迹感动。《海上楷模》，上海人民的记忆，上海城市文化的记忆。请喜欢《海上楷模》。"

坐下想想亏了，干嘛那么老实不多说几句，比如我跟劳模有缘我热爱劳模崇尚劳模是劳模的粉丝总之我跟劳模的情缘源远流长横跨俩世纪，比如我很意外很欣喜因为很多人跟我说如何如何被《海上楷模》感动如何如何一口气看完《海上楷模》甚至如何如何哽咽热泪盈眶……

没"比如"完，一位白发大叔就过来了："交关谢谢侬，我年轻的辰光也当过劳模咯，所以我一定要看迪本书咯。"

而后见俩小帅哥一高一矮地站在我跟前："我们毕业留在上海做工。你在这本书的封底说，平凡的劳动者只要有志，也可以走出一条路来。这话是给我们的。"两人拿到签名又踅了回来："请把今天的日子也写上好吗？"

而后发现一位疑似领导的人正看着我，一口标准国语道："这是弘扬主旋律。我们的社会需要劳模精神。"

而后一名中年妇女绕到我身后搂住我肩膀："我可以和侬拍张照吗？"

而后，而后……签签签。拍拍拍。高兴。

但我心里倍儿清：我算哪根葱？跟当年上报纸上画报一样，我终究还是蹭了劳模的光。

所以我每签一本都双手递给读者："谢谢你喜欢《海上楷模》。"

最终签了多少本，我没问。

这真的不重要。我对狐朋狗友说："我在意的是，2010 年上海书展，《海派文化丛书》之一的《海上楷模》，有人喜欢。"

我把这句话写进了我的记忆库里，顺带储存了和这次签售有关的那些事儿。

（2010 年 8 月 17 日）

草根情怀

这个初秋喜欢上了《中国达人秀》。

不是一见钟情。

看到"孔雀男"佝偻的身板、笨拙的舞姿的那天那刻，我还不知道达人秀是怎么回事儿，还挺不屑一顾：这又搞的什么怪。

可是，然后"孔雀男"千辛万苦开"屏"就为了让瘫痪在床的妻子开心的故事，然后全场掌声骤起经久不息的镜头，让我上了心。

这才知道了达人秀的更多。

船头卖唱的船娘，街边修自行车的车工，拾荒者，农夫和农妇，卖鸭脖子的小贩，建筑工、超市收银员、保安、快递员组成的民工街舞团，还有没有双臂、袖管两空、却用十趾演绎《梦中的婚礼》"精彩地活着"的小伙子，还有曾经拥有千万、而今沦落到卖包子，却依然相信心若在梦就

给你一点阳光，你就可以灿烂。你笑的弧度里有我，我们会是彼此的星探，告诉世界一切皆有可能。

在天地之间还有真爱的"富翁"……

吃惊地发现，没有腕儿没有星，现场却沸腾沸腾再沸腾。

沸热了我的心。

这就掐着日子等着再见达人秀。

有一天我跟朋友琢磨我的达人秀现象：总不待见"娱乐"的俺就这么颠覆了自己？

为什么呢？我也问自己。

打发时间？肯定不是。

那是为了娱乐后面的文化内涵？这事轮不着俺，那是国家广播电影电视总局干的活儿。

朋友一语拨开迷雾："草根情怀啊。"

卷起的裤管、的确良衬衣，土得掉渣渣的农民伯伯 PK 帕瓦罗蒂叫今夜无人入眠，这边你还没定下神来，那厢他已闭上眼睛如痴如醉仿佛站在维也纳金色大厅的舞台上。滑稽的装束、夸张的表情、笨拙的动作，你这边笑得东倒西歪前仰后合，他那厢却机器人擦玻璃头脚倒立跟头旋子地节拍乱踩步子乱滑敢情自个儿就是迈克尔·杰克逊感觉好极了。你乐得直不起腰，但你不会笑话嫌弃他（她），你会由衷地佩服："够二"才是真性情，就连他（她）在台上痛诉的革命家史泪洒的爱恨情仇，你都会有似曾相识的亲切感，怎么他（她）就像你的兄弟姐妹就像你邻居家的爷叔阿姨还就像你从小跟着他（她）上房揭瓦下地打洞的狐朋狗友？

所以表演靠不靠谱没关系，即便他（她）也知道自己最后肯定被淘汰，即便你被秀得擦鼻涕抹眼泪捧着肚子哈哈哈。

小人物的大梦想，老百姓的真善美，秀上大舞台才是硬道理。

报纸电视电台说《中国达人秀》的眼球率呼啦啦地飙高，比今年夏天的高烧还要高出好几个摄氏度，稳稳地雄踞在上海收视排行榜的第一位。

没有恶炒没有噱头照样火爆照样第一，可见草根的情怀是相通的。

（2010 年 9 月 7 日）

仓城妈祖

曾一次两次三次到仓城河边，寻找仓城妈祖庙。

坚信仓城肯定有过妈祖庙。

明代的漕运中心，怎么可能没有妈祖的保佑。那时候，妈祖是朝野共同推崇的海上保护神。不说百姓，就宋代路允迪出使高丽，明朝郑和七下西洋，哪一次不祈求妈祖？

漕运更是。

所以我固执地认为漕运那么不得了的仓城，也一定有妈祖庙临仓城河而居保佑顺利和平安。

2004 年夏天，"上海老沙龙文化"名人来松江，看方塔园的妈祖庙（天妃宫），他们说，妈祖庙若临水而建，岂不更好。

然后他们到了仓城河边，徜徉。他们惊叹仓城沧桑的文化，遗憾妈祖庙怎么不移建在这沧桑之中。

那天的仓城河华尔兹般的抒情动人，波纹滑爽，却分明泛着流淌着百年仓城百年漕运的涟漪和浪花。

　　面对这涟漪和浪花，电视主持人曹可凡彬彬含蓄地说："这儿更适合妈祖"；作家程乃珊很感性地说："既然这里曾是漕运中心，那就重建一个妈祖庙嘛。妈祖什么时候和漕运分开过？再说，挖掘这块文化，仓城地位会更不一般"；社科院教授郑祖安是妈祖文化研究专家，他说："妈祖文化是海洋文化和水运文化的一部分。"

　　这是共识，妈祖庙与水紧相连。

　　"上海老沙龙文化"走后，我就找寻有关松江仓城的史料，希望看到妈祖庙的记载，印证"上海老沙龙文化"的共识和我的坚信。当然，作为中华妈祖文化交流协会的理事和《妈祖人》的作者，我更希望自己有新的研究成绩献给妈祖人。

　　曾在《娄县续志》中看到一条记载，说在松江秀南桥南曾建有妈祖庙，初为天后宫，后改为圣与庵。没有详细的年代记载，所以我无法考证这一说的真实性。但之后我在《（顺济）庙记》（元初宋渤）里读到"莆有神，故顺济……松江郡之上海为祠，岁久且圮。宋咸淳中，三山陈珩提举华亭市舶，议徙新之"，惊喜。尔后我对照妈祖被册封为顺济夫人的年代、上海天后宫易地重建的年代等可能和顺济记载有关联的元素，便自信：仓城建过妈祖庙。

　　且不说这记载，单看明代仓城甲天下的辉煌，就足以这么自信。

　　明代，仓城是天下粮仓之一，也是松江府的主要漕运中心。全国各地大量的漕粮每年都会聚集于此，然后取道京杭大运河运往京师等粮仓。其时，经过朝野推崇的妈祖信仰正如火如荼。惩治海盗、庇佑救民的信仰内涵，使妈祖自然而然地成为漕运的保护神。于是膜拜妈祖祈求护佑就成了漕运之前的必行之礼，而作为这一需求的物质载体，妈祖庙的建造也就顺理成章合乎民心。这是无可争议的事实。所有研究妈祖文化的学者专家都知道，一座漕运发达的城市一定和妈祖文化有关联。换言之，漕运到哪里，妈祖庙就建到哪里。

据此料定，仓城不会例外，这个漕运中心一定有妈祖庙。

想象当年的仓城，每到漕运时节，大批漕船集至仓城，装卸漕粮，起运漕船，好一派热闹景象。开仓之日，官员百姓均到妈祖庙祭拜妈祖，祈求开仓吉利和漕运平安。是日，庙内香火袅绕，庙外载歌载舞。尔后漕船起程，浩荡而去……

这一景象应该一直延续到咸丰元年（1851）。史料说，咸丰元年，因运河淤塞，漕船难行，全部漕粮由河运改为海运，如此，松江府的漕运中心移到了上海口岸。这年份，恰是北苏州河河南路桥堍天后宫的重建兴旺的年代。这就更不由得人不信妈祖庙在仓城伴随保佑了仓城漕运的每一年，直到仓城漕运的偃息，才跟着漕运中心的转移而转移，坐落到新的漕运中心继续她的庇佑……

所以，仓城怎么可能没有妈祖庙？

所以，至今我还存有幻觉，老觉得仓城某处的老墙头上，有块上了年纪的砖雕；砖雕已被风化，但上面的字还依稀，仔细看，竟是"顺济庙"，或"天妃宫"，或"天后宫"……

寻找仓城妈祖，不仅仅为我新的研究，更为她是仓城百年经济百年文化辉煌的又一见证。

（2010 年 9 月 18 日）

同学走后

同学没能赢过病魔，撒手了，永远地走了。

夏天过了。秋天来了。

这一天我决定做一件事：给同学的儿子烧顿饭。

这不是即兴的念头。同学去天国后的这些日子，我老想起她，老寻思着为她做点什么，自然地就想到了同学念大学的儿子。

同学早年离异，儿子随她，她走后，儿子平日住学校，假期里就独居在她生前的房子里。没有母亲的孩子谁给他炊烟谁给他家的感觉？我能肯定，同学最放心不下的就是儿子。

某一天的傍晚，我跟同学的在天之灵说，哪天我替你掌勺当大厨。

我是认真的。我把这一说视为一承诺。

于是这一天的前几天里我一得空就琢磨这顿饭。买些什么？怎么烧？鸡鸭鱼肉飞禽走兽，哪个清蒸哪个红烧哪个爆炒又哪个煲汤，我开出了一张长长的菜谱。其实我哪里会厨艺，实话实说我的厨房活儿四六不靠谱。但这又有什么关系呢？我一模拟同学的儿子大口吃大口喝大声吧唧嘴的场景心里就感动就觉得这是我非做不可的一件事儿。

当然模拟这些的时候我的心是酸楚的。最后一次见同学的儿子是20世纪末的某一天的下午，那会儿他念小学。那天放下午学，同学用自行车驮着他回家。半道遇见我，同学刹车双脚撑地，然后掉转头对后座的他说，叫阿姨。印象中他像母亲，瘦瘦的，也是两条长腿，因为我记得那天他的双脚够着了地，而且也像他母亲一样，撑着地。我还记得那天他有点儿不高兴因为他的目光里没有快乐还因为他叫的阿姨很干巴没色彩，我为此还对同学调侃，你儿子就这么打发了我？然后我拍拍他的脑袋说拜拜，再然后同学就驮着他走了，我看见他的鞋子时不时地蹭着路面而他时不时地回头看我……我哪里料到十年后我会为他有了一份天上人间的承诺。

……

这一天月明星稀的时候，我送走同学的儿子，一个已经二十岁的、乍一站在我跟前我根本不认识的、我锅碗瓢盆忙乎好半天累得腰酸背疼却满怀欣慰和慈爱地看着他大口吃大口喝大声吧唧嘴的大小伙子。像当年一样，我跟他说拜拜。不一样的是，这回我拍不着他脑袋了，一米八五的个儿，我只能拍着他的肩膀。还不一样的是，我还跟他说了另一句话："常来阿姨家。"

说这话的时候，我又想到了同学。

恰那时，一阵秋风掠过。我抬头，望星空，轻声道："暑退九霄净，秋澄万景清。老同学，该到八月十五夜玩月了。你在那儿还好吗？"

（2010年9月26日）

茶境人境

小镇。茶馆。我们。

窗前，小桥、流水、人家。

窗后，雨巷、烟村、雾山。

一壶茶，千款读。

风声雨声读书声，家事国事天下事，声声入耳事事关心。

这这这，那那那，说说说。

不觉近黄昏。

归不？不归。

续茶。

谁说月儿已上柳梢头？

只管侃，只管吹，只管扯。

哪天咱也一头瘦驴一身布衣穿山越岭去？

人人都道神仙好，唯有功名忘不了。做了神仙没烦恼？神仙却嫌天不老。只在此山中，云深不知处。

平儿小窗
pinger xiaochuang

哪天咱也一路诗歌一袋文章，塞北大漠尽在笔中央？

哪天咱也一个客栈一盏青灯竹简七侠五义甚至梁山好汉传万代？

牛皮吹破。天花乱坠。

这茶喝得？痛快。

玉皇歇了，龙王也睡了。月亮走了。

月亮走咱也走？

谁走？谁走跟谁急。

咱就是玉皇，咱就是龙王。喝令三山五岳开道，咱来了！

再续茶。

叽叽喳喳。喳喳叽叽。

真能浪迹天涯独侠客，咱们？

够戗。玄呐。

何以？

忘了那回咱们中间的那个谁去一个一山未了一山迎的地儿旅游的往事？行前他豪情万丈地跟咱宣告："我要抛却人间恩仇还有三千烦恼丝纵情于山水间潇洒驴一回，任谁电我我都不理睬。"巧的是他驴的地儿一山没"联通"一山没"移动"山山没信号，那刻他得瑟得直把宋丹丹来崇拜：没信号的手机，手机中的战斗机，哦耶！谁晓得他第八回哦耶的时候，竟发现前山后峰就他一头驴。他举头望群峦，低头心发慌。"怎么我与世隔绝了？"他掏出"战斗机"，东南西北地侦察了半天连个蛛丝马迹都不见。他确定他真的被世界抛弃了。他打了个寒噤："天呐！知道当时什么感觉吗？脱离组织，就那感觉。"什么是孤独的恐慌？他说那会儿他真体会到了……痛定思痛，回头是岸：找组织去。当"战斗机"突然启动突然唱起"死了都要爱"的时候，他说他激动得差点哭鼻子。"真的，眼泪都挂睫毛上了啊。""死了都要爱"带来了三条短信，一条叫他汇钱到某个账号，一条问他是否需要知道别人的隐私，还有一条更八卦，请他去领大奖大奔驰。搁平时他不给这三条短信三声"他妈的"就不是他。但那天那刻他心情好得一塌糊涂，他颠颠地说自己找到姥爷了能上溜光大道了。

对对对。真的，这不是桥段。

哈哈哈。

惊醒了水中月天上星：谁也别笑谁，都是嘴上的大爷。回吧，梦里潇洒走戈壁去吧。

片刻无声。一个哈欠，两个哈欠，三个哈欠。

收拾随身物。天儿真不早了，明天还得上班呢。

起身。哪个说，唯觉两腋习习清风生。

又哪个说，散淡，从容，甚至放肆，Office 哪有？

这话在理上。一壶茶，千款读；氤氲间，偷得浮生半宿闲。清福就在碗茗炉烟中。

原来茶境是人境。

（2010 年 10 月 2 日）

而已而已 （《老家山东》之一）

　　中华人民共和国成立六十一周年的这天，父母带着我兄长全家和我全家一大家子北上。北上回老家，老家是山东。

　　阳光还没露脸的时候我们动的身。八个轮子两个方向盘，连人带车才过一个班，但我还是冠之以"还乡团"。我臂膀一甩道："'还乡团'出发，挺进老家。"

　　过长江渡黄河，车马劳顿心急切。

　　树不能忘根人不能忘本。所以，生于上海长于上海，可俺从不说俺是上海人；所以，不会乡音不识乡路，可俺偏偏惦记着老家的一座座青山一朵朵白云。

　　东西南北中，嘚儿哟咿儿哟，谁不说俺家乡好。

　　但俺不牛。俺只说俺老家——

　　只是出了个影响中国几千年的天子之师万世师表的至圣先师孔子和

《论语》而已；

　　只是出了个亚圣孟子和《孟子》而已；

　　只是出了个庄子和《庄子》而已；

　　只是出了个墨子和《墨子》而已；

　　只是出了个荀子和《荀子》而已；

　　只是出了个晏婴和《晏子春秋》而已；

　　只是出了个左丘明和《左传》而已；

　　只是出了个吴起和《吴子》而已；

　　只是出了个百家宗师的姜尚姜太公姜子牙而已；

　　只是出了个兵神父子孙子孙膑和《孙子兵法》《孙膑兵法》而已；

　　只是出了个医圣扁鹊而已；

　　只是出了个王叔和和《脉经》而已；

　　只是出了个写鬼写妖的蒲松龄和《聊斋志异》而已；

　　只是出了个木匠的老祖宗鲁班而已；

　　只是出了个书圣父子王羲之王献之而已；

　　只是出了个占去建安七子之四子的孔融王粲刘桢徐干而已；

　　只是出了个铁面无私的罗锅宰相刘墉而已；

　　只是出了个连皇帝见了也喊头疼却不得不倚重的文学家东方朔而已；

　　只是出了个诸葛亮和《诸葛亮集》而已；

　　只是出了个刘勰和《文心雕龙》而已；

　　只是出了个贾思勰和《齐民要术》而已；

　　只是出了个颜真卿和《多宝塔碑》而已；

只是出了个李清照和《易安词》而已；

只是出了个辛弃疾和《稼轩词》而已；

还有俺不知道的，还有俺遗漏的，在这都而已而已了……

现代的，俺只点艺人。成龙，邓丽君，林青霞，刘雪华，姜育恒，大小S，费翔，伊能静，巩俐，倪萍，李雪健，唐国强，赵文瑄，盖丽丽，黄晓明，范冰冰，陈好，夏雨，王艳，郭小冬，朱媛媛，高虎，宋佳，王亚楠，柳云龙，黄渤，郭冬临，姜昆，唐杰忠，魏积安，黄宏，朱时茂，林永健，赵宝乐，吴雁泽，乔羽，李双江，谷建芬，徐沛东，朱明瑛，彭丽媛，鞠萍，于洋，赵丹，毕福剑，鲍国安，傅彪，胡玫，李少红，秦海璐，傅艺伟，张悦然，李媛媛，丁嘉莉，窦文涛，杨欣，牟希亚，孔祥东，吕思清，郑绪岚，王宁，张山，等等，等等，多了去了，只是跟先人比他们都没啥大名气，所以俺就不"而已"了。

说着说着，俺到底还是牛了起来。哎哟哎嗬儿吆，老家山东让俺什么时候想起什么时候中气十足腰板儿直挺；更何况，这次还有一个"还乡团"。

（2010 年 10 月 12 日）

人民战争 （《老家山东》之二）

料定父亲会在挺进老家的途中对我们进行革命传统教育。

果然，车过江阴，他开课了。

父亲总是这样，克济南战淮海渡长江，深情满怀……

从小到大，每次我都极端认真极端崇敬极端虔诚地接受。

这次更是。因为这次父亲的主题是"老家人民在中国人民革命战争史上的功劳那可是相当的大了"。

"抗日战争和解放战争，山东都是主战场。单说解放战争的山东民兵和民工。从 1945 年 9 月至 1949 年 10 月，山东有一千一百零六万多民兵和民工。他们使用了一百四十七万辆大小车辆、七十六万头大牲畜、四十四万副担架，先后支援了华东、中原、东北、西北四大野战军作战，支援人民解放军进行了鲁南、莱芜、孟良崮、鲁西南、潍县、兖州、济南、淮海、平津、渡江等几十个著名的战役；随军转战山东、江苏、河南、安徽、湖北、山西、河北、浙江、福建、江西等十七个省市；源源不断地将十一亿余斤粮食和大批弹药、军需物资运往前线，把二十多万名伤员转到后方；担负了看押俘虏打扫战场等各种战勤任务，担任了警戒放哨搜集转送信息情报甚至参战等各种任务。同时，先后有近一百万名青壮年参军入伍保证了我军的兵源补充。为了解放战争的胜利，近十二万山东儿女英勇献身。"

乖乖隆的咚，惊诧，我欲言又止。

"这是大概数字，说不全。一个淮海战役他们筹运粮食就达四亿五千万斤，一个莱芜战役仅在一个村他们筹运柴草就达五万余斤，一个济南战役仅在鲁中两分区他们筹运门板就达两万一千余块。还有，仅 1948 年至1949 年的两年里他们就为前线做军鞋七百六十余万双军袜二百二十余万双军衣近二百四十万套军被近一百八十万床，还有……"

又乖乖隆的咚，又惊诧，我又欲言又止。

第一次知道这些数字，从没有过的来自老家的震撼。哪里是欲言又止，分明是我不知何以言。

"一千多万的民兵和民工队伍里有你姥爷和你大爷爷。你姥爷推独轮车给部队送给养，你大爷爷抬担架运送伤病员。"

这我知道。我还知道搁现在我的姥爷和大爷爷就是正宗的名副其实的铁定的离休老干部。

"无数个你姥爷你大爷爷们还开展破袭战地雷战麻雀战配合主力部队作战，还送子参军长子牺牲送次子次子牺牲送三子，还杀猪羊宰鸡鸭撺着队伍往战士的口袋里塞鸡蛋塞红枣塞馍馍狠劲地塞……一直到渡江到上海。我们一定要过江的。国共和谈成功，我们开过去；和谈失败，我们打过去。"

这我也知道，1949 年 4 月 13 日和谈失败，4 月 20 晚我军开始打过长江去，解放全中国，将革命进行到底。老蒋真是拎不清都穷途末路了还硬撑。

"老蒋输在哪？我当时在华车野战军九兵团三十三军九十九师二九六团一营二连，亲历了老家民兵和民工的全力支援全面支援和全程支援。连国民党将领都说，国民党一定要失败了，共产党是人民战争……"

忘了在哪看到的——陈毅说，我陈毅死在棺材里，也忘不了山东人民对我们的支援。

其实这话见诸哪里不重要，重要的是——可歌可泣，我的老家山东。

（2010 年 10 月 19 日）

雷乡英雄（《老家山东》之三）

这天"还乡团"还没到江阴的时候，太阳就笑眯眯地露了脸。

太阳一路跟着，听我大牛特牛老家名人，看我虔诚接受革命传统教育，一直跟到胶东半岛我姥姥的家。

红瓦绿树，碧海蓝天，曾经的抗日根据地。

地雷战的故事，就发生在这儿。

20世纪60年代初八一电影制片厂拍摄《地雷战》的时候还没有我。几岁看的《地雷战》？我没有记录，但我记住了我第一次知道有一种革命武器叫地雷是在部队大院操场上的露天电影里。而把地雷战具体到了我老家的那山那水那些人是在我自己也穿上军装成了革命的人儿之后。

1940年2月，小日本鬼子在我老家烧光杀光抢光。父老乡亲岂肯任人宰割，他们创造发明了地雷。地雷战成了老家民兵抗日的最重要的作战方法之一。

第一次用地雷炸小日本鬼子，是 1942 年初春的一天清晨。儿童团员放哨民兵埋雷群众转移。约 9 点钟，轰，惊天响，五具小日本鬼子的尸体，一匹枣红马的尸体。儿童团员那个乐啊：铁西瓜开了花，空中飞起大洋马……

儿童团员蹲守山头发现鬼子就发信号旗的活儿直叫我懊恼来世迟了要不我一准是里面最勇敢的那一个。玉兰那根又长又粗又黑像丝一般润滑的辫子真是羡慕煞我，那会儿我没有辫子我渴望有辫子，所以当玉兰把辫子咔嚓掉的时候，我听到我的心里咯噔了一下，但我很为玉兰了得，两根秀发捻起来，就成了让小日本鬼子丧胆的地雷的引线，值。

1943 年秋，小日本鬼子两千余兵力再次窜入我老家。那时老家民兵又发明了石雷，一种探雷器都探不出的武器，还有铁雷、水雷、散花雷、子母雷、夹子雷、连环雷，还有麻雀战、伏击战、围困战、破袭战……聂凤智说我老家是地雷战的正根儿。为此我老家有了"铁西瓜开了花，空中飞起大洋马，鬼子的脑袋搬了家，受伤的鬼子满地爬"的抗日歌曲。

从父亲那儿知道玉兰的原型叫孙玉敏。孙玉敏参加地雷战近百次，要了十七个小日本鬼子的脑袋，是远近闻名的爆炸大王、胶东女民兵英雄、全国民兵英雄、全国战斗英雄，毛泽东周恩来刘少奇等党和国家领导人都接见过她。我还知道孙玉敏的家离我姥姥的家不远。许世友说我老家"英雄造地雷，雷乡出英雄"，这就让我不能不说我的姥姥。

姥姥生有四儿四女。四个儿子也就是我的四个舅舅都是在抗战期间没有的。难怪我打小就痛恨小日本鬼子，国仇家恨，这烙印与生俱来。后来姥姥把四个女儿中的两个也就是我二姨和我母亲送进了革命队伍。无法用铁西瓜开了花，空中飞起大洋马，鬼子脑袋搬了家，受伤的鬼子满地爬。

我们坐在高高的谷堆旁边，听妈妈讲那过去的事情：海阳的铁西瓜，炸得鬼子上了天。

一个"了不起"来概括姥姥的了不起。20世纪70年代初，有一天从北京来了一位一看就是革命者的人。革命者进门就对我姥姥磕头就喊娘。我这才知道姥姥在抗日战争和解放战争期间收养过好几名共产党的伤病员。"我就是您的儿子。"伤病员离开姥姥的时候都这么说。那天革命者说，娘，您是英雄，儿子我来请您上北京，上毛主席住的地方。姥姥高兴呐。姥姥颠着小脚上了毛主席的家。姥姥在毛主席家的天安门前留了影。姥姥在天安门前的那站姿那眼神，跟英雄一样一样的。

　　姥姥说这样的儿子她至少有五个。姥姥还说这样的娘老家山东多着呐。

（2010年11月2日）

忠孝好汉 （《老家山东》之四）

    几天后，"还乡团"离开胶东半岛向鲁西北平原挺进，那儿有我父亲的童年和少年。

    按说我得随父亲以鲁西北为自己的根。但我很少这么说。我对父亲说鲁西北黄土遮天哪里比得上母亲那的好山好水所以请您老理解谁不挑好的说反正胶东和鲁西北都是咱们山东的。当然这只是说说而已。

    和母亲的家族不同，父亲的祖上多为读书人，历史上出过秀才，是廪生，还出过举人，是解元，上了三元之一的宝座了。

    所以我一直以祖上的文化根基为荣耀。荣耀感常鞭策我得像个人样不说光宗耀祖但至少别给祖上蒙羞。为这我也常"心怀不轨"谋划哪天去老家的老屋掘地三尺因为我老有种幻觉老觉着我有个使命叫文化寻根。但父亲告诉我："哪里还有？'文革'的时候你奶奶用古书古画烧了一顿饭。

那么多的线装书哪，一把火就没了。"

祖父解放前就是教书匠，他高瞻远瞩，说"学而第一。再穷也得供孩子们读书"。所以我的父亲和我的叔叔们从小就摇头晃脑地诗书礼乐易春秋。但父亲在十六岁那年穿上军装冒着敌人的炮火跟着中国共产党走了，叔叔们和祖父则继续在家学不厌而教不倦也。解放后我的叔叔们分别以前几名的高分考上了大学，而那时我的父亲已是中国人民解放军驻沪某部的一名年轻的军官。

我因此一直有个疑问，那么崇尚兴于诗立于礼成于乐的祖父为什么将他的长子也就是我的父亲送进了枪林弹雨使其书信中原阔干戈北斗深？

这天这夜煮酒论山东。论山东自古出好汉，单那梁山泊一百零八将就忙坏了宋元明清直到现今的文人骚客和武林高手们；论山东自古出宰相，从姜子牙晏婴诸葛亮到王猛王导房玄龄单一个孔明就超级给力让人翻来覆去地琢磨了一千七百多年还没完没了。

何也山东出好汉又出宰相？

这就论到了孔子。见利思义见危授命，孔子让忠孝渗透并扎根在了齐鲁大地。

所以从群体来说，孔子的乡亲们无疑是中国最为忠孝的一群。梁山好汉改聚义厅为忠义堂，诸葛亮面对软弱蜀汉的后主仍"鞠躬尽瘁，死而后已"……还有这个好汉那个宰相好好多耶说也说不尽。一言以蔽之：一条忠孝的主线贯穿了山东几千年的历史。

这就释然了。忠孝因山东深刻深厚的孔子文化而成而积淀而构筑了山东人的本质，并延续，并生生不息。

这就没有疑问了。国若破，家何在？祖父深明孔老夫子的忠孝大义。好汉呐！

噫，秀才举人之根基，忠孝二字响当当，何须掘地三尺，又哪里是一把火所能灭尽？

忠孝民族和国家，老家山东千年不变之精神的感叹号。

（2010 年 11 月 23 日）

不亦乐乎 （《老家山东》之五）

《老家山东》之四刊出后，我开始犹豫要不要写这"之五"。

犹豫是从作家J君的一份邮件开始。J君说，山东名人简直把他省人吓死，我们怎么活呀。

明知这是玩笑话，我却当了真。

作家P君相反。P君说，叫人如何不爱山东啊，所以"之五"是必须的。

这话不是玩笑，所以我更当了真。

其实我原本就打算写"之五"的。我特别想拿我在泰山和曲阜的心事儿说给大家乐和。

那天"还乡团"离开鲁西北后就直奔泰山。

南有妈祖北有泰山老奶奶，信奉妈祖的我因为泰山老奶奶的"庇佑众生，灵应九州"，半道上恭恭敬敬地祭拜了泰山老奶奶。然后一路攀登我站在了泰山之巅。但我没有想象秦统一以来十二位皇帝来泰山举行封禅祭拜大典的画面，也不"登泰山而小天下"、"一览众山小"，更不学汉武帝的诗性"高矣！极矣！大矣！特矣！壮矣！"

说出来也许没人信。那刻我想到的是，"人固有一死，或重于泰山，或轻于鸿毛。为人民的利益而死，就比泰山还重"。司马迁拿前一句说给任安听，抒发的是自己写《史记》的意图和决心。毛泽东加上后一句教导我们的共产党和共产党所领导的八路军新四军，要向为人民利益而死的张思德学习。

那刻之后我想了好一会儿也没想明白为什么我会在那个时刻想到这两句话。然后我就看到了"五岳独尊"，看到好多好多的人在那儿拍照。那些人来自五湖四海，是为了一个共同的目标走到了一起来的。再然后幸福感就在我心里升腾，"庇佑众生，灵应九州"，祖国昌盛多么的好，人民的日子像花儿一样多么的好。再再然后我忽然又回到了"或重于泰山"和"为人民的利益而死，就比泰山还重"上，我疑问为什么不说重于衡山或华山或恒山或嵩山？

一路思考，快到曲阜的时候，我搁下了这个疑问，因为我不断地看到"有朋自远方来，不亦乐乎"，我的心事儿跟着就乐乎了起来。

下车我就听到有人叫我老师，是路边的一个摊主，卖《论语》《孟子》《墨子》《荀子》和五经。摊主说老师您不要本《论语》吗？尽管现今人好称老师，但在孔圣人的家里被人这么称呼，我挺不自在，我因此又产生了一个疑问，怎么老家山东也滥用老师？

住在全球离孔庙最近的一家宾馆，似乎伸手就能推敲孔庙的大门，这

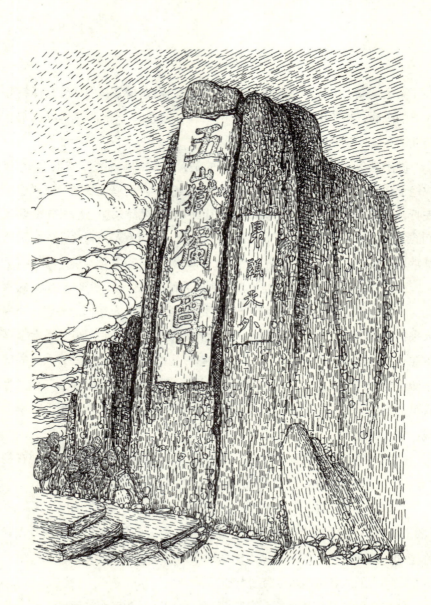

高山仰止，景行行止，你还是你，从此世间再无江湖。

让我兴奋得手舞足蹈：晚饭咱们就着孔庙的味儿吃。服务员闻声递上菜谱问，老师您来点什么？我愣神。又是老师。又是不自在。

　　饭后乘三轮车溜达曲阜的街市。问车夫多少钱？车夫说老师您看着给。上车坐稳，车夫问老师您先看新城还是老城？不等我回答，车夫又说老师您还是先看老城吧老城更有文化。车夫连着三声老师后我终于不想不自在了我想弄个明白于是我问，师傅您为何称我老师？车夫答，是孔圣人教我这么称呼您的。我差点没摔下三轮车，我说师傅您别吓唬我我胆儿小。车夫一本正经，说真是孔圣人教的他说三人行必有我师。

　　灌顶有醍醐。"泰山岳中之孔子，孔子圣中之泰山。"一山，一人，独一无二，不可复制，中华民族的文化和精神啊！

　　妥了。"之五"就这样吧。《老家山东》就这样吧。

　　如果真能叫人如何不爱山东，那我就真的不亦乐乎了。

（2010 年 12 月 14 日）

我姨没了

11 月 7 日，记者节前一日。

这天早晨大雾，高速公路封了，我只能乘地铁 9 号线转 4 号线。我不得不这么做，因为我要去浦东参加记者节颁奖仪式，我被评为上海市区县报十佳新闻工作者之一。

我是怎样的欢喜呐，以至于回来的路上，车轮都跟着我欢蹦。

记得很清楚，是在绍兴路上，去取《丁法章文集》的时候，我的手机响了。

看来电显示，是母亲的。

"妈妈，有事吗?"

"你在哪里?"

觉得母亲的语气异样，我说："我在市里，开会。"

"什么时候回来?"

最是不觉，泪已拆两行，枪林弹雨都伤不到的您，已经化作一股飞烟，告别了激情燃烧的岁月。

确定母亲的情绪肯定异常，我说："已在回来的路上了，估计半小时就到了，有事吗?"

"你二姨没了。我和你爸马上过去。你二姨在家没的，等发现身子都硬了。"

出大事了!

血液嗡地冲上我脑门。我脑袋却空白一片。

车轮碾着我心情，悲哀压在我心头，胸闷，呼吸费力，嗓子眼堵塞，我一路出不了声。

二姨就是《我姨》里的我姨。

我的姥姥有四个闺女，我姨是老二。

二姨没了?

我欲哭无泪。

2009 年 10 月《我姨》发表，不止三四五六个人对我说，把《我姨》扩展成中篇最好长篇。

起先一二人说，我没当回事儿。后来三四人说，我耳根停顿了几天。再后来五六人说，我动心了。

作家 J 君教导我："你宜早不宜迟，尽快跟你姨要素材，你姨年纪大了，你不能拖。"

以为枪林弹雨都伤不了的二姨不会轻易倒下，以为要强好强的二姨不活个百儿八十的哪肯撒手人寰。

"还是得抓紧，早点准备素材不会错的。老人的身体，不可掉以轻心的。"

我心说，事太多，等等吧。没事的，二姨身体好着呢。

悔啊悔。

总说自己忙，忙得不得了，总说等忙过这一阵就写。可今日挨明日，明日复明日，我总也忙不过"这一阵"。

其间某文学月刊副总编催我："赶紧写吧。题目就叫《二姨》。这是一次有意义的写作。二姨的岁月，零碎没有关系，组合起来，就是解放战争的一段历史。这段历史，不仅仅属于他们，还属于我们以及我们的下一辈。"为了说服我，他还不厌其烦地不止四五次地这般那般的给我开课。

我是真的准备进入状态了。10月，《我姨》发表一年的时候，我的心给未来的《二姨》腾出了思考的位置。我曾经在好几个夜间让自己从浮躁中平静下来，给这个创作安排档期。就这天上午在9号线上，我在喜悦之中还有过片刻的计划：年前无论如何动笔。

……

我姨今天上午化作一股轻烟，没了。

跟着我姨没的，是她有点儿零碎的、却能组合成为解放战争一段历史的激情燃烧的岁月。

《二姨》呢?

呜呼哀哉。

我姨没了。

日月逝矣，岁不我与。

从这天开始，我再没有二姨可叫了。

(2010年12月16日)

等待早餐

  深秋某日凌晨 4 点多，上海作家采风团到江西一个曾经有雄鹰盘旋栖息的地方采风。

  下火车，进宾馆听得接待方说："非常抱歉，你们预订的房间还有客人在睡觉，请你们上八楼会议室休息。"

  找到八楼会议室，门却锁着。正想发作，丁零当啷，服务员跟着一串钥匙来了。

  作家们和服务员都不说话，都哈欠连连，都困得厉害。

  楼道灯光有点暗。

  服务员就着暗光拎出一把钥匙，却插不进锁眼。换一把，还是插不进。再换一把……

  服务员哈欠道："对……不起，拿错了，请稍等，我……去换一串。"

  作家们在暗光里接过服务员的哈欠，一个两个三个四个……至少打了一个班的哈欠后，八楼又传来了丁零当啷声。

"八楼的钥匙串找不见，请下到四楼会议室。"服务员说。

作家们不情不愿地被一串钥匙领到了四楼。

楼道还是暗光，但这回服务员只拎了一下只插了一次，门就开了。

屋内灯光明亮，晃得作家们眯缝起了眼。

一阵稀里哗啦后，作家们都成了坐家，但个个东倒西歪，找不到一个腰板儿笔直着的。

"给我们弄点水吃好不啦?"作家甲对服务员说。

"早饭几点钟有?"作家乙问服务员。

"好的，7点。"服务员一句两答。

作家丙说："哪里可以刷牙洗脸，我们都是隔夜面孔。"

作家丁说："是啊是啊，揩把面，还有眼污屎，难过煞啦。"

"那里。"服务员指着一方向说，"那里可以。"

那里是会议室的卫生间。

卫生间就卫生间，只要没有眼污屎。

一阵拉箱翻包，杯子牙刷毛巾，作家们轮流走进卫生间，洗刷刷洗刷刷。

停当后，作家们口腔清爽眼睛明亮精神活泛了起来，于是七嘴八舌道："现在要能喝杯热牛奶不要太好噢。""喝碗热稀饭就灵哉。""困一觉还要好。""几点钟了? 哪能刚刚6点多一点啦? 还要等一个钟头。""咯么现在做啥啦? 就迪能样子坐啦嗨?"

作家们大眼看小眼，屋内一刻安静。

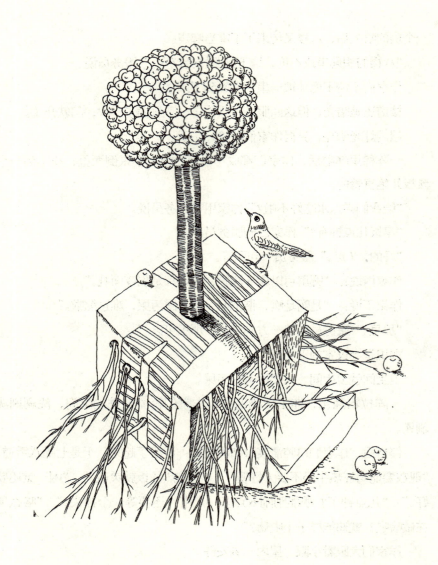

一个哈欠，一声叹息，一段掌故……时光吻着碎片，折叠成温暖和开怀，铺衬着兰格汉斯岛午后的小确幸。

　　一刻过后，作家 Q 君忽然说："我跟大家讲噢，这里不但有龙虎山、圭峰，更有尚未显山露水的人文景观。捺晓得吧，当年邓小平复出进京前就住在这里的一个叫交际处的地方。"

　　"真咯?"

　　"1999 年的早春，我到这个交际处采访过。上千年的樟树有好几棵，要在阿拉上海，不晓得有多少稀奇呢。邓小平住过的那间套房，所有的用品都是原物。我还在他的床上翻了个跟斗呢。怎么样，这次带大家去看一看?"

　　"好咯，好咯。"作家们真的心驰神往。

　　正那时，服务员轻声说："您说的地方，拆了。"

　　"啥?" Q 作家差点没从椅子上跳起来，"我讲的是交际处!"

　　"是交际处，也就是镇招待所。"

　　"对的对的，后来是镇招待所。"

　　"拆了。"

　　"真拆了? 什么时候? 为什么?" Q 作家的眼镜都跟着着急，差点滑下他的鼻梁。

　　"真的。一个多月前，给省运动会做停车场。"服务员答。

　　"咳!" Q 作家半天就吐出这么一个字。他比画着手，想做点什么似的。他唯一能做的就是扶正镜架，然后仰视天花板，跺脚，扼腕，嗟叹。

　　哎呀呀，哎呀呀! 一屋子的可惜声将灯光都震得直晃悠……

　　又一刻安静。又一刻之后，不知哪个说："快哉快哉，还有刻把钟就有早饭吃了。"

作家们于是纷纷起身，左三圈右三圈脖子扭扭屁股扭扭抖抖手啊抖抖脚啊深呼吸："走，吃早饭去，肚皮老早饿煞哉。"

走到电梯门口，好像是 Q 作家说："想想蛮好白相咯噢，一帮子人老老清早坐在一个陌生的地方嘎山湖，这有点像小说情节的噢?"

然后众作家异口同声说："是咯是咯，小说情节，但不是虚构的。"

······

记下这些零碎。为什么呢? 没准再过二十年，我们来相会的时候我会翻腾出来给大家，他们会说这是"老给力的情节"吗? 更没准哪天哪个会拍个上海作家采风记之类的纪录片，那我就说："我有一节，原汁原味儿的，题目我都给拟好了，叫《等待早餐》。"

这么想着我就觉得这些都是有意义的零碎。

不是嘛，生活里的生动，不就是这样来的吗? 若干年后，这些生动不就成了历史的记录了嘛。

（2010 年 12 月 20 日）

我与地坛

2010 年最后一天的清早，一条消息让我黯然。

史铁生走了，病魔带走了他。

太太太意外。盯着电脑屏幕，我半天不认这个事实。

肯定难过，因为他是我最喜欢的作家之一。

喜欢的根源扎在 20 世纪 80 年代初的某一天。好像是在广州的一份报纸上，我读到了《秋天的怀念》。这么几个细节：瘫痪后的他老爱发脾气，每每那时母亲总是悄悄地躲出去在外面听着儿子的动静。当一切恢复沉寂，她进来，红着眼对儿子说，听说北海的菊花都开了，我推着你去走走；他狠命地捶打自己的两条腿，喊，我活着有什么劲；母亲扑过去抓住他的手，忍着泪说，咱娘儿俩在一块儿，好好儿活，好好儿活；他没想到母亲已经病成那样，竟是诀别，别人告诉他，母亲最后一句话是："我那个有病的儿子和我那个还未成年的女儿……"少说我看了五遍，少说我能背出五个段落，少说我湿了五块手绢。我被摄了魂，我哭兮兮的不像一个兵。可那时我就是一个兵。

1985年寒假，已是中文系大二学生的我去北京。我跟战友说我想去北海看菊花。战友大声嚷，你傻呀大冬天的连你都成冰块了那菊花还能活？

20世纪90年代初，《我与地坛》又让我热泪盈眶。就是他母亲怕他想不开，偷偷去地坛偷偷看他的那段。至今还能依稀记得：他在灌木丛后看到母亲在地坛中焦急地四处寻找他，她视力不好，端着眼镜像在寻找海上的一条船，她没看见他时他已经看见了她，待她也看见他时他就不去看她，过一会儿他再抬头看她就又看见她缓缓离去的背影，可他不明白自己当初为何不出声；有一年他忽然想，这么大的一座园子，要在其中找到他，母亲走过了多少焦灼的路，他头一次意识到，这园中有过他车辙的地方也都有过母亲的脚印……

1996年秋天我去了地坛，地坛就在雍和宫的对面。古殿檐头的琉璃，朱红淡褪的门壁，还有玉砌雕栏和老柏苍幽的祭坛。那次我只感受了地坛。2009年5月我陪父母进京特地登上一高楼远眺地坛。那天太阳高高挂着，我看到从山脚下走来一个男孩，我就想到了史铁生和"死是一件不必急于求成的事，死是一个必然会降临的节日"。那次我感受了我与《我与地坛》。

世间再无史铁生！我不想拿他的疾病矫情，说什么精神大于肉体，说什么心灵的痛苦胜过肉体的痛苦。四肢健全的我辈说这话实在是太虚伪了。2010年最后一天的这时这刻，我面对"著名作家史铁生脑溢血今晨去世"想到了"左丘失明，厥有《国语》，孙子膑脚，《兵法》修列"，还有瘫痪又双目失明的保尔·柯察金……我对自己说，或许这真的就是上帝的意思。

人生几许失意，为何偏偏选中你？苍云白狗，一切皆过眼烟云。你是一粒尘埃，乘着风儿落在悲伤的眼里。

倘若史铁生没有疾病，他会沉下心来写作吗？倘若不驱轮椅，他能在文字长翅膀的当下，撇掉他身上的苦难，把人生中最浓酽的况味，用平和的口吻说出来吗？所以从这点说，史铁生别无选择，他是纯粹的。

是夜，我做了一个梦。《我与地坛》拍成了电影，我坐在地坛的银幕前。我手里捧着一束北海的菊花。画面上的史铁生说，我只想踩在软软的草地上的感觉，我只想踢一枚路边的石子的感觉。然后我听见我的眼泪滴滴答。

今天是史铁生六十岁的生日。谨以此文纪念之。

(2011 年 1 月 4 日)

贾公安坤

1月22日，两年前的今天，大地冰冻，您走了。

之前的18日，我惊骇地听说您一两日前的夜半突发脑溢血昏迷不醒入院抢救已报病危。我知不妙，心沉重。

好像是20世纪90年代初，您大脑微细血管出血小中风过，是您告诉我的。

忘了是谁告诉我，说人体某个部位出过问题，若干年后这个部位还会出问题，是可一而不可再的问题。

但我仍然期盼医疗有奇迹。

可是，您累了。您与命抗争了一星期，撒手了！

天道宁论！

您真走了？

到今儿我还不能接受这个事实。

我的邮箱，我的手机，"贾老师"还在。

好多次，我走进您的邮箱，《年轻人浮躁难免》《怀念旧里弄真情》《善心要有还防发错》《包装欺诈死路一条》《真的怕叫老了》……您的稿子都在。"丫头，老夫又乱写了一篇东西。"您老爱说自己乱写。

最近的某一天，当我又一次进入您邮箱的时候，我忽然遗憾不休，因为我发现您给我的所有稿子都是传真或是电邮过来的。我居然没有您的一滴墨迹！

好怨您呢，贾老夫，您干嘛要像年轻人那样依赖电邮，干嘛要学会收发邮件呢！

135……7045，您的手机号还在我的手机里。您每次来稿都会短信告诉我。这些短信，都在，我不删，常翻阅。

2008年11月5日下午，"丫头：乱写了一篇，供参考，已发到你的邮箱里。收到没有，请告我。贾安坤"。就是那篇《真的怕叫老了》，您说："……今年8月1日开始，坐车要运用敬老服务专用卡，当老夫我第一次刷卡时，想不到刷卡机器大声呼喊出老人卡三个字。我不免吃了一惊，自认心态年轻又康健的我，一下子感到老了许多；久而久之，不断循环，便害怕了它的呼叫声：啊呀呀，人真的老了，不中用了，弦也挑不准了！几个月来，一直有被遗弃的苦涩，心态无论如何也好不起来，每坐一次公共汽车，一整天都精神不振。……忽视对老年人人性化的关爱和尊重，何止刷卡机一件，我们的有关管理部门和社会的人们，是可以举一反三的。"记得当时我就笑了，我在电话里对您说，老人卡叫俺贾老师闹心，从明儿起，咱不用它了。您说，老夫是性情中人。只要有题目，我就乱写写，发不发无所谓。

我哪里想到，这竟是您最后一次给我稿子。

我更想不到的是，两个多月后，贾老师您竟真的老了。

好多人告诉我贾老师您好酒量。

2008 年雪花大如席的那天，您到松江煮雪问酒味。那天您喝了好多的酒，白酒。那是我第一次见您的酒量，感觉您是酒仙。您说，古人称酒为欢伯，我的得意之作，都是"酒后吐真言"所得。

可好多人还告诉我，贾老师成也杜康败也杜康。

2011 年，雪花又飘飘的时候，我们又说起您。

说，他那么喜好酒，不知在那里可有酒喝？

说，怎么能不喝？将进酒，杯莫停，他一定是这样。

说，古来圣贤皆寂寞，唯有贾公留其名。

说，愿他长醉复又醒。

知道我想对您说什么吗贾老师？

少喝点，少贪杯，别老让我们担心。

您真叫人不放心。

是 2009 年 1 月初的一天，我给您电话。电话那头一片酒觞声，电话这头我都闻着了酒香。我问，贾老师您好吗？您说，丫头，我好着呢。我问，您在喝杜康？您说，是。丫头放心，老夫很好。

才几天，就传来您的噩耗。

"丫头放心，老夫很好"，竟是您给我的最后一句话。

您真的走了。

24 日那天，龙华殡仪馆某厅里三层外三层的花圈。

好瘦好瘦的人呐，躺在花圈中。

我无法不相信那就是您。

我哭了。

好多次好多次想起您。每次总有恍惚：贾老师您没有走。

2010 年 5 月 5 日杜鹃花盛开的日子，在天台，我遇见您的好友金福安老师了。金老师刚从文成县到天台，他去文成县参加赵超构先生诞辰一百周年铜像揭幕仪式。没您的身高，却跟您一样瘦瘦的金老师让我立刻想到了您：如果贾老师您还活着，一定会参加这个仪式，也一定会绕道天台，那我不就能在天台脚下"寒山问拾得"了吗！我这么想的时候，金老师说："老贾活着的时候常跟我提到你。老贾好人啊。"知道吗贾老师，那瞬间我什么感受？贾老师您哪里走了，您不就在我身边嘛。

老贾好人啊。

好些人都这么说。

有文说，贾安坤这个人，是个真实的人，敢说真话，会写讲真话的文章。他这个人，是个讲义气的人，路见不平，拔"笔"相助。他这个人，是个平凡的人，坐汽车，爱坐副驾驶的位子，车上就他一个人，他也不坐"首长"位子。他这个人，是个很有才气的人，讲话不用念稿子，出口成章，出口惊人。说，他留下的最后一句话是："把材料交给……"那材料是什么呢？是有关农民土地问题的材料。他的一生是同占人口大多数的农民联系在一起的。人，不论地位高低，只要能把心同人民群众的心连在一起就是巨人。贾安坤就是彻头彻尾代表多数人利益的人。希腊神话讲，有个英雄，刀枪不入，可是，就怕脚后跟离开土地。后来他离开土地，便亡了。贾安坤从来没离开土地，临终还手握土地理论的材料。因此，贾安坤不会死，永远不会死，永远活在地上的人心中。

对了，还有您的碑文，我也念给您听听："七十二年人生路，半个世纪笔墨情。驰骋上海报坛，为改革开放鼓与呼，创建地方分社，献中央党报光和热。建言献策，情系三农，为轨交延伸航头，造福乡梓，竭尽心力，贾公一生胸怀坦荡光明磊落，堪称富有智慧，敢于直言之报人。"

给您落葬的那天，那么多的人去了，那么多的小黄花，还有那么多遍的"老贾好人啊"。

今天是您走两年的日子。

整两年了。

在那边，您还讲新闻观和三农论吗？您还叼着一支烟在烟雾缭绕中滔滔不绝吗？您还"乱写"吗？

您留给我的，怕是抹不去了。哪怕轻轻的一划，也在我心头留下了深深的痕迹。

行笔至此，我又潸然。

世上已无贾公安坤。

呜呜！情何以堪？

（2011 年 1 月 22 日）

期待小二

　　这些日子，晚间，小二那些年的小品一前一后地在好几个台里在好几个黄金档里重播，再重播。

　　每回，只要被我瞄着，肯定盯牢。换言之，凡有小二的台，皆被我锁住而没得商量。

　　小二是哪个？

　　陈佩斯嘛。

　　1984年小二在春晚《吃面条》，第二天发现所有人都在说陈佩斯头一天的台词。跟着小品演员就像雨后春笋，跟着小品这个新"项目"在中国渐成气候，再跟着小品走出相声之怀抱与相声分庭抗礼。

　　《吃面条》开中国小品之先河，小二是当之无愧的春晚元老，是板上钉钉的小品先祖，当然这是我的独家之言。

　　算来小二跟春晚拜拜有十几个年头了，十几个年头里小二一直是我对春晚的期待之一。

相信不止我这样。

这不？今年日历还没翻够十张，报纸电台的小编记者又拿小二说事，爆料小二回来了，这回有鼻子有眼连小品的名字都有了。

不会又空穴之风吧？不会又"只闻楼梯响，不见斯人来"吧？

希望不会。2010年的大年初一小二不是出现在北京台的春节联欢晚会上吗？2010年底小二不是出现在上海东方卫视的《笑林盛典》上吗？即使小二说过"和春晚不再有任何联系"又怎样，人家本山大叔不也曾经广告天下说不再上春晚了吗？

我是本山大叔的粉丝，其实我更是小二的铁丝。

忘了那天是《可凡倾听》还是《陈辰全明星》里，小二黄色T恤灰色休闲裤还有一成不变的光头，京腔，难得一笑；与小品里的活跃、喧闹相比，现实中的小二安静而寡言。那天他说他的苦难历程，官司，被封杀，公司倒闭，上山种树，三言两语就句号；然后他说他在玩话剧，《老宅》《阳台》《阿斗》，玩得挺舒心。说这些他有四大皆空的气度。我想也就小二能这样，没有那苦难的历程，一般人是修炼不来的。还有，小二留起了胡子。小二的胡子花白却吸附力超强，那天愣把我这个铁丝铁得忘了燃气灶上的锅子里的东东在上蹿下跳。还有，小二居然喜欢上了甲骨文？老去的是岁月，不老的是小二呐。

那天觉得他更应该说两句小品。可是他没有，一个字都没有。

真铁了心不再小二了？

别价呀。

《拍电影》《烤羊肉串》《胡椒面》《主角与配角》《警察与小偷》《姐夫与小舅子》……小二实在忒二，小二实在太给力，都过去十年二十好几年了，小二还叫人一分钟一笑两分钟大笑三分钟爆笑哈哈哈，还叫"这个春晚要能见着小二该多好"的期待在民间此起彼伏。

　　写到这儿抬头，巧了，龙永图和央视原副台长正在某电视节目里和观众一起点评往年春晚。主持人问，喜欢春晚什么节目？他俩说："小品。"观众答："陈佩斯。"

　　什么叫经典？

　　好些事情都这样。小说散文诗歌之类的也是。大浪淘沙，沉淀下来的才是金子。这是真理。

（2011 年 1 月 31 日）

扁担叔叔（二）

年前看望杨怀远。

从 2006 年开始，每年的年前我都去看他。

每次，行前我会给他电话，这么说："扁担叔叔，我去看您呀。""我只做了一点儿的小事，你们却记了四十多年。"他这么说，然后哈哈哈，开心地笑。

每次，天目中路某个小区的大门口，我的车被门卫的臂膀挡住。门卫说："外面车辆，不得入内。"我说："我去杨怀远家。""哦，看劳模啊，咯么好咯，侬开进去好了。进去朝前，左转弯。"

每次，进去后左转弯，一脚油门就到了杨怀远的楼下。杨怀远住十七楼，楼梯口有防盗门，没卡开不了，我只得拨杨怀远电话，说："扁担叔叔，我到了，在楼下。"杨怀远说："哦，到了？等着，我下去接你。"

每次，还没见杨怀远就听见他的声音："我的小旅客来看我来了。"然后杨怀远就出现了，就伸手牵住我的手，就将我领进电梯。

每次，杨怀远的妻子等在十七楼的电梯口："欢迎欢迎啊。"然后我就递上礼品，说："阿姨好！给您拜年来了。"阿姨说："你来我们就很高兴了，还带什么东西。"

每次，进屋我想换鞋，阿姨不让："换什么鞋，不换不换。"阿姨把我让进客厅，把我按在沙发里："坐，我去倒茶。"阿姨转身进厨房后，杨怀远就说："我领你看看。"然后他就又牵着我的手领着我从这个屋到那个屋："我们的条件还可以吧？托改革开放的福啊。"最后他将我领进书房。

每次，进书房我就肃然起敬。杨怀远书房所有能挂照片的墙面都挂着照片。那照片，恐怕是全上海最高规格的照片。从毛主席、刘少奇、周总理到邓小平、江泽民、朱镕基再到胡锦涛、温家宝，共和国最高领导人的形象都集结在他的墙上，而所有的照片上都有杨怀远。从 20 世纪 60 年代到 21 世纪的今天，作为劳模的他，接受了我党我国历任领导人的接见。唯有一张照片特别，没有领导人，只有一挑着扁担的年轻人和一老人和一孩子，就是 20 世纪 60 年代红遍大江南北的那张照片。

每次，我和杨怀远站在这张照片下感慨好一会儿。我说："真像一家三代。"杨怀远说："看看，这个小姑娘一眨眼都成这么个大人了。"然后我就说："其实我根本不知道那年的事儿，都是姥姥告诉我的。"然后杨怀远会从他的书橱里取出我送他的书，说："每次有人来，领导也好，媒体也好，我都让他们看这张照片和这本书。我说，看看，我的小旅客写的书，是作家哩。"然后我就说："不是作家，是文学爱好者。"然后杨怀远就笑："哈哈，还谦虚哩。作家就是作家嘛。"

每次，书房里的最后议程，是杨怀远送我拖把。我伸手接过他的拖把，然后照个相，留念。我告诉他："好几年了，我再没有买过拖把，全是您给的。"他就乐："自退休那天起，我就开始扎拖把，部队、工厂、学校请我作报告，我就带上，送给他们。艰苦朴素不能丢的。"我说："不丢，我常用。您扎的拖把真好，连犄角旮旯儿都能拖净。"他就大声笑，说："今天我又要写些字记录你来看我了。每次你走后我就写，晚上写。"

　　以上所有的"每次"今年都再版了一次。不同以往的是，今年结束所有的"每次"后，我拿出我的新作《海上楷模》。我说："扁担叔叔，请您指正。"杨怀远接过书，说："乖乖了不得，你写包起帆？他是我的老朋友啊。今天下午我就会碰见他。今天下午2点市委市政府在展览中心给我们开新春茶话会。"杨怀远真是惊喜，以至于语气都跳跃着："没有想到你写包起帆。好好，好啊。"然后他就快速翻了几页，说："我慢慢看，慢慢看。我高兴，你写劳模。"

　　说完这，杨怀远走进卧室，过一会儿出来，已换上了西服扎上了领带，说："下午开会，我得穿得整齐些。咳，给我一个双百荣誉，我就想再做点什么。"阿姨在边上说："他还想上船。"我惊讶："怎么可以，您都这么大年纪了。"杨怀远说："这么大的荣誉，我不安，就想干点啥。我能干啥？上船，我还能为旅客服务。"我说："您别梦想了，多大年纪了，好好养老才是。"杨怀远便不做声。我看看墙上的时钟，说："差不多了，我送您去展览中心。"

　　然后再重版"每次"：阿姨送我走出家门："下次来呀。"我说："阿姨再见。新年快乐。"然后我跟着杨怀远进电梯，按一楼的键。忘了电梯到了几楼，反正停了好几次，进来了好几拨人。杨怀远逢人就说："这是我的小旅客哦。作家哦。来看我。"大家就朝我点头，笑，指着我手里的拖把，说："劳模你又送拖把啦？"

电梯到了一楼。往年这时，我会跟杨怀远说"扁担叔叔您回吧"。但今年我对杨怀远说："您等着，我去发动车。"

坐在当年的小旅客的车里，杨怀远美，小旅客更美。杨怀远美得一路是话，小旅客美得一路听话。

可是只一会儿，展览中心就到了。展览中心门口红旗招展。杨怀远下车，说："拖把用坏了就告诉我，别到商店买。"我说："好的扁担叔叔，我肯定不买。"

然后我对杨怀远说："扁担叔叔祝您新年好。再见。"然后我打方向盘掉头，回家。

路上我想，商店的拖把哪有扁担叔叔扎得好。扁担叔叔的拖把，一如当年的小扁担，其深处，咱不说"历览前贤国与家，成由勤俭破由奢；俭节则昌，淫佚则亡"的大道理。咱只说咱老百姓的实在话，"一粥一饭，当思来处不易；半丝半缕，恒念物力维艰"。"克俭于家。""以俭德辟难。"这大实话说到底，就是艰苦朴素、吃苦耐劳、勤俭节约的中华民族的美德。而于我，更有一层独家意义：拖把延续着我四十多年的劳模情缘呐！

（2011 年 3 月 22 日）

大院子女

    我这儿说的大院子女，特指 20 世纪五六十年代驻沪某部队大院的孩子们，他们的父辈有参加过二万五千里长征的但更多的是参加过抗日战争或解放战争的军人，这个"他们"就是我们。

    我们，在 20 世纪 50 年代或 60 年代，或已背着帆布军挎包戴上了红领巾，或穿着开裆裤露着小屁屁满地爬，或刚呱呱坠地叫哇哇哇叫呱呱呱……用大人们的话说，净是些小屁孩。

    别看小屁孩，我们个个都是大院的念想。那会儿的大院还就是我们这些小屁孩的世界。我们抱成一团，在这个世界里摸爬滚打，一直摸爬滚打到我们先后十七八岁成了英俊少年又先后穿上军装跟父辈一样成为军人之后，这个大院里的这个"团"才一个接着一个地剥离，最终散了。

    "团"是散了，但大院子女还在。

    谁能证明这个"还在"？我们的小名。

20 世纪 50 年代，我国跟苏联老大哥关系铁。因为这，我们的大人就让他们的孩子都有个苏联味儿的小名，什么安德烈、阿廖沙、瓦利亚、维克托、维克……这些归男孩；女孩则叫爱丽娜、维娜、阿留莎、薇拉、莉达什么的。那时候一到晚饭点，大院满世界的"苏联"："爱丽娜，还不回家，饭凉了。""维克，死哪去了，回家撑饭喽。"

20 世纪 60 年代，我们这个大院的孩子的小名就是另一种模式了，地方性强烈。比如我，出生在上海，父亲那时在南京军区，所以我小名就叫沪宁，一名雄占两城。还比如，沪生、沪萍、沪军等，地域色彩都挺浓烈。

那时候大人们很少叫我们的大名，我们自个儿更是从不叫彼此的大名。我们差不多都忘了我们还有个大名。若哪天哪个大人冷不丁地叫哪个孩子的大名，我们会集体眨巴眼，一副迷惘状。叫谁？我们拼命搜索脑子里的影像，竟无法对上号。

……

2011 年，"梅片尽飘轻粉屑，柳芽初吐烂金醅"的季节，当年的大院子女相约重返大院。

大呼小叫，清一色的小名，我们叫得那个亲切亲热呐！

然后我们站在大院里，百感交集。当年的小屁孩们早已成了半老头子或半老婆子了，当年的大院也因为小屁孩们的离去而寂静了几十年，变老了，变沧桑了。

这天我们指点大院里的这儿和那儿，说当年谁谁谁从这儿墙头上摔下来，谁谁谁在那儿把谁家的公鸡拔得溜光，谁谁谁把树干掏空塞根蜡烛让全院的小屁孩爬成了猴子……还有谁谁谁，竟然拿着老子的手枪上街示威……小名在大院起伏，大院顿时活泛了起来。

不知哪个嘴里嘣出一个名字。我们异口同声问："这名儿陌生，说的谁?"答："怎么忘了，就那谁嘛，爱丽娜嘛。"我们立即清晰："是她呀，你早说小名不就结了。"

特定的场景、特定的人物，大院子女烙着那个年代的印。只一呼，就能呼出那个年代的风霜雨雪，就能呼出那个年代的纯粹、激情和狂热，甚至能呼出那个年代犄角旮旯里的鸡零狗碎，而最重要的，哪天你在哪儿听到维克或沪军，即便不曾相识，你也能猜出个八九不离十，说，多半他是个大院子女。

能证明这个"还在"的，还有我们的大院普通话。

生在上海长在上海的我们，之间的交流语言竟然不是上海话。

小时候这样，现在还这样。

究其原因，大院里的父辈，南腔北调，只说普通话，也只听得懂普通话。你跟他说上海话，他急。不但急，他还会下命令：不许说外国话。他们管上海话叫外国话，叽里呱啦的，难听。

可大院外的同学不习惯我们的普通话，他们说："不许讲北方闲话，阿拉听勿懂。"他们管普通话叫北方话算是客气的，不客气的这样说："乡下人讲的闲话，难听煞啦。"

于是我们在学校跟同学讲上海话，回家跟父母讲普通话。无形之中，反倒历练了我们会讲两种语言的功夫。

后来大院子女好像有了条不成文的规矩，只要回到大院，立马丢了

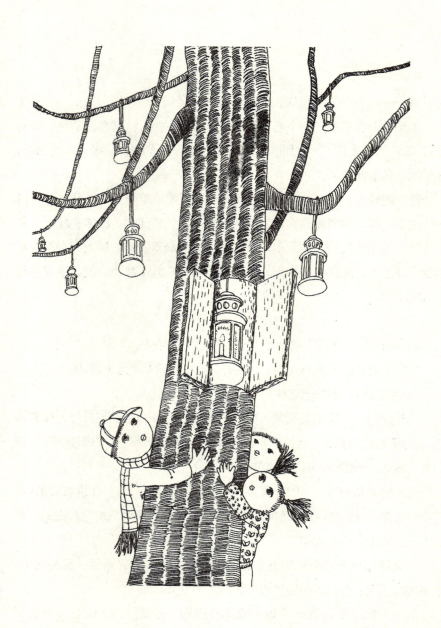

那些阳光灿烂的日子，生命的一切都只为拥有它，等每一颗飘流的心都不再牵挂，那个地方就是快乐老家。

"阿拉"。

现在想来，其实那时我们骨子里也不喜欢上海话，总觉得那糯糯的软软的腔调跟站如松坐如钟行如风卧如弓的军姿实在不相称不配套。

但不管上海话再怎么别扭，我们也无法完全丢弃。所以久而久之，我们的普通话里就有了上海腔。我们称上海腔的普通话是大院普通话。

大院普通话最显著的特点，就是很多词语的音是上海话的音，调却是普通话的调。

20世纪80年代初我在汉口空军当兵。有一次我跟着几个北京兵上街，忘了买什么，我说，买吧，格算的。北京兵没听懂，于是我重复一遍又解释半天，他们懂了。懂了后他们朝我瞪眼，说，什么搁蒜，你还搁葱呐！

格算，是上海人说一样东西便宜、不贵的意思，译成普通话，应该说合算或划算或上算。上海话格算的"格"是轻声，我用在普通话里就成了上声。改良上海话的音节，那是我第一次意识到大院普通话的怪异。

大院普通话，是我们这个大院特有的语言现象。这样的语言，深植在大院子女的心间，不论分别五年十年还是二十年，无论是去了日本还是美国还是英国，只要再聚首，都不用提醒，大院子女操起的，肯定是大院普通话。

但大院普通话的特点能不能梳理或概括？挺难。若刻意去想，还真想不出究竟有多少搁蒜这样的怪异。但就是常常在不经意间，我们会跳出这样或那样的、夹杂着被我们改良过的上海话音节的、北京人听着别扭而我们说得十分顺溜的大院普通话来。

这话，我们这些大院子女都爱听，都爱说。

所以，不管是维克还是沪宁，不管是搁蒜还是搁葱，那都是生长在 20 世纪五六十年代的大院子女的印记，印记虽然鸡零狗碎，但拼装了放大看，就是一段历史。这段历史的主人，就叫大院子女。也所以，大院子女只要聚集在一起，"大院子女"一准是他们最兴高采烈的话题。

　　大院子女怀念大院子女。这是没有这个生活经历的人难以想象和体会的。为这份怀念，我老想写点什么。眼下的这个《大院子女》三言两语，纯属勾勒划拉几笔安慰自己。真正的《大院子女》我不知道啥时能写，但我知道它肯定不能这么简陋、粗糙，它至少得让大院子女们说，今夕何夕，怎么咱们又回到了从前？

（2011 年 2 月 18 日）

城市文学

从接到"新世纪城市文学创作的问题和出路"研讨会邀请的那天起，我有空就琢磨，上海有没有城市文学？

肯定有。早就有。《子夜》是吧，再早清末的《海上花列传》也是吧。

但城市文学到底指什么？

那亦城亦乡，城中有乡乡中有城的，算城市还是乡村，比如卡夫卡的许多小说。咱不比如本国作家的。

一直到研讨会这一天，一直到走进会场落座在席卡前，我还琢磨不休。

城市叙事的回望与展望，当文学遭遇城市，都市的原罪与灵性，何为"我城"，如何"文学"，流放者的城市经验……此处略去 N 个论题。

与会的除了我，不是专家就是学者，个个深邃，深奥，深渊。这问题，那出路，所论我一知半解的多。

中间休息，听得甲乙专家的对话。

甲：历届茅盾文学奖获奖作品基本上是写乡村的事，城市的极少。

乙：城市文学太薄弱。

甲：一线作家大多还是童年记忆或乡村记忆，习惯于乡村叙事的占绝大多数，读者流失不少。

乙：要摆脱"除了北京即为地方，除了上海即是乡下"的惯常的城市经验模式。

甲：城市复杂，乡村简单。难以把握错综复杂的新的城市现象，虽然他们早已在几十年前就搬到了大城市。

乙：缺乏当下的城市经验，把握城市的方式又偏软弱偏抒情，所以找不到城市叙事的独特视角和主题，有小文人的叽歪。

甲：养尊处优，与城市生活的底层相距甚远，没有城市职场生活经验，没有城市生活的苦难感，难以创作出反映城市生活的厚重的深入城市骨髓的作品。

乙：城市使生活更美好。可城市也带来了困境：喧闹躁动和陌生感疏离感。城市是一个大厨房，人力资源消耗得厉害。

……

听到这儿我挺感动：专家焦虑城市文学的现状呐。

可是城市文学真这么叫人焦虑？

一线的《长恨歌》是城市文学吧，《长街行》也是吧？开拓视野那就更多了，《废都》是吧，《无土时代》也是吧？批评家们不都说它们是城市生活的优秀作品嘛。何况还有好些我孤陋寡闻不知道的。何况如今纸媒不再一统天，受不受追捧真的说明不了什么。

谁是谁的终结者？就像现实与梦想的距离。在钢筋水泥的森林里，也会有柔软的泥土跳着酒醉的探戈。

干嘛非拿一线的说事儿？不是冒出很多无线的嘛，比如慕容雪村、六六和李克。想起 2010 年上海书展六六的签售，里三层外三层，读者好几个纵队地从二楼绵延到一楼……获不获奖真的没有那么重要。奖，真的不是衡量一部作品优秀与否的唯一标准。

要我说缺乏城市经验不会城市叙事其实也没什么，非得蜗居去？非得跟杜拉拉争职去？熟悉什么写什么，一代人干一代人的事儿。其实读者才不管你是城市还是乡村，好看就行，好看才是硬道理。城市和乡村，本来就难以界定。其实……

其实那天那刻我又琢磨了回来：城市文学到底指什么？

（2011 年 2 月 22 日）

我与小说

我与小说，说的是我第一次写小说的事儿。

这事儿得追溯到 20 世纪 80 年代初。

那会儿我在汉口空军总院政治处当兵。

总院坐落在汉口工农兵路，紧靠工农兵路的是黄埔路，陆军 161 医院在那儿。

这年 4 月的一天，黄昏和着软风的时候，我散步从工农兵路拐到黄埔路。

其时我正着迷邓丽君，走哪儿都将"看似一幅画，听像一首歌，人生境界真善美这里已包括"挂嘴边，但这天"小城故事"在我嘴边戛然。

我看见了什么？

不远处，三五颗红五星闪闪烁烁，红光之下是绑带，拐杖和空荡荡的裤腿。

我瞪大双眼，两眼发直，舌抻然而不下。

按说在这条道上见到病号是常有的事，但这天不平常。绑带、拐杖和空荡荡的裤腿，我肯定：中越自卫反击战前线的伤员来了。

前线下来了一批伤员，这消息在军营已经流传了好几天。

是夜，一向一挨枕头就睡着的我有了心事，到半夜我还瞪着天花板回放绑带、拐杖和空荡荡的裤腿，当然我还想象枪林弹雨和猫耳洞和压缩饼干。

第二天，没等太阳西斜我就上了黄埔路。我已经知道这批伤员就住在陆军 161 医院。

我果真又看见了他们。但这天他们没有拐杖，他们坐在轮椅上，由护士推着。

我一步一步地走向他们。我很想跟他们中的哪一个说说话，但护士不答应。

"请不要打扰，他们需要安静。"护士说。

4 月的黄昏真的美，柳芽流成了一组组绿色的旋律。我看见护士推着他们走向旋律的深处。

就那刻我一闪念：我要写小说，写他们。

写。我就这么开始了。

现在想来我在写小说以前那可是老鼻子的幸福啊。政治处除了我都是当官的，所以我挺受优待挺显特殊：放放起床吃饭熄灯号，跟着电影组蹭看美国大片和内参片，还有就是练练书法拉拉小提琴偶尔客串当一回八一晚会的主持人什么的，就是俗称的"老爷兵"，我想不乐都不成。

可是这样的状态从我写小说后就小鸟一去不回来了。我有了心事，我心事重着呐。

但我没有告诉任何人。初中时批《水浒传》里的宋江，别人写"东风吹战鼓擂，革命形势无限好"，我写"山风瑟瑟烛火幽暗，宋江干咳一声道……"语文老师看后将我叫进办公室。老师明明十分笑意挂脸上却硬是收回七分然后说，从此以后别人放假可以玩，你不能，你得写作文，别人写一篇你得写五篇，我给你出题。我问老师为什么我不能玩为什么别人写一篇我得写五篇那别人写两篇我就得写十篇吗？老师说是的别人写三篇你写十五篇一篇不能少因为你是块料……我要写小说的底气只有这么点，所以我叮嘱自己，别张扬，万一写不成也不会有人说我吹牛皮推火车。本来嘛，这纯属我的私密。

但不久发生了一件事，这事让我浮出了水面。

事情是这样的。有一天清早轮到我放起床号，但头天晚上我写得太晚，睡得又太沉，所以没听见闹铃叫唤，所以我不但让自己多睡了半小时我还让总院多睡了三十分钟。主任火了，问："怎么回事？竟然睡起懒觉了！"我心里发虚嘴上却嘟囔道："睡懒觉怎么啦，本来嘛，十八岁就该睡懒觉的。"主任更火了，说："还有理了你？这要是跟日本鬼子争高地，你这懒觉就能让我军全军覆没。"我眨巴几下眼，说："这哪跟哪呀。首长您放心，要跟日本鬼子打仗我不但一整夜不睡我还掐着秒表吹进攻号我向毛主席保证。"主任原本还想威严下去的，可被我的"进攻号"给吹"扑哧"了。主任忍着笑说："去，写份检查来。"一听"写"字，我脱口就说："我写小说，不写检查。"

到这份上再不说小说的事儿就属于故意隐瞒"军机"性质就变了，于是我老老实实地一五一十地说了个清清楚楚明明白白。

主任听了，收起笑面猛地拍了一下桌子，说："为什么不报告这事，你？"

桌子随着主任的巴掌发出一声嘭，嘭声把我吓得不轻。

那天阳光好灿烂。灿烂的阳光透过窗玻璃洒在主任的桌上。我看见一股尘埃在我吓得不轻的时候从桌上跃起腾飞在灿烂的阳光里。而那刻我发现自己像大雨中的小鸡崽，浑身哆嗦。我哆嗦地站着，哆嗦地看尘埃是怎样的无所顾忌地翱翔苍穹，哆嗦地喘着小气而大气不敢喘。

主任见我不吭声，就又让桌子嘭了一声，然后说："好，好，好！从今天起……"

听到这儿我连小气都不敢喘了。我屏住了呼吸。我的心蹿到了嗓子眼。我等着主任宣布从今天起关你禁闭叫你思过叫你再稀里马哈的不好好当兵异想天开写什么小说。

于是我心想你关我禁闭之前我先把眼紧闭了吧。主任这架势搁战争年代还不把我"拉出去就地处罚"了？主任的脾气总院上下没有不知道的，暴跳如雷，气急败坏，大发雷霆，恼羞成怒，我都不知该怎么形容他才妥。

于是我闭上了眼睛。可我在黑暗中等了半天也没听见主任吼"来人！给我拉出去"。我只听到一阵窸窸窣窣。于是我小心地眯缝起眼，我透过一线天看到主任背对着我在橱柜里找什么。

我正犹豫要不要睁大眼睛看个究竟的时候，主任转过了身，说："从今天起你不用放起床号了，也不用跟着起床号起床。写晚了，你就只管睡。

我特批。还有，这支钢笔送给你，派克笔，好笔啊。"

这太意外了！

我眼珠睁得溜圆。我看见主任竟然又笑了。灿烂的阳光顿时从主任的桌上射进了我的心里，我顿时活泛了起来。"谢谢首长。"我说。

"知道这笔为什么叫派克不？"主任问。我摇摇头："不知道。"主任拍拍我脑袋，说："这笔的创始人叫派克。"

主任拍我脑袋的时候我忽然觉得自己真是个白眼狼。主任简直就是我姥姥家隔壁的见我就掏口袋给我糖吃的大叔，他对我这么好，可我竟然把"暴跳如雷气急败坏大发雷霆恼羞成怒"栽他头上，这换个说法我不就是撅他是暴君吗？想到这儿我嘴唇翕动鼻翼翕动差点呜呜哭鼻子。

哼着"甜蜜蜜，你笑得甜蜜蜜"回到寝室，我掏出派克笔拧下笔帽，学着主任的腔调说："好笔啊。"

回过神来，我却高兴不起来了。或者说，我只有三分高兴，剩下的都是担忧。主任特批什么？懒觉？哪里！主任这是特批了我一个任务啊。既是任务，就不属私密，我哪里有完不成的道理？这不跟姥姥家隔壁大叔把糖块放我手心然后拉两下我的羊角辫说"好孩子，去把大叔的簸箕倒了，咱学雷锋见行动"差不多？

主任开始四处炫耀："我政治处有个兵，不简单，会写小说，湖性。"得，没几天工夫，连伙房那个曾欺负我们新兵少给我们新兵肉吃我顶不待见的炊事员也问我："听说你会写小说，嘛叫小说？"

主任是河南人，平时听他说话就跟听评剧似的，得劲，我老爱听啦。

可"湖性"不一样，湖性在河南方言里是很牛很拽的意思。说我很牛很拽，我怎么听怎么不得劲儿。

忘了那天后的第二还是第三天，我跟主任说我已经听了不少故事了我准备写的小说有两个主角，一个叫老马一个叫胆小牛，都有原型。主任问："胆小牛，什么名这是？解放军战士怎么能叫胆小牛？"我说："首长，等我写好了您就知道为什么叫胆小牛了。"说完我跟主任敬了个礼，然后不等主任点头转身就走了。

我是怕主任再问我些什么，然后再四处炫耀"知道为啥叫胆小牛嘛……"

又过几天，我发现总院后门菜地里的油菜花开了。油菜花开得轰轰烈烈，铺天盖地，太阳一照射，那真叫一个金黄灿烂。我欢喜得很。有一天我正看着我的油菜我的花构思老马，忽然听到有人叫我。是政治处沈干事。沈干事走到我跟前递我一把钥匙，说："看花呐，这一大片真是好看呐。"我说："是呐，油菜花开尽染金。"沈干事看我一眼，说："还挺会整词儿。主任说了，图书室从今儿起归你。哦不是，是在你写小说的期间归你。主任说，它是你的小说室。安静，写小说行。"

说图书室，其实就是一间屋子三个书橱。平时图书室每周开放两次，让干部们借书还书或阅览《解放军画报》《人民画报》聊会儿天什么的。我问沈干事："那以后还开放吗？"沈干事想了想说："不是说归你了嘛，开不开放你自个儿看着办吧。"

那就不开放。

我于是采了一把油菜花跑伙房找了个军用水壶插上，然后我用沈干事给我的钥匙打开图书室。再然后我环视图书室，跟三个书橱说，你们归我了。

　　说完"你们归我了"后，我将军用水壶放在图书室靠窗的桌子的正中。我看了至少十分钟的金黄灿烂，我发现金黄色在我的注视下慢慢化开，慢慢把整个桌面染成了金黄。于是我将阅览登记本放在那片金黄中。登记本是信笺合订的，信笺上面印着中国人民解放军某某部队政治处，字是红色的。我就又盯着红色看，看着看着，红色竟然跳动了起来，闪闪烁烁，最后竟成了黄埔路上绑带、拐杖和空荡荡的裤腿。于是一腔热血忽地蹿上我脑门，我深呼吸运足一口气坐下。十秒之后，我将这口气吐尽，心平静。然后我从军衣口袋里掏出派克笔，几分庄重地说："开笔吧。"

　　进入写作状态我真湖性了起来。我六亲不认谁都不答理，我只答理老马和胆小牛，且不分白天黑夜，什么工夫想起什么工夫和他俩说话。这当中别人约我去东湖去琴台去归元寺玩儿，我都很坚定地摇头很坚定地说不去，连美国大片都没能俘虏我。沈干事见我这样，深为担忧地说："完了，她走火入魔了。"

　　说真的，其实那会儿我写的是不是小说我还真不好说。但主任说好。主任说："人物有性格，心理活动也真实，到底你们是同龄人。"主任说这些的时候我疑惑大了去了，人物性格、心理活动，我没想到主任竟然懂小说。

　　主任说"到底你们是同龄人"的时候我心尖儿微颤了一下。那瞬间我忽然明白了为什么在看见护士推着伤员走向绿色的旋律的时候我会有一闪念。我的同龄人啊。我的同龄人拄着拐杖坐着轮椅他们的裤腿空荡荡因为他们上了前线，前线子弹嗖嗖嗖，地雷轰轰轰，前线天天睡猫耳洞，天天吃压缩饼干，还有蚊子比巴掌大七八只就能把人抬走了……而我呢？四肢健全闲庭漫步在和风之中，天天美梦天天吃包子光吃馅儿不吃皮……不是有点儿，我很惭愧，我挺心亏。那刻我亢阳鼓荡血脉贲张激情万丈豪情满怀。我要写小说，写他们。

沈干事说我"走火入魔"纯属夸张，其实我挺注意劳逸结合的。主任特别叮嘱过我："注意保存战斗力，别累坏喽。"而我也说过："请首长放心，保证保存战斗力。"我劳逸结合的主要方式是拉小提琴。那会儿我小提琴三脚猫，会拉的曲子不多，唯一值得说的是我能将开塞的曲子倒拉如流。

在这我想说明我怎么就三脚猫了。还没读初一的时候我跟上海音乐学院首席小提琴学琴，学了四五年我都能拉《梁祝》的时候我突然将"首席"炒了鱿鱼。我跟"首席"说我要当兵去了。"首席"说你不能当兵否则你武功全废了。我说不会的我到部队还会继续画"蝌蚪"的。"首席"说你想得简单部队啥人辅导你。"首席"的劝我哪里听得进，当兵是我开裆裤时的远大理想，我到底雄赳赳气昂昂地从长江的这一头到了长江的那一头。不幸的是，"首席"言中了。我心里挺不好受觉得英雄无用武之地，几个寒冬几个三伏都一江春水向东流了。沈干事见我常对着"马尾"发呆，便看不下去了，说我给你找个人辅导吧。沈干事以前是军区文工团的舞蹈演员，跟军区文工团的小提琴手熟，没过多久他真给我找了个老师。可军区文工团在武昌，我去一次挺不容易，那会儿交通哪像现在这样便捷，上一次课得一整天的时间，更何况离开军营我还得请假销假什么的，麻烦得很，所以去了三四次我就跟沈干事说，我不去了我也不拉琴了谢谢您了。我的武功就这样一日不如一日最终成了三脚猫，那时候我想起"首席"说的"一天不练自己知道两天不练老师知道三天不练观众知道"，觉得"首席"真是先知先觉了不得。那以后我操马尾抹松香的次数就越来越少了，一般在想家或想小资情调的时候才会吱嘎吱嘎地拉上一曲。但写小说的时候不一样，写小说时的琴声，多半因为我写顺手了，或写得意了。

主任想的正相反。沈干事后来告诉我："你知道吗，你的琴声一响，主任就说，这丫头，写不下去了，卡壳了。"

其实我卡壳的时候是不拉琴的。我卡壳的时候喜欢趴窗台。

图书室的窗外有棵好大好大的树，树上有个鸟巢。我写不下去的时候总爱趴在窗台上，盯着鸟巢看。鸟巢藏于枝杈间。我不知道那是棵什么树，冬天叶子掉尽，只有光秃秃的树干，但四月天里它已经冒出了新叶，新叶碧绿泛着油光，鸟巢就时隐时现在这层油光中。我也不知道鸟巢里的鸟儿从哪里来又叫什么名儿，在我看来它们是从天堂飞来的，因为在它们的雀跃呢喃中，天地间的浊气便悄然褪去。我有时候想，鸟儿真是聪明，那么大的院落，它们偏偏了这棵树筑巢，因为要不了多久，这棵树就枝繁叶茂。在它上面安家，神清气朗，真是宜家宜子孙啊。

这天我又趴窗台，又看鸟巢。老马牺牲了，老马的母亲来了，后面怎么写？这天我发现这棵树一夜之间枝叶浓密了许多，都把鸟巢遮严实了。但我还是清晰地看到有鸟儿在鸟巢周围忙碌。它们振翅飞起，落下，再飞起，再落下，然后叽叽喳喳，说话。我肯定听不懂鸟语，但我觉得它们懂我。我趴着一动不动的时候，它们叽叽喳喳地没完没了，当我转身倒水去的时候，它们就戛然而止，等我端着杯子重新趴着了，它们就又开始叽喳。所以我想，鸟儿一定知道我写不下去了我卡壳了，叽叽喳喳，鸟儿这是在帮我呢。这天我想到这儿，离图书室不远的礼堂忽然响起八一电影制片厂的片头音乐，接着我就愣了。我看到鸟儿一个跟着一个俯冲，然后盘旋，然后翱翔，然后再俯冲。鸟儿俯冲的时候来了一阵风，呼啦啦，竟卷起大树底下旧年的落叶……鸟儿，风儿，组合上我的心境，我来了感觉。

……

　　凌晨，进攻号撕碎了天空，老马跃起，率尖刀排直插主峰。在一处秘密掩体前尖刀排被敌人火力压制，老马被机枪打断右腿。老马挪了挪身子："他妈的，马蹄折了。"老马伸手抓住断腿："伙计你跟了我这么些年，老子没照顾好你，亏了你。"然后老马把稠糊的血水抹在了脸上。老马的眼睛成了血眼，血眼将天地染成了猩红色。老马吐了口唾沫，向机枪口爬去。老马边爬边自言自语："他妈的，少了马蹄，不利落了。"老马爬出七八米，连长惊觉，咆哮："老马，不要！"老马在扑过去的那一瞬间还来得及回了一下头，他向连长挤眼一笑，嘴一张，好像说了句什么，接着一阵闷响，老马被机枪洞穿了一百七十七个窟窿。

　　战斗结束后，老马"带"着尖刀排回到了驻地。老马血红的眼睛睁着，死死地盯着屋檐。战士们看去，奇了，不知什么时候，燕子已经在屋檐下筑好了巢！燕子在巢里欢歌。欢歌戛然而止，仿佛燕子意识到什么，它们探出头来，朝下看着，亮晶晶的眼睛里满是疑惑。一阵死寂。突然，一只燕子飞出巢窝，朝老马飞来，它似乎辨认着什么，围着老马来回地转着圈子。战士们正惊愕着，又两只燕子飞了下来，跟着第一只燕子转圈，它们的叫声开始绵长，好像带上了哀音。

老马的母亲来了，老马的母亲也曾是军人。战士们发现，老马的气质像他母亲。都以为母亲会号啕。没有，母亲异常得平静，母亲的目光流淌着坚强，但战士们还是发现母亲揭开盖在老马身上白被单时的颤抖。老马面容如生，似梦。母亲的目光抚摸着老马的脸，然后轻声儿说："给我把刀。"没人敢给她刀。母亲说："他头发长了，胡子也长了。"母亲用手给老马梳头发，一根白发跳了出来。母亲骤然住手，盯着白发看，叹口气说："他像我，少白头。"母亲说完拔下白发，夹在皮夹里。皮夹里有老马着迷彩装的照片，那是上前线前拍的。那天半夜，母亲终于给老马剪完了头发刮净了胡子。母亲做这些的时候，外面起风了，风很大，穿过门缝，将老马的头发和胡子吹得满地乱飞。母亲最后端详着老马，说："多俊，这才像我儿子。"母亲说完这话，一屁股瘫在了地上。母亲下意识地用手使劲地撑着地，然后又举起手掌看着粘在上面的碎发。母亲终于不能再忍，流下了泪："儿子啊，你弄成这样就是为了等妈来给你收拾吗？"

第二天，老马埋在了山脚下，他的坟旁有一棵好大好大的树。树把天都映绿了，还映得山石格外的生硬。

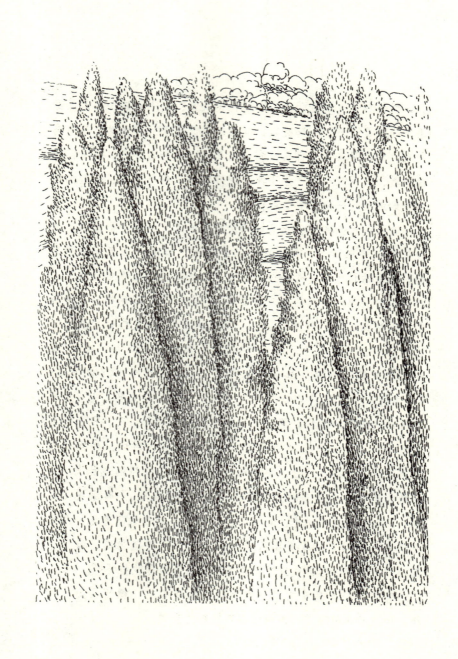

从前有个传说，传说里有你也有我，有些梦不做不可，有些话一定要说。

后来老马的坟头开满了漂亮的山茶花。奇怪的是，老马屋檐
　　下的那些燕子在山茶花烂漫的时候搬了家，留下空空的巢。没人
　　赶它们，它们却待不住了。

　　　老马那年二十岁⋯⋯

　　我挺感谢那个窗台。几年后打开与小说有关的记忆，我就反复地假使。假使那会儿没有那窗台，我趴哪儿去？我会不会趴地上找灵感？难说。我记得图书室是水泥地，能趴水泥地吗？四月天里趴水泥地上肯定挺凉，肯定没有窗台合适。

　　当然除了窗台我写不下去卡壳时还会在散步中找感觉。写到胆小牛的时候，我几乎天天到工农兵路和黄埔路上散步，我依旧能见到伤员挂着拐杖，或坐着轮椅。

　　有一天我在黄埔路的路边看见桃花盛开了。桃花笑春风，于是我站在春风里数一朵桃花有几个花瓣。我闻到了淡淡的花香味儿，我闻着闻着眼睛就模糊了。模糊中，桃树变得影影绰绰，成簇，成团，最后变成一蓬烈火。烈火喷发，火烧云天，天地猩红。猩红之中，"娘"声响彻，直入云霄。胆小牛来了。

　　⋯⋯

　　　他姓牛，因为胆小，战友们都叫他胆小牛。胆小牛西宁农村
　　人，回民，幼年丧父，家贫。

　　　有一天深夜，天色墨黑，军营静得像画。忽然一声枪响，惊

醒了所有的人，大家还没弄清怎么回事，一个黑影发出一声尖叫，兔子似的窜出门去。

很快闹清是哨兵走火，而那个"兔子"不知何人。清点人数，少了胆小牛。"去，搜遍山头也得给我逮回来！"排长吼道。胆小牛被"押"回了排。他连梦带惊，一口气狂奔了十几里，鞋也未穿，脚板全是血，一步一个红脚印，战友们看得心惊，他却浑然不觉。排长一脸鄙夷："有谁要喊报告再为他申辩的？"

全排无语，战友们的脸上渐渐染上了和排长一样的鄙夷神色。胆小牛的头越来越低，哼哼唧唧的不知说些什么。

排长提高了声音："大声儿点，让大家听听你的理由。"

胆小牛抬起头来，眼睛一闭，豁出去似的："我得活着，要不我娘命太苦了！"

战斗誓师大会。会后所有参战官兵得做两件事：一是谁欠有债务，写下来，一旦牺牲，这笔钱由组织代为归还；二是给家人留遗嘱。没有人写欠条，连胆小牛也没写，虽然他知道为当兵娘跟人借了两百块钱。他硬汉似的咬着牙说，不乐意欠国家的钱！可对着录音机，胆小牛啜泣了，好一阵才顺过气来，他断断续续地讲了半小时，每讲一句就要喊一声娘，他一共喊了二十六声娘。

冲锋前，部队潜伏等待命令。一发炮弹击中胆小牛的隐身处，胆小牛顿时感到自己四分五裂被丢进了油锅，油锅破了，又掉进大火中。胆小牛痛得眼睛都睁不开了。透过那条勉强撑开的缝隙，胆小牛看到一些影影绰绰的树枝。他忽然想到了老家后院的桃树，这个季节该是桃花满枝桠了吧。树枝很安静地被天空映衬着。它们为什么这样安静？胆小牛想掰断它们，将它们咬到嘴里，他要堵住战前刚刚学会的一个词儿：痛不欲生。"痛不欲生"这个时候冒出来，像是安慰胆小牛，为生而痛！胆小牛原先一直不懂得它的意思，现在他完全明白了，这个滋味真不好受。

胆小牛眼前开始发黑，那些树枝好像在向前涌，要堵住他所有的开口处，眼睛、鼻子、耳朵、嘴巴，它们也要像火一样灭掉他。胆小牛想叫娘，胸部有股气流冲到了喉咙口，他一口口咽着，他知道不能让这个字吐出来，那样会暴露目标，不远处有好几个战友呢，他不想害了他们。

他还知道卫生员就在不远的地方，只要他叫一声。胆小牛的眼光朝那里游过去，卫生员的形象飘浮着迎了过来，笑眯眯的眼，有棱有角的嘴，干净的手，肩上背的有着红十字的急救箱，急救箱打开了，纱布、绵球，瓶里装着各种药，止血的、止痛的、止住他叫娘的……胆小牛眼泪热辣辣地流下来，他吃力地把一颗手榴弹塞进嘴巴，死死咬着不让自己出声儿。

不知从何处飘来一朵巨大的红花，整个儿地覆盖了胆小牛，他抓住了它，红花将他带起来，胆小牛吓了一跳，用尽力气叫了一声娘……

冲锋号终于响起了，胆小牛像块石头一动不动。三米之外的排长叫道："胆小牛你他妈的必须活着，你他妈的还得回家养你娘呢。"胆小牛整个人伏在血泊中，他还是一动不动。排长急了，嘶声叫着："胆小牛你他妈的给老子活着！"说着一个箭步冲了过去，伸手抓住胆小牛的背带，没想到竟把胆小牛整个儿地抓起来了。排长惊骇地发觉，抓在手里的只是胆小牛的半个身子，胆小牛的下半身被齐刷刷地炸断了……

主任在这阶段即便见到我也没问我的小说。但从沈干事那儿知道，主任问过沈干事好几回。沈干事说，主任您直接问她不就行了。主任说，那不行，我那么做她会紧张会有压力。

四万多字的小说终于被我点上了句号。

这天我换上一件崭新的军装，军容整洁地准备去向主任报告的时候，图书室的门被推开了。

是主任。

主任进来先将我从头到脚看了一遍，说："英姿飒爽，像我的兵。"

我说："报告首长——"

主任手一摆，说："我知道，你完成了。"

我惊奇得不得了："首长您怎么知道的?"

"我会算。好，从今儿起，我四处邪活（河南方言，喊的意思）去，我的兵没给我掉板。"

"首长，掉板是什么意思。"

"丢脸。"

我说："首长我不掉板，我掉泪，为老马和胆小牛。"

这天图书室的窗开着，我说这话的时候有风吹来撩起我的刘海。我的刘海前一天刚烫过，卷卷的，我这么做是想犒劳自己。但我怕主任批评。主任的"第二十三条军规"是：女兵不许烫发。他管卷发叫羊尾巴，任谁，都必须剪了。我敢肯定这天他看到了我的羊尾巴。我都做好挨他剋的心理准备了。但没有。这天主任从我手里接过一叠稿纸，先放手心里掂量了几下，然后轻咳一声，吐出两字："不错。"

　　主任挺能拿捏。小说写到一半的时候，我知道军区有个大比武叫"向前线英雄学习"，主任早就四处邪活开了，说他的兵"学习形式独一无二，绝对能赢第一"。所以我知道他这天心里乐开了花，他眉毛都扬上了额头，主任高兴了得意了就这样。我只是有一点点诧异，高兴就高兴呗，干嘛硬装出七分威严来，跟我当年的语文老师一样一样的。

　　几天后，还是黄昏和着软风的时候，我又从工农兵路拐到黄埔路。

　　黄埔路这天一片寂静，只有风在语。

　　我跟人打听伤员呢，有说转北京总院了，有说去东湖疗养院了，也有说复原回家了……

　　柳叶还瘦瘦的、卷卷的、茸茸的，但它们已经开始舒展了。

　　这让我有些落寞。

　　落寞悄然笼罩着我，是那种说不出来的落寞笼罩着我。

　　也许，我已经习惯了柳芽流成的那组绿色的旋律，和旋律深处给我的激动。

　　我发现，柳叶已经淡绿淡黄相间了。这是一种很精致的美。这种精致我无法形容，因为柳叶不说，柳叶什么都不会说，它只在风中飘荡。

飘乱了我心。

我忽然想起再早，就是"小城故事"在我嘴边戛然，我瞪大双眼、我两眼发直、我舌挢然而不下的那天，那个时刻，我的心也是骤然间乱的。

但和那天不一样的是，这天除了乱，我还有点儿失落和惆怅。

我伸手去抓柳叶，手指在柳叶间掠过来掠过去，我说不清我到底想干什么。是抓柳叶，还是要梳理什么。

怨柳不语。我更无语对春风。我唯一能明辨的，是我当时有多么多么的遗憾。我的同龄人给了我《老马和胆小牛》，我却找不见他们了，我连跟他们说声谢谢敬个礼的机会都没有了。

⋯⋯

我与小说有关的记忆，就这样留在了那个人间四月天里。

（2011 年 3 月 6 日）

"小窗"三岁

"小窗"三岁，周岁。

三年时间，对我来说是一个很大的考验。

回头看，我都对自己"刮目"——竟然撑持了三个春夏秋冬！

码字三年为"小窗"，这对一个视写作如歌舞，高兴了唱两句，不高兴了连胳膊都懒得动一下的人来说，真是一个意外。

但我不惊喜。

码字实在不是一个好营生。

"小窗"一周岁的时候我参加一个聚会，认识一人。这人问我，你闲暇时白相啥？我说，不白相啥。这人问，什么叫不白相啥？我说，那什么叫白相啥？这人说，白相就白相。我说，写作算不算？这人问，八十分斗地主或搓麻将呢？我说，我不会。这人说，那你活着干啥！

我噎了半天。我半天吭不出声儿来。

闷煞!

耿耿于怀了至少一天一夜：写作等于白活？

第二天"联通"一哥们儿，我说，我有点儿烦有点儿无所适从我得找人解闷儿。

哥们儿都没问我怎么啦，就说，那你写点东西呀。

何等晓白：码字是我最佳的生存状态。

唯有如此，我才能心平气和地面对自己的生命和这个纷繁的世界，而不太过迷茫和迷失。

但缺乏计划性和耐久力的我在"小窗"两周岁的时候忽然对码字有了浮躁和焦躁。

码字实在不是一件好玩的事儿。

所谓人生在世，草木一秋，尊卑贵贱来之一方去之一方，不都是那么一回事嘛，我干嘛不换个活法试试？

可道内道外的朋友说："你不该是这个样子，至少在生命面前你不该是这个样子。"

想想也是。连八十分斗地主搓麻将都不会，我还能有什么企图！

窗外的世界太精彩。我不能太不在意，但也不能太过在意。

其实今天的我，这是最好不过的了。

虽然我知道，即使再活五百年再码五百年，我也成不了陶渊明成不了范仲淹，"悠然见南山"的清美和"先天下之忧而忧，后天下之乐而乐"的博大，那是谁都能有的吗？

但至少，码字证明了我还在这个世界上呼吸和走动，还在和读者交流和朋友私语，还有着跟人掏心说话的愿望和热情。

生命的过程其实就这么实在，活法的形式其实就这么具体，这跟我虽然生在上海长在上海但永远不会忘记我的根基在齐鲁大地一样的实在和具体。

现在"小窗"三周岁了。

说点什么好呢，我?

说三句大实话吧：码字就是一场修行。高兴了唱两句，不高兴了连胳膊都懒得动一下，写作如歌舞，这还是我顾念的。但下一人生，我肯定不选择码字。

（2011 年 3 月 15 日）

关窗的话

本不想有关窗的话。

"小窗"开了三年了，在大家还没腻味的时候，悄悄地关了，是明智之举。我真是这么想的。

但事情没这么便宜我。

是《"小窗"三岁》惹的事。

"三岁"见报的第二天第三天，我接到几个电话、短信和邮件。直白的这么问，不想在"小窗"里码字了吗？含蓄的这么说，烟柳风浦冉冉斜，小窗不用著帘遮。

这真是有悖"三岁"的初衷。本想让"三岁"做台阶，我好顺势把窗关。看来我是当不了特务或间谍什么的，以为"三岁"的话说得波澜不惊、滴水不漏，没想到弄巧成拙了。

想想也觉得自己做得不够意思。不吭一声就关窗，有点掖着藏着的鬼祟，不像我大大咧咧、有啥说啥、说啥都不过大脑的性格。

那就明说吧："小窗"要关了。

要关窗了，我却感慨不已。

我最先想到的是已故的新华社华东分社原党委书记、秘书长贾安坤贾老师。2008年大年初五，贾老师对我说："齐鲁气质，江南妩媚，上！"我就真上了。连《平儿小窗》的名都是贾老师定的。"邻家女孩，这感觉好。"他这么说。他还说："关键是选题，有了四五题目在手，就可以出台。千字文个把小时便落成了。最好定期，一周一篇，逼着自己不偷懒！"哪晓得我是初生牛犊，一篇没有就敢上。"干脆逼死自己不留余地。"我这么说。之后，"……思路再开阔一点，笔调再柔一点，将会更佳。""介于散文和杂谈之间的文字，有感而发，以情动人，是为佳作！这一点丫头做到了。""很好，好在用现代人的思维和观点，讲了对革命传统的见识。祝贺！""写地震的，情深深意浓浓，豆皮情结，提到了文化的高度。都很好。"贾老师的关注和点评，我一条没删，都还在。

我第二想到的是上海市新闻工作者协会区县报工作委员会秘书长顾老先生。开"小窗"大约半年之后的某一天，我收到顾老的信。我很激动。激动不是因为他给我信，而是因为他为什么给我信。顾老在信后附了一篇专为"小窗"而写的文章，题目叫《推开这扇窗》。他在文中说："在上海十九家区县报的副刊编辑中，能自辟一个专栏并坚持每周写篇千字文的，平儿当为第一人。这是一个有益的、大胆的尝试，对提高副刊的质量大有裨益……这不仅需要魄力、毅力，还要有坚实的文学基础和对副刊这块绿洲的挚爱……这真是难能可贵"。我给顾老电话，说："谢谢您的鼓励。"
顾老说："希望你把《推开这扇窗》全文刊发在《华亭风》上，我还要鼓
励区县报其他的副刊编辑。"无以言表我的感激，但在我的版面上刊发《推
开这扇窗》，我有顾虑。我怕招人误会，怕招人板砖，怕别人说我是利用职
权给自己涂脂抹粉。为此顾老批评我："你这是私心杂念。你不该这样。"
但我到底没将《推开这扇窗》见诸《华亭风》。我把顾老的笔墨压在抽屉里
的时候，心里真是不落忍：顾老戴着老花镜一笔一画写就的文章，就这么
被我打入了冷宫？愧疚之间，我告诫自己：顾老对"小窗"的厚爱，我刊
印在心间，我会好好地收藏着。

　　我接着想到的是一位著名的、但我至今只见其文不见其面的作家 P 君。
P 君文章先发《华亭风》，后上《夜光杯》，可见他是何等地偏向《华亭
风》。有段时间我在《新民晚报》连着发了几篇小文，P 君不但看了，而且
还看出点情报来，他在邮箱里问我："《松江报》上平儿文章也是你写的
吧？"那之后"小窗"就多了一束关注的目光。2009 年 9 月 1 日晚上，P 君
在我邮箱说："《真情物语》是一篇真性情的佳作。无论事件、人物、语
言，都好，都堪在上海大报的副刊上与更多读者见面。"我说："我没想到
给大报。"他说："应该给。这是难得一见的佳作，会给许多读者留下深刻
印象。"第二天我在邮箱告诉他："我今天给《新民晚报》了。"他第三天
回复我："我很高兴你接受我的建议。"

　　又想到 2009 年秋天上海作协散文组去扬州开笔会，在一点思想准备都
没有的情况下，"小窗"在众目睽睽下被散文组 C 领导表扬了一通。我差
点钻桌底，那么多前辈和名家在场，我哪敢受用。但我感动，没想到 C 领

等我一秒，再给我一个梦。心像尘埃，落在过去，飘向未来，掉进眼里就流出泪来。

导也关注"小窗"。

想不到的感动，太多。

《真情物语》是写《铁道游击队》作者刘知侠妻子刘真骅和老艺术家秦怡友情的事。几天后刘真骅从青岛来短信："上海文化界老朋友来电话说《新民晚报》有篇写我的文章，赞扬我的。我左思右想估计是你写的吧。"

《曾经是兵》系列让曾经的兵们欲罢不能，说："《面条鸡蛋》《战友兄弟》《唱歌吃饭》，亲切，尤其那句'曾经是兵，是我们铭心刻骨的战友加兄弟的永远的名片'说得好。"

《祝福刘岩》让我赢得夜光杯和笔会编辑的夸，"激情，仗义"、"真性情"。

2010年伊始《小编的话》的第二天，有位作者在我邮箱留言："感谢的话还未说出口，您却说在头里，先让我们的心热乎起来了。《华亭风》拥有厚爱、支持和关注……有时确实在担心，投的稿件太多，一累及了您，二让您感到为难。对稿件的采用，您确实有您的难处……以后凡我投给您的稿件，不用或缓用都不要太为难，应顾全大局，因为《华亭风》是大家的，更要顾及到那些发稿少的或新作者。这一点上，我们会尽力支持您的工作！"

还有位读者告诉我他剪贴"小窗"，出差在外就交代家人剪，但还是怕漏了，所以"小窗"出书时一定通知他，他要买。

连回松江探亲，偶尔看到"小窗"的读者，也会在邮箱里告诉我："'小窗'，必看。"

就这几天，接连着还有人问我："'小窗'呢？""怎么有日子不见

'小窗'了?"

还有，还有……

这是"小窗"的财富。

没有这笔财富，哪有"小窗"三年。

其实"小窗"两岁的时候，我就有了关窗的心。

《"小窗"，关了》，我连题目都想好了。

但我犹豫不决。

我试探我的朋友我的读者们。印象最深的，是一次朋友聚宴。有位律师说："你的题目，改一个字，叫《"小窗"，关吗》。答：不能关。"

虽为女子，却有侠义之心。迟疑多日的我就为这一字之改，血脉贲张，当即拍案："不关了。"

于是"小窗"又一年。

可天下没有不散的筵席。"小窗"终究要关的。

便托"三岁"3月15日这天把话说。

偏偏撞上了打假日，一句"下一人生我肯定不选择码字"被抓了个现行。

第二天一位诗人就在我邮箱说："我怀疑你是否打错字了。你我喜欢码字之人，该是自得其乐无怨无悔吧？怎么下一人生，你不再选择码字了呢？即使为了读者，为了那些喜欢你的人，你也要选择码字啊！要不先搞个征文叫《"小窗"，关吗》，听听读者的意见？"

第三还是第四天，一位我尊敬的曾经的文化官员、现今松江文化人的掌门人将一封行草小楷信和一张兰花图送进我家的信箱里。信上说："你说下一人生肯定不选择码字，我看未必。码字总比八十分斗地主搓麻将值多了，你心里肯定也是这样想的……兰花一束，聊表心意，传递无言的问候……"

我心湿漉看兰花。但见兰花摇曳间葱青，似有清香淡淡来。

我感愧交加。

这辈子我哪能不码字。

但关窗已定了，都坐在键盘前码关窗的话了，这就要说再见了。

可真要拜拜了，心却像风乍起，皱了。

一半不舍一半愧意。

其实"小窗"还有很多想写的，写不尽的，但我想留一些，什么都写了，我以后再写什么，所以还是先到这里吧。说到这儿我挺不好意思的，"小窗"真不算什么，真不值得当回事的，我却絮絮叨叨地说了这么一通，弄得像真的一样。

临别有句心窝里的话一定要掏：深深地感谢"小窗"的读者，你们那么宽容我，那么善待"小窗"；握手一长叹，冰心在"小窗"，以后我码字的时候肯定会想起你们。

语已多，情未了。就这样吧。

（2011年4月18日）

后记
Postscript

作后记时发现，该说的，《"小窗"三岁》和《关窗的话》都说了。

再说，就显絮叨了。

还能说些什么呢？

整理小窗的时候，暗藏在犄角旮旯的心情都出来了。

那一刻，惰性立现，不写了。

就真的几个月没有正儿八经地码字。

其间有过不安，问自己知不知道人生天地之间，若白驹过隙，忽然而已？

心动，手却不动。

池塘边的桃树上，知了在声声地叫着夏天。我说：想唱就唱，想跳就跳，写作如歌舞。

谁听不出我的潜台词？

随心所欲。

认识好些作家。

看他们写书就跟母鸡下蛋似的。

问，何以如此？答，从不懈怠。

我缺的就是这个。

我总是懈怠。能懈就懈，不能懈就找理由懈。

《平儿小窗》样稿到。

我竟放在案头一个月都没答理它。

肯定不是忙得。

有闲也不事笔墨，只管懒散，看窗外花开花落云卷云舒。

还哀哀地想，这码字，什么时候是个头？

集结《平儿小窗》，却没有了以前的沾沾自喜。

当初开窗的时候就想到的，最终我会结成集子。

在一件事情完成以前，就已经知道它大致的结局和意义，期待感和成就感都提前消化了。

带着样稿去一代宗师、散文大家峻青孙老的家。

我说孙老我有个愿望，请您为我的《平儿小窗》作序。

为说这话我面壁打了至少十分钟的腹稿。

因为峻青孙老曾告诉过我，医生不让写了，封笔二十多年了，近些年陆续出版的集子都是作协的同志帮助整理的。

所以我不落忍给他老人家找累。

但，愿望像雾像雨又像风，最后似海洋，一波又一波，一浪又一浪，我挡不住，到底开了口。

开口的底气有一点点：我是峻青孙老胶东半岛的小老乡，他老家离我姥姥家不远，是山腰吆喝山底应声的近便。

这天天气很好，阳光穿过凉台的玻璃停在峻青孙老客厅里的滴水观音上，观音通体透明。

借光，我把"请您为我的《平儿小窗》作序"说得亮晶晶。

然后我就看到我闪到了峻青孙老的茶色镜片上。

镜片上的我有点儿不安有点儿忐忑：我是不是强老人家所难？

肯定不过五秒，峻青孙老对我说："这些年拒绝了那么多要我写序的人。但你，我不拒绝。"

"您答应啦？"

"答应了。"

不安和忐忑瞬间跑光光，取而代之的是欣喜不狂、得意不忘形的我。

红瓦绿树呀碧海蓝天呀哎哟哎嘚儿吆谁不说俺家乡好啊。谢谢峻青孙老。

要谢的人好多，有些趁《"小窗"三岁》的时候谢过了，有些谢在《关窗的话》里了，还有些原本想放在心里不说的，但都知道后记的功能之一是干嘛的。

我在报上先是开"小窗"后是关"小窗"现在又集结"小窗"享受蔡伦和毕升的发明，若没有报社领导的支持，哪成！九十有一的著名书画家高式熊给我题写书名，一气儿写下三个，隶行草，任我挑来任我选，叫我大喜半天不能自己！当初我信誓旦旦地答应沪上那家出版社社长，说"小窗"交给他油墨，结果我背信，可社长胸怀像大海，一句

"下一本补过"直说得我愧喜交加心头热乎乎！一位诗画皆有品的同乡，画笔画"小窗"，千丝万缕系乡情，乡情浓似酒，却比酒醉人！还有一位两位好几位，前辈，领导，哥们儿……还是不说吧，还是藏着吧，未必他们愿意我这么晒情晒谊晒感动。

有些谢，搁在心里，保鲜，长久。

这本书，遗憾有，还不少。付梓的时候想，若重写，是否能好些？

那刻犄角旮旯跃出一句劝：要学会接受。

释然了。也安然了。

然后手下流出一行字：作文，不求他奇，只求恰好；做人，不求极处，只求本然。

算作自勉语。

2011 年 8 月 23 日于未名斋